U0036198

騙子王國

莉・巴度格——著　林零——譯

上

Crooked Kingdom

Leigh Bardugo

騙子王國　書評推薦

「《烏鴉六人組》融合《瞞天過海》般的精密劇情、豐富的魔法世界，以及讓人渴望成為其中一員的六人組。翻開第一頁，就如同置身這個世界一般，跟著渣滓幫一起展開冒險。絕不誇飾，《烏鴉六人組》是這幾年來最精彩的青少年奇幻小說之一！」

——「阿芳來說書」版主　阿芳

「這是一本特殊寫法的奇幻小說，讓人忍不住翻下去，角色各個鮮明有特色，非常引人注目。」

——奇幻小說、旅遊小說作者　陳郁如

「《烏鴉六人組》在青少年和成人之間抓到了一個完美的平衡點。但是在設定夠紮實、故事夠黑暗之外，飽滿立體的人物、峰迴路轉的劇情，以及高超的說故事功力，才是讓這本書讓讀者為之瘋狂的主因。」

——奇幻文學評論者　譚光磊

「每個故事都令人期待與回味，彷彿與角色們一起行走了一趟身與心靈的奇特冒險。」

——暢銷作家　護玄

「（這部作品）包含令讀者著迷的所有元素——詭計多端的領導者、應對各種狀況的計畫，再加上幾乎不可能的賠率，以及充滿娛樂性與特殊技能的團隊、出乎意料的轉折，還有最後令人心跳加速的懸念。」

——《出版人週刊》星級書評（*Publishers Weekly*）

「融合各種巧妙執行元素的美味特調……巴度格用這部動人的續集超越了自己，系列讀者鐵定無法將視線從書頁上移開。」

——《書單》雜誌星級書評（*Booklist*）

「從頭到尾都精彩刺激，無法放下這本書。」

——《科克斯書評》星級書評（*Kirkus Review*）

「巴度格再次完整展現《烏鴉》的長處，巧妙的情節架構，以及背景故事、忠誠、缺憾加上浪漫的伙伴關係……層次豐富。」

——《兒童圖書中心會刊》（*The Bulletin of the Center for Children's Books, BCCB*）星級評論

Isenvee
埃森維
Kenst Hjerte
心碎島
Elling
爾令
Overüt
歐佛瑞
Fjerda
斐優達
Avfalle
奧法勒
Ellbjen
艾比揚
Djerholm
第爾霍姆
Permafrost
永凍區
Tsibeya
茲貝亞
Petrazoi
佩塔索
Unsea
異海
Ravka
拉夫卡
Kribirsk
奎比爾斯克
Os Kervo
歐斯科佛
Os Alta
歐斯奧塔
Keramzin
卡倫森
Tsemna
修姆拿
Sikurzoi Mountain
斯庫左山脈
Koba
寇巴
Shu Han
蜀邯
Bhez Ju
貝蜀
Ahmrat Jen
安瑞特淵
地圖插畫：黃靄琳

The Wandering Isle
迷回島
Leflin
拉芙林
Bone Road
白骨路
Jelka
亞卡
Vilki
維爾基
Novyi Zem
諾維贊
Weddle
維德
True Sea
真理之海
Reb Harbor
瑞伯港
Eames Harbor
伊姆斯港
Shriftport
敘利港
Eames Chin
伊姆斯岬
Cofton
克夫頓
Ketterdam
克特丹
Kerch
克爾斥
Belendt
貝蘭德
Land Bridge
陸橋
Southern Colonies
南方殖民地

N
W
E
S
紐弗特
市政廳
第四港口
第三港口
諾維贊
大使館
蜀　部
大使館
政府機構區
開　利
大使館
拉夫卡
大使館
銀之區
第二港口
漢拉灣
巴特教堂
第一港口
黃金區
黃
金
運
河
大學區
金融區
Ketterdam
克特丹
地圖插畫：黃靄琳

王家造船廠
第六港口
美沙洲
寇米第島
第五港口
倉庫區
利德區
東埠
西埠
巴瑞爾
停屍間
地獄門
浪汐工會
瞭望台
翡翠皇宮
鐵之床
艷之園
白玫瑰之屋
烏鴉會
善女橋
黑幕島
開利王子
范艾克宅
巢屋
交易所
斯密特宅
拜金者旅館
贊特橋
玻克平

Crooked Kingdom

騙子王國 上

目次

獻給**Holly**和**Sarah**，

你們幫我創建；

Noa確保城牆不致倒下；

Jo確保我也不致倒下。

第一部
諸聖遺棄

01 雷特文科

雷特文科靠著吧檯，將鼻子埋進髒兮兮的烈酒杯中。威士忌沒能給他溫暖，在這遭諸聖遺棄的城市裡，沒有什麼能讓人暖起來。嗆喉的船底污水、蚌殼加上濕石頭燉煮而成的雜燴——這些氣味也無可擺脫，彷彿滲進了毛孔，好像他浸泡在這城市凝聚的精華中，而那，是這世上最糟的一杯茶。

嵌在貧民窟最陰暗的一間公寓低樓層的非法小酒館，因爲風吹雨打和糟糕的結構，天花板壓得很低；由於壁爐老早無法運作，煤灰將橫梁弄得漆黑，暖氣管也被碎屑殘礫堵住；爲了吸收灑出來的淡啤酒、嘔吐物，以及酒吧老主顧失控時搞出的一切，地板蓋滿鋸木屑——這些在巴瑞爾極爲常見，尤其在這可悲至極的垃圾場更是如此。雷特文科不禁想，不曉得地板上回掃乾淨到底是多久之前了。他又把鼻子往杯中深埋了些，吸入劣質威士忌甜美的香氣，眼睛因此冒出淚水。

「你應該要用喝的，不是用吸的。」酒吧老闆笑著說。

雷特文科放下酒杯，眼神朦朧地注視那人。他的脖子粗、胸膛壯，眞是個壯漢。雷特文科看過他把耍賴的客人扔到街上，不只一個。但望著他打扮成巴瑞爾年輕人偏愛的詭異流行——粉紅色上衣，袖子合身得簡直要因那巨大的二頭肌而爆開，再加上極盡鮮艷的紅橘格紋背心——實在很難正經起來。他看起來像隻時髦的軟殼蟹。

「你來說說，」雷特文科說。他的克爾斥語已經很差了，幾杯黃湯下肚後更是糟糕。「這城市為什麼這麼難聞？簡直像放久的湯或裝滿髒盤子的水槽。」

酒保大笑。「這就是克特丹，你只能習慣了。」

雷特文科搖搖頭。他不想習慣這城市，也不想習慣這臭味。他幫霍德議員幹的活兒無聊至極，但至少房間又乾又暖。身為珍貴的契約格里沙，雷特文科被照顧得舒舒服服，沒受過餓。那時他詛咒過霍德，對護送商人的昂貴貨運橫越海洋感到厭倦，對合約中的條款——也就是在拉夫卡內戰後他為了脫身簽下的愚蠢協議——忿忿不平。但現在呢？現在，他忍不住去想在霍德家的格里沙工作坊中，壁爐裡愉快燃燒的火焰，隨著大塊奶油和切得厚厚的火腿一起送上的黑麵包。霍德死後，克爾斥商會雇用雷特文科加入海上航程以清償契約，酬勞爛透了，可是他還有什麼選擇，他是住在敵方城市的格里沙風術士，除了與生俱來的天賦，沒有其他技能。

「再一杯？」酒保朝雷特文科的空杯子比了比問。

雷特文科遲疑了。他不該亂花錢。如果他注意收支，只要再出個一、兩趟航程，就能拿到足夠的錢償還契約，並為自己買張三等艙的票回拉夫卡。這是他唯一所需。

他再不到一小時就得去碼頭，預估會有一場暴風雨，所有船員都得靠雷特文科操控氣流，讓船隻平靜地抵達要前往的任何港口。他不知道那會是哪裡，其實也不在乎。船長會喊出座標，雷特文科則將帆盈滿，或是讓天空靜下來——然後他就可以睡過旅程的第一階段。雷特文科敲敲吧檯，點了個頭。活著有什麼意思？他至少值得這麼一點愜意。

「我可不是跑腿的啊。」他喃喃說道。

「你說什麼？」酒保倒給他另一杯酒時問。

雷特文科輕蔑地一個揮手。這人——這平凡的蠢人永遠都不會明白的。他默默無聞地辛勤工作，盼的是什麼？口袋裡有多餘的錢？某個漂亮女孩投來熾熱目光？他對戰場上的榮耀一無所知，對於受人崇敬也一無所知。

「你是拉夫卡人？」

即使被威士忌弄得醉醺醺，他依舊瞬間警醒。「怎樣？」

「沒怎樣。只是你講話像拉夫卡人。」

雷特文科要自己放輕鬆點。爲了找工作來克特丹的拉夫卡人很多，他身上沒有任何線索能透露出他是格里沙。然而，這怯懦卻讓他滿心厭惡——對自己、對酒保，以及對這座城市。

他想要坐下來享受酒精，吧裡沒有人會偷襲他。而儘管酒保滿身肌肉，雷特文科知道自己也能輕易搞定對方。然而，只要是格里沙，就算站著不動也可能招惹麻煩。最近克特丹神祕失蹤的謠言更多了——格里沙從街上或家中消失，很可能是被奴隸販子抓走，賣給最高出價者。雷特文科絕不會讓這種事發生在自己身上，尤其現在距回拉夫卡的路都這麼近了。

他喝下威士忌，把一枚錢幣砸在吧檯上，從高腳凳起身。他沒留小費。人啊，要努力才混得到飯吃。

雷特文科往外走時感到腳下有些不穩，空氣中濕濕的臭味幫了倒忙。他低下頭催促雙腳往第四港口走去，用走路讓腦袋清醒一下。**再兩趟**。他對自己重複。在海上再待幾週，在這城市再待幾個月。他會找到吞忍的方式。雷特文科不禁思考著一些老友會不會在拉夫卡等著他。據說年輕的國王急於重建第二軍團，也就是在戰爭中被大批殲滅的格里沙軍力，給特赦就像在給便宜糖果。

「只要再兩趟。」他對著自己說。在春天的濕氣裡，他大力地踩踏靴子。今年都到這種時候了，怎麼還那麼又冷又濕？住在這城市就像被困在冰霜巨人冷冰冰的腋下。他走過葛拉夫運河，瞥到矗立在水流轉彎處的黑幕島時，一陣顫抖。就在那些高於水面的小小石屋中，曾是克爾斥的富人埋葬亡者的地方。由於一些氣候花招，使得島一直裹在飄移不定的霧裡。傳言那地方鬧鬼。雷特文科加快了步伐。他不迷信——如果擁有和他一樣的力量，就沒有理由恐懼陰影中可能潛伏著什麼。但誰會喜歡走在墓園旁呢？

他裹著外套的身子再次縮了縮，踩著飛快步伐往海港街去，注意每條迂迴小巷中的動靜。他很快就會回到拉夫卡，能讓他不帶恐懼在街上漫步的地方——如果他拿到特赦的話。

雷特文科的身子在外套底下不自在地扭動。戰爭使得格里沙相互對立，他的這一方尤其殘暴。他殺害了從前的戰友、平民，甚至孩童。但是已做出的事覆水難收。尼可萊國王需要士兵，而雷特文科是非常優秀的那種。

雷特文科對著躲在第四港口入口小亭中的警衛點了個頭，回頭瞥看，以確定自己沒被跟蹤。他行經那些貨櫃箱，前往碼頭，找到相對應的錨位，排隊等著向大副登記。因過去幾趟旅程，雷特文科認得他：一個不斷騷擾別人又壞脾氣的傢伙，乾瘦的脖子從外套領口探出。他拿著厚厚一綑文件，而雷特文科瞥到克爾斥商會一名成員的紫色封蠟。這些封蠟在城市裡比黃金還值錢，等同保證了港口的最佳錨位，以及碼頭的優先通行權。爲什麼議員能獲得這麼高度的重視和這麼多好處？因爲錢，他們的任務是將收益帶回克特丹。所謂力量，在拉夫卡的意義不僅如此。在那個地方，任何元素在格里沙的意志前都得低頭，而國家則由正統國王統治，並非暴富商人組成的核心群體。確實，雷特文科曾試圖推翻那名國王的父親，不過重點沒變。

「其他船員還沒準備好，」雷特文科把名字報給大副時，對方說，「你可以先在港務長辦公室取暖，我們還在等浪汐工會的信號。」

「眞是太棒了。」雷特文科淡淡地說。他抬頭瞥向隱約立於港口的黑色方尖碑之一。如果崇高又強大的浪汐工會眞能從他們的瞭望台看見他，那麼，他會做出幾個特意挑過的手勢，讓他們清楚知道他在想什麼。那些人應該是格里沙，但有動過一根指頭幫助城裡其他格里沙嗎？幫幫這些不太走運，並且很想得到一點善意的人？「沒有，他們完全沒有。」他自問自答。

大副縮了一下。「我的格森神啊，雷特文科，你喝酒了嗎？」

「沒有。」

「你整身威士忌臭味。」

雷特文科嗅了嗅。「一點威士忌而已。」

「反正給我戒了，弄點咖啡或者強效約韃。這批棉花得在兩週內送到第爾霍姆，我們可不是花錢讓你在下層甲板等著退酒的。懂嗎？」

「好啦好啦，」雷特文科輕蔑地揮著手，早已朝港務長的辦公室走去。但當剩下幾步距離，便手腕一振，一道小小旋風吹向大副拿著的文件，吹得它們飛越碼頭。

「該死！」大副倉皇地在木板上撿拾，一面大喊，一面拚命想趕在乘客清單被吹到海裡前抓回來。

雷特文科陰鬱且愉快地一笑，接著湧上一股悲哀。他是凡人中的巨人，天賦異秉的風術士，強大的士兵。但在這裡，他不過是個雇員，年紀大又可悲的拉夫卡人，克爾斥語說得破爛，而且飲酒過度。家，他對自己說，我很快就會回家了。他會拿到特赦，並再一次證明自己。他會爲自己的國家而戰，會睡在沒有漏水的屋中，穿上銀色狐狸毛襯裡的藍色羊毛柯夫塔；他會再次成爲艾米爾·雷特文科，而非這縷可悲的幽魂。

「咖啡在那裡。」雷特文科進入港務長辦公室時，職員邊說邊比向角落的一個大銅壺。

「茶？」

「咖啡在那裡。」

這國家啊。雷特文科往杯中斟滿深色的泥狀物，其實只是想溫暖一下雙手。他忍受不了那味道，要是沒好好加進一大堆糖更是不行——而糖呢，是港務長根本忘記要提供的東西。

「風吹進來了。」職員說。外頭的鈴鐺被吹起的風掀動，搖得叮叮噹噹響。

「我有耳朵。」雷特文科咕噥著。

「我不覺得風在這裡會多強，等你出了港口——」

「安靜。」雷特文科突然說。他起身豎耳聆聽。

「什麼？」職員說：「有——」

雷特文科舉起一指放到嘴前。「有人在喊叫。」那聲音從船停靠的地方傳來。

「只是海鷗而已，太陽很快要升起了，然後——」

雷特文科舉起一手，一道強勁的氣流將職員搧飛到牆上。「我叫你安靜。」

職員被懸空固定在木板條上時，下巴整個合不起來。「你是他們給船員找的那個格里沙？」

諸聖在上，難道非得把空氣從那男孩肺裡抽掉、讓他窒息才能教他別吵嗎？

透過髒濁的窗戶，雷特文科看見天空隨著日出開始轉藍，也聽見嘎嘎叫著在浪潮間尋找早餐的海鷗。也許是酒精讓他腦袋混亂了吧。

雷特文科讓職員落地。咖啡灑了，不過他根本懶得再倒一杯。

「就對你說沒什麼了，」職員一邊爬起來一邊說：「沒必要這麼激動啊。」他拍拍身上的灰塵，重新在櫃檯後方站定。「我從來沒碰過——格里沙。」雷特文科嗤了一聲。這職員很可能有碰過，只是根本不曉得。「出海拿到的酬勞都很多吧？」

「還不夠多。」

「我——」但是不管那名職員接下來要說什麼，他都無從得知——辦公室門炸成碎片，如冰雹般漫天撒落。

雷特文科舉起雙手護著臉，彎身躲藏，一個打滾躲進職員的櫃檯後尋找掩護。一名女子進入辦公室——黑髮金瞳，是蜀邯人。

雷特文科看到櫃檯下方綁著一把霰彈槍，職員伸手去拿。「他們是來搶工資的！」他喊道。

「沒有任何人可以搶走工資！」

當身材瘦長的職員立身開火，儼然一名復仇戰士，雷特文科不禁瞠目結舌。以諸聖之名啊，世上眞是沒有任何事物比金錢更叫得動克爾斥人了。

雷特文科悄悄打量櫃檯周遭，及時見到霰彈槍轟地一下直接擊中女人胸膛。她往後彈飛，撞上門框，頹倒在地。他聞到火藥燃燒的刺鼻氣味，以及鮮血金屬般的強烈氣息，雷特文科的腹部產生一股可恥的攪動。上回見到別人在面前被射倒，已是好久之前了——而且是在戰時。

「沒有任何人可以搶走工資。」職員心滿意足，再次重申。

但雷特文科還來不及回應，蜀邯女子就以鮮血淋漓的一手抓住門框，硬是站了起來。

雷特文科眨眨眼。他是喝了多少威士忌？

女子大步上前。雷特文科透過變得破破爛爛的殘餘衣衫，看見了血。那副軀體因霰彈而坑坑疤疤，還有些疑似金屬的閃光。

職員手忙腳亂重新上膛，但那女人動作太快，從他手中搶過了槍，並拿來將他一把擊倒，以恐怖的怪力把他打到一旁。她把槍丟到一邊，那雙金瞳轉向雷特文科。

「工資妳拿去！」雷特文科高喊，手腳並用地往後爬。他將手伸進口袋，把幾乎空無一物的皮夾扔給她。「想要什麼都拿走！」

女人對此微微一笑——她覺得可憐嗎？好笑嗎？雷特文科不曉得。但他明白她不是針對錢來，而是針對他來。她究竟是奴隸販子、傭兵，或完全另一回事，都無所謂了。她將面對的是一名士兵，不是什麼卑怯膽小鬼。

他一躍起身，肌肉不太甘願地回應他的意志，轉換成戰鬥模式。雷特文科雙臂向前弓，呼嘯的風掃過房中，對著女人丟出椅子，接著是職員的桌子，然後是熱燙冒煙的咖啡壺。她好像不過是將零星蜘蛛網掃到一邊，淡然地一一揮開。

雷特文科集中力量，兩手同時往前推。他感到耳朵因氣壓降低而脹痛，翻騰的雷雨雲風力增強。也許這個女人無法以子彈阻擋，那麼，就看她面對暴風雨的狂怒時將如何應對。

強風攫住女子，將她往後扔過敞開的門口，同時間，她發出咆哮。女子抓住門邊框，努力想扣牢。

雷特文科笑了。他差點忘記戰鬥的感覺有多爽快。接著，他聽見身後傳來巨大的喀啦一聲——是釘子被扯開、木頭棄守的尖刺聲響。他回頭望，在極短暫一瞬間瞥到一眼拂曉的天空和碼頭。牆壁不見了。

一雙強壯的臂膀抓住了他，將他的雙手箝制在身側，不讓他使用力量。雷特文科上升，朝上方飛，港口迅速在身下縮小。他看見港務長辦公室的屋頂，大副的身體癱倒在碼頭，雷特文科應該上的那艘船，甲板成了亂七八糟一堆破爛木板，屍體堆疊在碎爛的桅杆附近。攻擊他的人先去了那裡。

撲在臉上的空氣冰寒，心臟在耳中敲出間歇節奏。

「拜託。」當他們飛得更高，他出聲懇求，不確定自己到底求些什麼。由於擔心自己會動得太突然或太過度，雷特文科只能伸長脖子去看抓住他的人。他逸出一聲驚懼的呻吟，約莫介於啜泣和動物被陷阱捉到的驚恐哀鳴之間。

抓著他的男人是蜀邯人，黑髮往後綁成一個緊緊的髮髻，金色雙眼因強風而瞇起——他背後冒出兩片巨大翅膀在空中拍動，那上面安裝了鉸鍊，優美地裝設上一圈圈金銀細飾和繃緊的帆布。他是天使，還是惡魔？或某架詭異機械突然獲得生命？或者雷特文科真的腦袋壞掉了？

艾米爾·雷特文科在抓住他的人的臂彎中，看見兩人投射在遙遠下方那閃耀光芒海面的影子——兩顆頭，兩片翅膀，四條腿。他變成了一頭巨大野獸，然而，那頭野獸將吞噬他。他的祈禱轉為尖叫，可是無論是哪個，都沒有得到回應。

02
韋蘭

我在這裡做什麼？

遇見凱茲．布瑞克以來，這個想法一天至少跑過韋蘭腦中六次。但在這樣的夜晚——他們「工作」的夜晚——更是有如進行音階練習的緊張男高音，在腦中起起落落：**我在這裡做什麼我在這裡做什麼我在這裡做什麼。**

韋蘭扯了扯他的天空藍夾克——積雲俱樂部侍者制服——的下襬，努力讓自己看起來一派輕鬆，**就當作是在晚宴派對吧**，他對自己說。在父親家中，他無數回忍耐著極度不自在的用餐，所以這沒什麼不同。事實上還更輕鬆。不會有關於他學習狀況的尷尬對話，或他打算何時開始在大學上課。他只要保持安靜，跟隨凱茲的指示，並想想雙手該放在哪兒。交握在身前？太像獨奏會歌手了；放後面？太像軍人。他嘗試單純放在身側晃蕩，可是感覺起來也不太對。為什麼他以前沒多注意侍者是怎麼站的呢？儘管凱茲保證二樓接待室今晚被他們包下了，韋蘭卻非常肯定，任何時刻都可能有眞正的員工跑進來指著他大喊：「冒牌貨！」但話又說回來，韋蘭大多時候都覺得自己像個冒牌貨。

他們抵達克特丹還不到一週，而他們離開第爾霍姆將近一個月。韋蘭大半時間都戴著古維的五官。但無論他何時瞥到自己在鏡子或商店櫥窗上的倒影，都要花上很久才會意會自己不是在看著一個陌生人。如今，這就是他的臉——金瞳、寬眉、黑髮。過去的自己已被抹去，而韋蘭不確定他認識現在的這個人。這個人正站在利德區最奢華賭場之一的私人接待室，參與凱茲‧布瑞克的另一個陰謀詭計。

桌邊一名玩家舉起香檳杯要求斟酒，韋蘭立刻從牆邊棲身的位置一個箭步上前。他從銀色冰桶拿出酒瓶時，雙手抖個沒完。不過，拜這些年來參與父親的社交宴會所賜，他至少知道該怎麼好好倒一杯香檳，不至於溢出泡沫。韋蘭幾乎能聽見賈斯柏的嘲弄。**吃得開的招數，小商人。**

而今，他大膽偷看了賈斯柏一眼。那名狙擊手正坐在桌旁，弓身伏在紙牌上方。他穿著繡著小小金星的破爛海軍背心，縐巴巴的上衣在深棕皮膚上顯得特別白。賈斯柏疲累的手抹過臉面。他們已經玩紙牌超過兩小時的了，韋蘭看不出賈斯柏的疲倦究竟是眞的，或有演戲的成分。

韋蘭再斟上另一杯酒，專注於凱茲的指示。

「玩家有什麼命令你就照做，分點神留意斯密特說的話，」他說，「這是一份工作，韋蘭，把這工作做好。」

他們爲什麼都把這叫作工作？這感覺根本不像在工作，比較像是踩空一階，接著突然發現自己摔了下去。這叫驚慌。因此韋蘭開始一個個盤點房內的細節——每當他去到新場所，或者父親心情特別惡劣，他就會用這個技巧讓自己鎮定。他盤點著拋光木地板上環環相扣的輻線花紋、吹製玻璃吊燈的螺旋結構、鈷藍色絲質壁紙上一團團的銀色雲朵。這裡沒有能讓自然光照入的窗戶。凱茲說所有賭場都沒有，因爲老闆希望玩家對時間渾然無覺。

韋蘭看著凱茲給斯密特、賈斯柏及圓桌上其他玩家又發出一手牌。他穿著和韋蘭一樣的天空藍員工夾克，手上什麼也沒戴。韋蘭得非常費力才不會一直盯著看。見到凱茲沒戴手套不只詭異，更不對勁，就好像他的雙手被某種韋蘭不能理解的祕密機械裝置驅動。韋蘭開始學人體素描時研究過解剖圖，對於肌肉組織、骨頭、關節和韌帶如何組成有深入的理解。然而，若看凱茲雙手的動作，彷彿那手誕生的唯一目的除了操縱紙牌外別無其他。長長的白色手指伸縮自如，洗牌動作到位，每輪都節制而收斂。凱茲曾宣稱自己能控住任何牌局。既然如此，爲什麼賈斯柏還輸得那麼慘？

當凱茲在黑幕島的藏身處大致說明計畫的這個部分，韋蘭曾心存懷疑，而且難得有一次滿心疑問的人不只是他。

「讓我弄清楚，」妮娜說：「你的大計就是給賈斯柏一筆錢，讓他和康尼利斯・斯密特玩牌？」

「斯密特喜歡賭大的三人黑莓果——還有金髮妞，」凱茲說：「所以我們兩個都給他。當晚前半由我發牌，然後換史貝特接手。」

韋蘭和史貝特完全不熟。他是前海軍，渣滓幫的成員，負責駕船送他們去冰之廷再回來。如果要韋蘭老實說，看到史貝特鬍鬚斑白的下巴和爬上脖子一半的刺青，他覺得這名水手稍微有點嚇人。但是，就連史貝特開口時語氣都有些擔心。「凱茲，我是能發牌，但控不了牌局。」

「你不必控牌。從你坐下的那瞬間起，就會是場公平競爭的遊戲。重要的是讓斯密特在牌桌一路坐到午夜。他最可能走掉的時間點會在換班時。我一站起來，他就會想轉往其他牌局，或者直接叫停。所以你只要盡一切努力讓他的屁股死死黏在桌邊。」

「這我沒問題。」賈斯柏說。

妮娜只是臉一沉。「沒問題。也許在這計畫的第二階段，我還可偽裝成約韃煉粉販子。會出什麼岔呢？」

韋蘭是不會這麼說，但他也同意——強烈同意。他們應該讓賈斯柏遠離賭場，而不是鼓勵他對風險的熱愛。但凱茲絲毫沒有動搖。

「總之，做你分內的事，讓斯密特全心沉迷，直到午夜，」他說：「你很清楚命在旦夕的人是誰。」他們都知道，是伊奈許。韋蘭怎麼可能對此有意見，每次只要想到這件事，他就會因罪惡感而痛苦。范艾克曾說，他給他們七天時間交出古維．育．孛——接著就要開始折磨伊奈許。他們的時限快到了。韋蘭知道自己原本就無法阻止父親黑吃黑和綁架伊奈許。他都曉得，可是仍覺得自己有責任。

「午夜後我該怎麼處理康尼利斯．斯密特？」妮娜問。

「想辦法說服他和妳度過一晚。」

「什麼？」馬泰亞斯氣急敗壞，氣得面紅耳赤。

「他絕不會答應。」

妮娜嗤一聲。「他最好是不會。」

「妮娜——」馬泰亞斯咆哮。

「斯密特從不瞎搞——牌局如此，對老婆也一樣。」凱茲說：「他就像在巴瑞爾趾高氣揚走來走去的大半外行人，大多時候都是個可敬、一絲不苟——苛儉自制，而且晚餐只喝半杯酒的傢伙。但是每週一次，他會享受著像個法外之徒那樣和東埠豪賭客鬥智的感受。而他做這件事時，也喜歡有個金髮美人在懷。」

妮娜噘起嘴唇。「如果他那麼規矩，爲什麼還要我去——」

「因爲斯密特口袋全是錢，西埠每個有自尊心的女孩至少都會試一下。」

「我不喜歡這樣。」馬泰亞斯說。

賈斯柏咧嘴露出不羈的狙擊手微笑。「說實話，馬泰亞斯，你喜歡的東西並不多。」

「八點鐘響到午夜，把斯密特留在積雲俱樂部，」凱茲說：「這是場四小時的牌局，所以機靈點。」

妮娜自然表現不俗，韋蘭著實不知該佩服還是擔心。她穿了一身薄如蟬翼的淡紫色袍，搭配某種馬甲，將乳溝推到令人吃驚的高度。雖然和煉粉抗戰以來她瘦下不少，身上的肉依舊足以讓斯密特上下其手。她的臀部穩坐在他膝上，一臂繞過他肩膀，嫵媚地在斯密特耳邊低聲呢喃，雙手撫弄著他的胸口，不時像是找零食的小獵犬般溜到夾克底下，只有在點牡蠣或者要另一瓶香檳時才停住。韋蘭知道妮娜可在任何情況下將任何男人玩弄於股掌，但他仍認爲她不該在這通風的賭博間中，半裸嬌軀坐在某個色迷迷律師的大腿上……至少……這樣太容易感冒了。

然而賈斯柏又一次落敗，並噴出一口又長又惱怒的氣。過去兩小時，他一直在慢慢輸錢。他下每一注都很小心，但無論運氣或凱茲似乎都不站在他這一邊。如果賈斯柏把資金用光，他們是要怎麼把斯密特留在桌邊？其他賭大錢的玩家吸引力夠嗎？房裡有幾個人在牆邊徘徊、看著牌局，個個希望有人輸光荷包後能逮到個位置。他們都不曉得凱茲眞正在玩的是什麼遊戲。

韋蘭彎身幫妮娜斟酒時聽見斯密特喃喃碎唸，「紙牌遊戲就像決鬥。那些小小的割傷最終都會鋪陳出致命的一擊，」他看向桌子對面的賈斯柏。「那孩子的鮮血可說流得滿桌都是啊。」

「我都不曉得你怎麼搞清楚那些規則的。」妮娜咯咯笑著。

斯密特咧嘴一笑，明顯受到取悅。「和打理生意比起來實在不算什麼。」

「那個我也很難想像是怎麼做到的。」

「有時我自己也不知道，」斯密特嘆口氣說：「這週挺難熬的。我的一個職員休了假就沒再回來，那表示我陷入人力不足的狀況。」

韋蘭差點掉了手上的瓶子，香檳灑到地上。

「我付錢買香檳是要喝的，不是拿來灑的，小鬼，」斯密特厲聲說道。他擦擦褲子，唸著：「雇用外國人就是會這樣。」

他指的是我。韋蘭急忙退後時才猛然理解。他實在不知道該怎麼記好自己目前這副全新的蜀邯外貌——他甚至連蜀邯話都不會說。在東埠被兩名拿著地圖的蜀邯觀光客攔下之前，他一直沒有爲此困擾。那時韋蘭慌了手腳，小心翼翼做出個聳肩，旋即衝向積雲俱樂部的僕人專用入口。

「可憐的寶貝。」妮娜對斯密特說，手指撫過他變得稀薄的頭髮，調整其中一朵插在披肩絲滑長金髮裡的花。韋蘭不確定她是否告訴斯密特她來自藍色鳶尾花，但他自然會那麼假設。

賈斯柏在座位上往後靠，手指敲著左輪的槍柄。那個動作似乎吸引了斯密特的注意。

「那些槍感覺挺高檔的。如果我沒看錯，槍柄上是眞的珍珠母，」斯密特一副很少受質疑的語氣。「我本人也有相當可觀的武器蒐藏，雖然還沒有贊米的連發左輪。」

「噢，我很想看看你的槍，」妮娜柔柔地說，而韋蘭得刻意看向天花板才不至於翻白眼。「我們要在這裡坐整晚嗎？」

韋蘭努力藏起心中困惑。這整件事的重點不就是要讓他留下來嗎？但很顯然妮娜比誰都懂，因爲斯密特臉上稍稍顯出執拗神色。「乖乖，安靜，如果我大贏一筆，說不定會買些漂亮東西給妳。」

「我多來點牡蠣就行了。」

「妳這些都沒吃完呢。」

韋蘭捕捉到妮娜鼻孔一個顫動，猜想她很可能更用力地吸了口氣。自從煉粉癮頭發作的症狀好轉，她就沒什麼食欲。韋蘭眞不曉得她是怎麼嚥下近十多顆牡蠣的。

現在，他看著她顫抖著吞盡最後一點牡蠣。「美味。」她勉力望了韋蘭一眼。「再來點吧。」

信號來了。韋蘭急忙俯身，拿起盛滿冰塊和剝剩空殼的大盤子。

「女士胃口眞好。」斯密特說。

「小姐，再來些牡蠣嗎？」韋蘭問道，音調聽起來太高了。「奶油蝦呢？」又太低了。

「兩個都上，」斯密特寵溺地說：「然後再來一杯香檳。」

「太完美了。」妮娜說，臉色稍稍有些鐵青。

韋蘭衝過雙開門進了僕人用的餐具室。裡頭塞滿盤子、杯具、餐巾和一只裝滿冰塊的錫桶，遠遠牆上的一大部分被運送食物的升降機占滿，旁邊有個喇叭狀的通話管，可讓員工和廚房溝通。韋蘭把裝滿冰塊和牡蠣殼的盤子放在桌上，再傳點單下廚房，要份牡蠣和奶油蝦。

「噢，還有，再一瓶香檳。」

「哪一年的？」

「呃……差不多一樣的？」韋蘭曾聽父親的朋友談論什麼酒會是筆不錯的投資，但他不怎麼相信自己選的年分。

等他帶著妮娜點的東西回到賭博室，凱茲已從桌前站起。他做了個手勢，好像在把手拍乾淨——那表示發牌者的這個輪班已結束。史貝特坐下，藍色絲質領結直綁到喉嚨，藏起刺青。他抖抖袖口，開始問玩家是要提高賭注，還是直接換現。

凱茲進餐具室時和韋蘭對上了眼。

就是這個瞬間。根據凱茲和賈斯柏所說，玩家往往認爲自己的運氣和發牌者密不可分，會在換班時選擇不再繼續。

韋蘭滿心憂慮地看著斯密特伸展身體，扎實地拍了一下妮娜的屁股。「我們這局玩得不錯，」他看著賈斯柏，對方正灰心喪志地盯著剩下那堆貧乏的籌碼。「我們搞不好能在別的地方找到油水更多的牌局。」

「但我的菜才剛來啊。」妮娜噘嘴。

韋蘭上前，不確定該說什麼，只知道得拖延斯密特。「先生，一切都還合您胃口嗎？能提供您和這位女士什麼嗎？」

斯密特予以無視，一手仍在妮娜背後摸來摸去。「親愛的，這利德區還有很多更好的餐點和更優的服務。」

一名身穿直條西裝的大個子靠近斯密特，急著想搶他的位置。「要換現了嗎？」

斯密特友善地對賈斯柏點個頭。「孩子，看來我們兩個都該走了呢，下回會走運點的。」

賈斯柏沒回應他的微笑。「我還沒完。」

斯密特比了比賈斯柏那疊可悲的籌碼。「看起來你是該走了。」

賈斯柏站起來，欲伸手拿槍，韋蘭則緊抓著手中那瓶香檳。同時間，其他玩家全從桌子退開，準備拿自己的武器或趴下找掩護。然而賈斯柏只是取下槍帶，溫和地把左輪放在桌上，萬般關愛地以手指拂過光澤耀眼的槍脊。

「這些值多少？」他問。韋蘭試著和賈斯柏對上眼。這也是計畫的一部分嗎？就算是好了，賈斯柏是在想什麼？他愛死了這些槍，搞不好還寧可切下自己一手丟進鍋裡。

史貝特清清喉嚨，說：「積雲不是當舖，我們只接受現金，還有甘曼銀行的貸款。」

「我資助你，」斯密特刻意用漠不關心的語氣說：「如果能讓牌局重開——一千克魯格換兩把槍？」

「它們的價值是這價碼的十倍。」

「五千克魯格。」

「七千。」

「六千，而且是因爲我想施捨你。」

「不要！」韋蘭衝口而出，整個空間頓時安靜。

賈斯柏的語氣冷淡。「我不記得有問你意見。」

「無禮！」斯密特說：「什麼時候侍者也可以參加牌局了？」

妮娜瞪著韋蘭，史貝特開口時也因爲難以置信，語調憤怒不已。「各位紳士，我們繼續這局好嗎？下注！」

賈斯柏將他的左輪推過桌面給斯密特，斯密特則將高高一疊籌碼推給賈斯柏。

「好了，」賈斯柏說，灰色雙眼冷酷無情。「發牌給我。」

韋蘭從桌前退開，盡可能迅速躲進餐具室。裝滿冰塊和牡蠣殼的盤子已消失，凱茲正在等待。他已在藍色夾克外披了一件橘色長斗篷，手套回歸原位。

「凱茲，」韋蘭絕望地說：「賈斯柏剛剛抵押了他的槍。」

「他用那些換到多少？」

「那重要嗎？他——」

「五千克魯格？」

「六千。」

「很好。就連賈斯柏也不可能在兩小時內把這麼多錢輸光。」他丟給韋蘭斗篷和面具。這是狂劇團角色深灰惡魔的服裝。「走吧。」

「我嗎？」

「不是，是你後面那個白痴。」凱茲拿起通話筒，說：「叫另一個侍者來。這傢伙竟把香檳灑在有錢大爺的鞋子上。」

廚房某人笑著說：「沒問題。」

他們走下階梯，沒多久就從僕人用的出入口出去。因爲這一身裝束，他們能不被人認出地穿梭於東埠人群中。

「你知道賈斯柏會輸——你確保他一定會輸。」韋蘭出言控訴。他們在凱茲仍可能被認出來的城區漫步，他儘量不用枴杖。儘管他無法平穩走路，韋蘭仍得小跑步才跟得上。

「當然要這樣。韋蘭，如果牌局不是由我掌控，我就不玩。我也可以讓賈斯柏每一手都贏。」

「那爲什麼——」

「我們去那裡不是爲了贏錢，而是要將斯密特留在桌邊。他痴迷地盯著那些槍的程度就和盯妮娜的乳溝差不多。現在他滿身自信，覺得將會有一個美好的夜晚——如果輸了錢，他仍會繼續玩。誰知道呢？賈斯柏搞不好會贏回他的左輪。」

「希望如此。」他們跳上一艘擠滿觀光客要往埠頭南邊去的船時，韋蘭說。

「你會的。」

「這話是什麼意思？」

「賈斯柏這種人贏了兩手就開始認爲時來運轉，就算最終輸了，也只是讓他更渴望下一輪好運。賭場靠的就是這個。」

所以到底為何讓他進賭場？韋蘭這麼想，但沒說出口。又為什麼讓賈斯柏交出對他如此有意義的東西？一定還有其他方法讓斯密特繼續玩。但這些甚至不是正確的問題。眞正的問題是：為什麼賈斯柏無異議接受？也許他仍在尋求凱茲的認同。在賈斯柏說溜嘴，導致他們在碼頭被襲、害伊奈許差點丟命後，他想贏回凱茲的喜愛。又或許，比起凱茲的原諒，賈斯柏還想要些別的。

我在這裡做什麼？韋蘭又這麼想。他發現自己啃起大拇指，硬逼自己停手。他是為了伊奈許才在這裡。她救了他們的命不只一次，而他絕對不會忘記。他會在這裡是因為他非常需要錢。而如果還有另一個原因——又高又瘦、過度熱衷賭機率遊戲的原因——現在他也沒打算思考。

一抵達巴瑞爾市郊，韋蘭和凱茲就扔了斗篷和天空藍的外套，往東朝銀之區前進。

馬泰亞斯在漢德運河上一道黑暗的門下等他們。「安全了？」凱茲問。

「安全了。」那名大個子斐優達人說。「超過一小時前，斯密特家最頂樓的燈就關了，但我不知道僕人是不是醒著。」

「他只有白天請女僕和廚子，」凱茲說：「太小氣，不想請全天僕役。」

「其他人——」

「妮娜很好，賈斯柏很好，除了我每個人都很好——因為我和一幫憂心忡忡的保母困在一起。繼續監視。」

韋蘭滿心歉意地對馬泰亞斯聳聳肩——他好像在考慮要拿凱茲的頭去撞牆——然後才急忙隨凱茲跑上鵝卵石地。斯密特的家兼辦公室，位於人煙稀少的昏暗街道。運河沿岸點亮了掛燈，蠟燭在幾扇窗中燃燒，但在十點鐘響後，這附近大多的體面人家早已歇下。

「我們就這樣從前門進去嗎？」

「多看少講。」凱茲說，撬鎖工具早在戴了手套的手中發亮。

我有啊。韋蘭想。不過那並非完全爲眞。他觀察房子的大小面積、建了三角牆的屋頂傾斜度、窗台花箱中綻放的玫瑰。不過，他並不認爲這房子是多大的難題。韋蘭承認這裡很好解決，不免有點失望。銀之區十分繁榮，但不是眞那麼富有——這裡是給成功的工匠、簿記員和律師住的地方。雖然房子都建得很好，又井然有序，能觀賞廣闊運河景致，但也緊密地塞在一塊兒，沒有漂亮的花園，也沒有私人碼頭。如果要進入上層樓層的窗戶，他和凱茲就得闖入隔壁，經過兩道鎖——而非一道。因此，最好還是冒險走前門，裝出本來就該在那裡出現的模樣——即便凱茲拿的是撬鎖工具，而不是鑰匙。

多看。但韋蘭不喜歡用凱茲看世界的方式去看。只要他們拿到錢，他就再也不用這樣了。

毫秒之間，凱茲就按下了門把，門一晃打開。韋蘭立刻聽到腳掌的輕拍聲，爪子踩上硬木地，外加低吠。斯密特那群獵犬朝門衝來，齜出白牙，胸口響著隆隆低嗥。牠們還來不及搞清楚回應的並非主人，凱茲已將斯密特的哨子塞進唇間吹響。妮娜成功將哨子從那名律師一直戴在頸上的鍊子解下，藏進一個空牡蠣殼，讓韋蘭迅速帶進廚房。

哨子沒傳出任何聲音——至少韋蘭聽不見。**不會有用的**。他想像著那幾副巨大下頷咬向自己的喉嚨。可是，飛奔的狗兒卻突然停下，滿心困惑地撞成一團。

凱茲又吹一次，及時噘起嘴唇，吹出新指令的調子。狗兒安靜下來，不開心地唉唉嗚嗚，噗咚倒地，有一隻甚至翻身仰躺。

「我說，為什麼人不能這樣簡簡單單被訓練好呢？」凱茲俯身，施恩般地去揉狗的肚子，一面低聲說。他戴了黑色手套的手指撫順那些短毛。「把門帶上。」韋蘭照做，背貼著門站在那兒，以戒慎恐懼的眼神盯著那堆淌著口水的獵犬。整個屋裡都有狗味——潮濕的毛、油膩的獸皮、飽含肉臭的濕熱吐息。

「不喜歡動物？」凱茲問。

「我喜歡狗，」韋蘭說：「只是不喜歡牠們大得和熊一樣。」

韋蘭知道，斯密特家真正的難題對凱茲而言很是棘手。凱茲幾乎能撬開任何鎖，智慧也勝過一切警報系統，但他想不出能輕易並不暴露計畫地繞過斯密特家嗜殺獵犬的方式。白天時，那些狗會關在狗舍；晚上，當斯密特的家人平靜地沉睡在裝飾華美的三樓房間，樓梯井會用鐵格柵隔起來，牠們則會在屋裡自由亂跑。斯密特親自遛狗，在漢德運河來來回回，像個戴了昂貴帽子的矮胖雪橇那樣被牠們拖在身後。

妮娜提議在狗食中下藥。斯密特每天早晨都會去肉店為狗挑選肉塊，要調換肉包再容易不過。可是斯密特總會讓狗在夜晚挨餓，早晨才餵牠們。如果當成寶貝的寵物整天懶洋洋，他一定會注意到，而他們不能冒險讓斯密特待在家裡照料獵犬。得讓他整晚都耗在東埠，而當他回到家，渾然無覺家中有什麼不對勁也非常重要。伊奈許的命就賭在這上頭了。

凱茲安排好積雲一間私人賭博室，妮娜從斯密特衣服底下摸走哨子，接著——計畫一片接一片逐漸成形。韋蘭不願回想他們為了得到哨子的指令做了什麼。當他想起斯密特說的話，不禁顫抖：**我的一個職員休了假就沒再回來**。他不會回來了。當凱茲抓著那名職員的腳踝懸在漢拉岬燈塔最頂層，那人的尖叫仍在韋蘭耳中迴盪。**我是個好人**。他大喊著，**我是個好人**。那是他說的最後一句話。如果他話少一點，搞不好能活下來。

而今，韋蘭看著凱茲搔搔口水流滿地的狗兒耳後，接著站了起來。「走吧，小心腳下。」

他們側身經過廳中那群狗兒，安靜朝樓梯走去。韋蘭十分熟悉斯密特的家中配置。城市裡大多商辦都採用同樣設計：地面層有一間廚房，加上用來和客戶開會的公用房間；二樓是辦公室和儲藏室，家人臥室則在三樓。如果是非常有錢的人家，會有四樓當僕人的住宿。還小的時候，韋蘭花了許多時間藏在家中的上層房間，躲自己的父親。

「連鎖也沒鎖。」進入斯密特辦公室時，凱茲低聲說道：「這些獵犬讓他變懶了。」

凱茲關上門，點亮提燈，將火焰亮度轉低。

辦公室裡有三張小桌安排在窗邊，好利用自然光照明。一張是斯密特的，另兩張給他的職員。**我是個好人。**

韋蘭甩掉那個記憶，專注於從地面直達天花板的書架。書架列放著帳簿與一個個裝滿文件的箱子，每個都小心地貼上標籤，韋蘭推測那應該是客戶和公司名稱。

「眞多肥羊。」凱茲低聲說，雙眼掃描著箱子。「納特．波瑞克，那可悲的小混帳卡爾．卓登。斯密特代表了商會半數的人。」

其中也包括韋蘭的父親。自韋蘭有記憶起，斯密特一直是楊．范艾克的律師兼物業管理人。

「我們從哪裡開始？」韋蘭小聲地說。

凱茲從架上抽出一本厚厚的帳簿。「首先，我們確認你父親名下沒有新增財產，然後搜尋你繼母名下，接著是你的名下。」

「不要這樣叫她，阿麗斯沒有比我大多少。我父親也不會在我名下放任何財產。」

「要是你知道人爲了避稅能做出什麼事，一定會非常驚訝。」

接下來的一小時，他們大多在翻找斯密特的檔案。他們很清楚范艾克的所有公開財產——工廠、飯店、製造廠、造船廠、鄉間別墅和南克爾斥的農地，但凱茲深信韋蘭的父親一定有些不做公共登記的私人土地，用來藏他不想要別人找到的東西——或人。

凱茲大聲唸出名字和帳簿條目，詢問韋蘭，試著找出他們還不曉得、但可能有關的財產或公司。韋蘭知道自己什麼也不欠父親，仍覺得背叛了他。

「金紡？」凱茲問。

「棉花紡織廠，我想是在澤佛特。」

「太遠，他不會把她藏在那裡。至佳公司呢？」

韋蘭搜尋記憶。「我想那是罐頭工廠。」

「這些基本上都是印鈔機，也都在阿麗斯名下。但范艾克會把最能賺錢的留給自己——造船廠、美沙洲的筒倉。」

「我告訴過你了，」韋蘭說，在其中一本記事簿上撥弄著筆。「我父親第一個相信自己，目前頂多加上阿麗斯。他不會在我的名下放任何東西。」

凱茲只是說：「下一本。我們來看看商業地產。」

韋蘭不再玩筆。「有任何東西在我名下嗎？」

凱茲往後靠。當他開口，表情近乎挑釁。「一間印刷廠。」

老哏了——既然是老哏，爲什麼還是這麼痛？韋蘭放下筆。「我懂了。」

「我不認爲他有多難以捉摸；寇米第島也在你名下。」

「當然了，」韋蘭回答，希望自己的語氣沒那麼苦澀。又一個專屬他父親的私人笑話——一座棄島，上頭除了一座頹倒的遊樂園外什麼也沒有，毫無價值的地方，給他毫無價值的文盲兒子。他根本不該問的。

時間分秒流逝，凱茲繼續大聲唸，韋蘭則越來越焦慮。如果他自己能讀，就能以兩倍速度看過那些檔案。事實上，那樣的話韋蘭老早能從裡到外熟悉他父親的事業。「我拖慢了你的速度。」他說。

凱茲翻開另一綑文件。「我很清楚這會花多少時間。你母親的姓氏是？」

「她名下什麼也沒有。」

「說來聽聽。」

「漢卓克斯。」

凱茲走到架子旁邊，挑了另一本帳簿。「她什麼時候過世的？」

「我八歲的時候。」韋蘭再次拿起了筆。「她不在後，我父親變本加厲。」至少在韋蘭印象中是這樣。母親亡故後幾個月的時光十分模糊，只有悲傷與靜謐。「他不讓我參加她的葬禮，我甚至不曉得她埋在什麼地方。是說你們到底為什麼要那樣講？無人送葬又無須喪禮的？為什麼不說祝你好運或小心安全就好？」

「我們喜歡降低期待，」凱茲戴著手套的手順著一列數字往下滑，然後停住，眼神在兩本帳簿之間來回，再啪地闔起皮革封面。「走吧。」

「你找到什麼了嗎？」

凱茲點了一下頭。「我知道她在哪裡了。」

韋蘭不認為凱茲粗啞聲調中的緊繃感是自己的想像。凱茲從不會像韋蘭父親那樣亂吼，可是韋蘭學會如何聆聽那低沉的嗓音，亦即當情況變得危險時竄入凱茲語氣的一縷暗黑和弦。碼頭一戰後，伊奈許因巫門那刀而流血倒下，那時他曾聽過；接著是凱茲得知試圖伏擊他們的是佩卡．羅林斯；又一次，則是他們被韋蘭的父親黑吃黑。燈塔上頭，那名職員尖叫著饒命時，那聲音更是大而清晰。

韋蘭看著凱茲將房間整理回原樣。他將一枚信封稍微往左移一點，最大檔案櫃的一個抽屜多打開一些，再把椅子推回原位。當他做完，掃視房中，再從韋蘭手中把筆抽走，小心放在桌上該放的位置。

「小商人，一名好賊就像上好的毒藥，不會留下任何痕跡。」凱茲將燈吹熄。「你父親樂善好施嗎？」

「不。他會捐款給格森神，但他說慈善事業等於是搶走勤懇工作的人的機會。」

「好吧，過去八年他都捐獻給聖赫德教堂。如果你想憑弔母親，也許能從那裡開始著手。」

韋蘭一語不發地在陰暗的房中望著凱茲。他從沒聽過聖赫德教堂，也不知道髒手竟願意分享任何於他無益的資訊。「什麼──」

「如果妮娜和賈斯柏有好好執行他們的任務，斯密特很快就會到家。他回來的時候我們不能在這兒，否則整個計畫就會完蛋。走吧。」

韋蘭覺得自己彷彿被帳本狠搧了腦袋一下，然後得到一句：「別太在意。」

凱茲稍微把門打開一條縫，兩人頓時暫停。

越過凱茲肩膀，韋蘭看到一個小女孩站在樓梯平台，靠在其中一頭大灰狗的脖子上。她應該約莫五歲，那件法蘭絨睡衣邊緣底下幾乎看不見腳趾。

「格森神啊。」韋蘭低喃著。

凱茲走上走道，在身後把門拉到幾乎關上。韋蘭在黑漆漆的辦公室中猶疑不定，不曉得該怎麼做，也擔心不曉得凱茲會幹出什麼事。

那女孩用大大的眼睛抬頭看著凱茲，然後把拇指從嘴裡拔出。「你是幫爹地工作的人嗎？」

「不是。」

那記憶再次浮上韋蘭心頭。我是個好人。他們伏擊了從艷之園出來的那名職員，拖著他到燈塔頂上。凱茲抓著對方腳踝，職員濕了褲子，在吐露斯密特的哨令之前又是尖叫又是求饒。凱茲本來要將他重新拉上來，直到職員吐出更多事情：錢、斯密特客戶的銀行帳戶，然後——這些是我從艷之園的女孩那裡知道的，一個贊米人。

凱茲暫停動作。你有她什麼把柄？

然後韋蘭就聽到了，那低沉且危險的警告語調。但是那職員不認識凱茲，辨識不出他粗糙、刺耳嗓音中的變化。他以爲自己找到了切入點，找到了凱茲想要的東西。

她的一個客人給了她一堆昂貴的禮物，她偷偷存錢。前一個被抓到沒交出錢的女孩，你知道孔雀對她做了什麼嗎？

我知道，凱茲說，雙眼閃著精光，有如剃刀邊緣。希琳姨把她打死了。

凱茲——韋蘭試圖說話，但那個職員講個沒完。

就在接待室裡面。這個女孩曉得要是我講出去她就完了。爲了不讓我說出去，她免費見我，偷偷讓我進去。她也可以對你這樣，和你的朋友。你想怎樣就怎樣。

如果希琳姨發現，她會殺了你這位贊米小姐，凱茲說，她會被拿來殺雞儆猴。對，那職員企盼地喘著氣。你想怎樣她都會願意，什麼都行。

凱茲慢慢讓男人的雙腿從手中滑下。感覺不怎麼好吧？發現自己的命運掌握在他人手中？當職員發現自己犯下錯誤，聲音拉高到另一個八度。她只是個討生活的女孩，他尖叫著，她很瞭解實際狀況是怎樣！我是個好人！我是個好人！

克特丹沒有好人，凱茲說，這裡的風氣和好人合不來。接著，他就這樣放開手。

韋蘭一陣顫抖。透過門縫，他看見凱茲蹲了下來，才能注視小女孩的雙眼。「這個大傢伙叫什麼名字？」凱茲說，一手放上狗兒滿是皺紋的頸子。

「這是斑斑大師。」

「是嗎？」

「牠很會叫喔，爹地讓我幫每隻狗狗取名。」

「斑斑大師是妳的最愛嗎？」凱茲問。

她好好想了想，然後搖搖頭。「我最喜歡銀背公爵亞當，再來毛毛嘴，然後才是斑斑大師。」

「很高興妳告訴我，漢娜。」

她的嘴巴張成一個小小的O。「你怎麼知道我的名字?」

「每個小孩的名字我都知道。」

「眞的嗎?」

「眞的。住在隔壁的亞伯特、琥珀街的葛楚,我住在他們的床底下和更衣間深處。」

「我就知道,」女孩用氣音說,聲音中帶著恐懼,也有得意。「媽咪說那裡什麼也沒有——我就知道。」她頭歪一邊。「可是你看起來不像怪物。」

「漢娜,我告訴妳個祕密。眞的很壞的怪物,看起來都不像怪物。」

現在小女孩的嘴唇開始顫抖了。「你是來吃掉我的嗎?爹地說怪物會吃不乖乖聽話上床睡覺的小孩。」

「他們會,但我不會,今晚不會——如果妳幫我做兩件事,」他的語調平靜,恍若催眠,又如塗上過多松香的琴弓那樣沙啞。「首先,妳一定要爬上床鋪。第二,妳一定不可以告訴任何人妳看到我們,尤其是妳爹地。」他往前傾,嬉鬧似地扯了一下漢娜的辮子。「因爲呀,如果妳說了,我就先割妳媽媽的喉嚨,再割妳爸爸的,然後把這些流著口水的可愛獵犬心臟都挖出來。我會把銀背公爵留到最後,這樣妳就會知道這全是妳的錯。」小女孩的臉刷白,白如她睡袍領口上的蕾絲,雙眼睜得好大,明亮有如新月。「妳明白了嗎?」她狂亂地點頭,下巴抖顫。「好囉好囉，不可以哭。看到眼淚只會刺激怪物的食欲喔。快上床去吧，把沒用的斑斑大師也一起帶走。」

她轉身奔過樓梯平台，上了樓梯。當她走到一半，恐懼地回頭望了凱茲一眼。他在嘴前舉起一根戴了手套的手指。

等她消失，韋蘭從門後溜出，隨凱茲下樓。「你怎麼可以對她說那種話？她只是個孩子。」

「我們都曾是孩子。」

「但是——」

「不這樣，就是扭斷她脖子，弄成她好像是從樓梯摔下去。韋蘭，我想我可是展現了驚人的自制力。快走。」

他們謹慎地穿過仍躺在走道上的剩餘狗群。「了不起。」凱茲說：「牠們很可能會整晚都這樣待著。」他吹了哨子，狗兒躍起身，豎起耳朵，準備守護屋子。斯密特回家時，一切都會是該有的模樣——獵犬在地面層走來走去，二樓辦公室完好無缺，老婆舒舒服服在三樓酣睡，而女兒也會假裝睡得很好。

凱茲檢查街上，揮手叫韋蘭出來，因為要鎖門而稍停一下。

他們快步走在鋪石地上，韋蘭回頭偷看，有點不敢相信他們竟然成功了。

「不要再東張西望，一副有人跟著你的模樣。」凱茲說：「還有，不要這樣匆匆忙忙，你簡直比在東埠警匪劇裡演三號小偷還有罪惡感。下次正常走路，讓自己看起來自在點。」

「不會有下一次了。」

「當然不會。領子立起來。」

韋蘭沒多作爭辯。在伊奈許平安之前、在他們拿到承諾的錢之前，他都無法說出什麼正氣凜然的收場白。但這一切終會走到結束，一定會的，對吧？

馬泰亞斯從這條街另一頭吹出高頻鳥囀，凱茲瞥瞥手錶，一手耙過頭髮，亂七八糟抓了一陣。「一秒不差。」

他們繞過轉角，當頭撞上康尼利斯．斯密特。

03 馬泰亞斯

馬泰亞斯躲在陰影中看著這場詭異劇碼開展。

康尼利斯．斯密特翻倒、失去平衡，帽子從幾乎光禿的腦袋滑落。撞上他的男孩走上前欲攙扶他。

那男孩是凱茲，但也不是。他的深色頭髮亂糟糟，儀態慌張。眼神東閃西躲，下巴縮進了領子，好似羞愧到無地自容——儼然一名尊敬長者的青澀年輕人。韋蘭在他後面徘徊，整個人深深縮進外套，馬泰亞斯覺得他簡直都要消失了。

「看一下路好不好！」斯密特氣惱得鼻子直噴氣，把帽子重新在頭上戴好。

「先生，眞的非常非常抱歉，」凱茲說，撢撢斯密特的外套肩膀。「我這笨手笨腳的！眞該死！」他朝鋪石子地俯身。「噢老天，我想你錢包掉了。」

「還眞是掉了！」斯密特驚訝地說：「謝了，眞是謝謝你。」然後，在馬泰亞斯不敢置信的凝視中，斯密特打開皮夾，抽出一張五克魯格鈔票。「來，年輕人，拿去。因爲你很誠實。」

凱茲一直保持著低頭姿態，竟還能一面小聲說話，一面表現出謙遜感激的模樣。「先生，您太好了，眞的太好了。願格森神也如此大方。」

這名胖胖的律師逕自離去，帽子歪斜，哼著小調，對於自己直接撞上兩小時前在積雲俱樂部座位正對面的發牌員一無所知。斯密特抵達家門口，從衣服拉出一條鍊子，然後瘋狂拍找背心、尋找哨子。

「你沒掛到鍊子上？」當凱茲和韋蘭來到陰暗的門口加入他時，馬泰亞斯問。他知道這種技巧對凱茲完全是游刃有餘。

「沒必要。」

斯密特在衣服裡到處搜，最後撈出哨子，打開門，再次開始哼歌。馬泰亞斯實在看不穿這招。凱茲在斯密特身上到處摸時，他的視線一直跟著凱茲戴了手套的手，但即便知道凱茲打算歸還哨子，馬泰亞斯依舊無法察覺施展詭計的瞬間。他非常想把斯密特拖回來叫凱茲再表演一次。

凱茲用手指整理好頭髮，將五克魯格遞給韋蘭。「別花在同一個地方。我們走吧。」

馬泰亞斯帶他們前往狹窄的運河側渠，他把船停在那裡。馬泰亞斯把凱茲的枴杖扔給他，手腳並用地爬下去。今晚，凱茲很明智地不使用手杖。如果有人注意到某個拿烏鴉頭手杖的男孩，在不尋常的時間於康尼利斯．斯密特的辦公室附近鬼鬼祟祟；如果，某人漫不經心地提起，並不知怎地傳進范艾克耳中，他們所有辛苦就白費了。爲了奪回伊奈許，出其不意的得是他們，而惡魔這種人絕對不留任何冒險空間。

「然後呢?」船順著運河的黑水漂流時，馬泰亞斯說。

「別說話，赫佛，話語會隨水漂流，讓自己有用點，幫忙划槳。」

馬泰亞斯拚命忍下把槳折成兩半的衝動。凱茲為什麼就是不能說話有禮貌點?他發號施令時老一副所有人就該聽命行事的模樣，而自范艾克抓走伊奈許，他討人厭的程度就翻了倍。不過，馬泰亞斯想盡快回到黑幕島、回妮娜身邊，所以他聽話，在船逆流前進時感覺著肩膀的動作。

他專注於記下經過的地標，試圖記住街道和橋梁的名稱。雖然馬泰亞斯每晚研究城市地圖，卻發現克特丹糾纏成結的巷子和運河幾乎不可能解開。他向來對自己絕佳的方向感相當驕傲，但這座城市打敗了他，而他發現自己不斷咒罵那個竟覺得能在沼澤上建起城市，甚至這樣毫無章法邏輯地亂規畫一通的神經病。

一通過海港橋下方，他就因為發現周遭再次變得熟悉而鬆口氣。凱茲打斜船槳，帶他們轉入乞丐灣陰鬱的水中。在那裡，運河變得開闊，領他們進入黑幕島的淺水處。他們將船藏在一株白柳樹低垂的枝幹後方，然後在陡峭河岸上散布的墳墓之間小心往上走。

黑幕島是由白色大理石墳墓組成的微型城市，令人毛骨悚然。許多墓刻著船的圖案，一面行過那隱形海水，石中的破浪神一面流著眼淚。有些上頭有格森神的幸運錢幣標記，其他則是克爾斤的三隻飛魚，妮娜說那象徵死者是官員的家人，少數則由身上飄盪著大理石衣袍的拉夫卡諸聖照看。這裡不見喬爾神或其梣樹的蹤跡。斐優達人不會想葬於地面，他們無法在那裡扎根。

幾乎所有墓都陷入年久失修的狀態，很多不過是堆頹倒的石頭，藤蔓和一簇簇春天花朵猖狂生長。馬泰亞斯曾覺得拿墓園當藏身處的想法十分可怖，不管那地方荒廢多久都一樣。但無庸置疑，對凱茲．布瑞克來說，沒有任何地方是神聖不可侵犯的。

「他們為什麼不再使用這裡了？」他們占下島中央一座巨大墳墓做藏身處時，馬泰亞斯曾這麼問。

「瘟疫，」凱茲回答，「第一次嚴重爆發是超過一百年前的事，商會禁止在城市範圍內埋屍。現在所有屍體都得焚化。」

「如果你有錢就不用，」賈斯柏補充，「那樣他們就會把你帶去鄉間墓園，你的屍體可以在那裡享受新鮮空氣。」

馬泰亞斯憎恨黑幕島，不過也承認這裡很適合他們。鬧鬼的謠言讓偷渡房客不會來此處，瀰漫在歪扭柳樹間的大霧，以及一柱柱石墓碑遮掩了不時出現的提燈亮光。

當然，如果有人聽見妮娜和賈斯柏嗓子扯到最高、爭執沒完，這一切就沒有啥用。他們一定已回到了島上，將遊船留在北側。妮娜惱火的嗓音從墳墓間飄過來，馬泰亞斯感到如釋重負，不禁加快腳步，渴望快點見到她。

「我覺得妳對我剛剛經歷的一切沒有展現出適當的感激。」賈斯柏邊說邊重重踏過墓園。

「你花了一個晚上在桌邊輸掉別人的錢，」妮娜反駁。「這對你來說實際上不是和度假沒兩樣嗎？」

凱茲拿手杖敲響墓碑，兩人瞬間靜下，立刻轉換成戰鬥姿勢。

妮娜一瞥見藏在陰影中的三人就放鬆下來。「噢，是你們啊。」

「對，是我們。」凱茲用手杖把他們兩人往島中央趕。「如果你們沒有這麼忙著對彼此吼叫一定會聽到的——馬泰亞斯，別看傻眼得這麼誇張，一副這輩子沒看過女孩穿禮服的樣子。」

「我沒有看傻眼。」馬泰亞斯盡可能擠出僅存的尊嚴。但喬爾神啊，在妮娜……這裡那裡都塞著鳶尾花的狀況下，他到底該看哪裡？

「別吵，布瑞克，」妮娜說：「我喜歡他看傻眼的樣子。」

「任務進行得如何？」馬泰亞斯問，努力將目光固定在她臉上。而當他注意到她化的那些妝底下有多疲倦，一切就簡單多了。她甚至握住了他伸去的手，在走過高低不平處時稍稍靠在他身上。今晚讓人精疲力竭。她不該穿這麼一點點絲綢在巴瑞爾疲憊行走，應該休息才是。但范艾克給的期限所剩的時間漸漸減少，而馬泰亞斯知道，在伊奈許安全之前，妮娜都不會讓自己好過。

「這不是任務，是工作，」妮娜糾正，「而且進行得超級完美。」

「對啊，」賈斯柏說，「超級完美。除了我的左輪正安安全全在積雲俱樂部積灰塵。斯密特不敢帶著它們走回家，那個沒用的胖子。光是想到我的寶貝被他那雙滿是臭汗的手拿著——」

「沒人叫你把它們拿來押。」凱茲說。

「你發的那牌把我逼到死路，不然你說說我要怎樣讓斯密特留在桌邊？」

他們靠近時，古維從巨大石墳探出頭來。

「我是怎麼告訴你的？」凱茲咆哮，拿手杖指著他。

「我的克爾斥語沒有很好。」古維表示抗議。

「小鬼，少在那邊騙人，你夠會了。待在墳墓裡。」

古維垂頭喪氣，「待在墳墓裡。」並悶悶不樂地重複道。

他們跟著蜀邯男孩進去。馬泰亞斯憎惡這地方。為什麼要為死亡建造這種紀念碑？這墓地建成古老貨船的模樣，內部挖成一個巨大的石頭船殼，甚至設有能在傍晚往地窖地面投射彩虹光芒的彩繪玻璃舷窗。據妮娜所言，牆壁上棕櫚樹和蛇的雕刻象徵這個家族曾是香料商人。但他們的經濟狀況一定變糟了，也可能是將故人移到別處，因為只有一個墓窖裡有住民，而主要船殼兩側的狹窄通道都空空盪盪。

妮娜把髮夾從髮中抽出，脫掉金色假髮，丟到擺在墓窖中央的桌上。她噗咚倒在椅子上，手指沿著頭皮按摩。「好多了。」她邊說邊高興地歎息。但馬泰亞斯無法忽略她幾乎泛青的膚色。她今晚狀況更糟了。要不是對付斯密特時遇到了麻煩，就單純是操勞過度。然而這樣看著她，馬泰亞斯感到心中一些什麼舒緩了下來。至少她現在看起來又像妮娜了。她的棕髮潮濕糾結、雙眼半閉。**被某人無精打采的模樣迷住正常嗎？**

「猜猜我們離開利德區時看到了什麼？」她說。

賈斯柏開始翻遍他們的食物儲藏室。「兩艘蜀邯戰船停在港口。」

她拿髮夾丟他。「我是想要他們猜欸。」

「蜀邯？」古維問道，回到他攤開一本筆記的桌旁。

妮娜點點頭。「大砲伸出，紅旗飛揚。」

「我稍早與史貝特談過，」凱茲說：「所有大使館都塞滿外交官和士兵，贊米人、開利人、拉夫卡人。」

「你覺得他們知道古維的事了嗎？」賈斯柏問。

「我覺得他們知道了煉粉的事，」凱茲說，「或至少謠言。而冰之廷有不少利害關係人聽說了古維被……釋放的謠言。」他將眼神轉向馬泰亞斯。「斐優達人也在這裡。他們帶了一整隊獵巫人一起到這兒。」

古維哀聲嘆氣，賈斯柏一屁股坐到他旁邊，用肩膀推了他一下。「大家都想要你不是很好嗎？」

馬泰亞斯什麼也沒說。他不喜歡去想過往的朋友和指揮官可能在距離他們只有幾哩的地方。對於在冰之廷做的事，他並不抱歉，也無意和解。

韋蘭伸手去拿賈斯柏丟在桌上的一塊餅乾。看到他和古維處在同一空間仍令人困窘。妮娜的塑形之成功，在他們開口說話前，馬泰亞斯時常分不出誰是誰。他眞心希望他們其中一人能對他行行好，戴頂帽子。

「這對我們有好處，」凱茲說：「蜀邯人和斐優達人不知道該從哪裡開始找古維，而那些在市政廳找麻煩的外交官能製造點不錯的雜訊，讓范艾克分神。」

「斯密特辦公室怎麼樣？」妮娜問。「你有找出范艾克把她關在哪裡嗎？」

「我有個好主意。我們明天午夜出擊。」

「準備時間夠嗎？」韋蘭問。

「只有這些時間了。我們可不打算等一張鑲金框銀的邀請函。你的象鼻蟲進展如何？」

賈斯柏眉毛高高挑起。「象鼻蟲？」

韋蘭從外套上拿出一個小玻璃瓶放在桌上。

馬泰亞斯俯身注視。看起來像一堆小卵石。「那是象鼻蟲？」他還以爲象鼻蟲是會偷鑽進穀倉的一種害蟲。

「不是眞的象鼻蟲。」韋蘭說。「是化學藥劑的象鼻蟲，目前還沒有名字。」

「你一定要取個名字，」賈斯柏說：「不然要怎麼喊它們吃晚餐？」

「別管它們叫什麼了，」凱茲說：「重要的是，這個小瓶子會吃光范艾克的銀行帳戶和他的名聲。」

韋蘭清清喉嚨。「可能吧。其中的化學滿複雜的。我是希望古維可以幫忙。」

妮娜用蜀邯語對古維說了些話，他聳聳肩，別開眼神，嘴唇稍微噘起。不管是因爲他父親最近的亡故，或者發現自己困在墓園中和一堆盜賊在一塊兒，那男孩越來越乖戾了。

「怎樣？」賈斯柏催促。

「我想做別的事。」古維回答。

凱茲的陰暗目光像匕首尖那樣釘在古維身上。「我建議你重新考慮優先順序。」

賈斯柏又推了古維一下。「凱茲的意思就是：『去幫韋蘭，不然我就把你封在其中一個墓窖裡，看看你還想不想做。』」

馬泰亞斯已不確定蜀邯男孩究竟聽懂沒有，但他很顯然接收到了訊息。古維吞嚥一下，心不甘情不願地點頭。

「談判的力量。」賈斯柏說，往嘴裡塞進一塊餅乾。

「韋蘭——和樂於助人的古維——會讓象鼻蟲動起來。」凱茲繼續說：「我們一救回伊奈許，就輪到范艾克的筒倉。」

妮娜翻翻白眼。「太好了，這都是爲了把我們的錢拿回來，而不是爲了救伊奈許——絕對不是。」

「親愛的妮娜，如果妳不在乎錢，那就換個名字叫它們。」

「克魯格？銀子？凱茲的唯一眞愛？」

「自由、安全、懲罰。」

「你不能給那些東西標價。」

「不能嗎？我打賭賈斯柏能。這就是他父親農場抵押權的價碼。」狙擊手盯著自己的靴尖。

「你呢，韋蘭？你能爲遠離克特丹、過自己生活的機會標個價嗎？妮娜，我敢說妳和妳的斐優達人除了愛國心和渴望彼此的眼神外，還要更多東西以維持生計。伊奈許心中可能也有個數字。那是得到未來的價碼。而現在，該換范艾克付帳了。」

馬泰亞斯沒被唬過去。凱茲老愛說道理，但不表示他總說眞話。「對我們所有人來說，」馬泰亞斯說：「幻影的命不只這個價。」

「我們救到伊奈許、拿到錢，就這麼簡單。」

「就這麼簡單，」妮娜說：「你曉不曉得我是斐優達王位下一順位繼承人？他們稱我安哥斯堡的爾莎公主喔。」

「沒有什麼安哥斯堡的爾莎公主，」馬泰亞斯說：「那裡只是個捕魚的小鎮。」

妮娜聳聳肩。「如果我們要自我欺騙，不如搞華麗點。」

凱茲不理她，在桌上鋪開城市地圖。馬泰亞斯聽見韋蘭悄聲對賈斯柏說：「他爲什麼不直接說希望她回來？」

「你應該對凱茲很熟了吧？」

「但她是我們的一分子。」

賈斯柏再次揚起眉毛。「我們的一分子？那表示她知道祕密握手嗎？表示你準備好弄個刺青了嗎？」他一指摸上韋蘭前臂，韋蘭的臉立刻漲成鮮明的粉紅色。馬泰亞斯忍不住要同情那個男孩。他很明白控制不了自己的感覺，有時他也懷疑，搞不好他們可以拋棄凱茲的一切計畫，直接讓賈斯柏和妮娜靠擠眉弄眼使克特丹聽話投降。

韋蘭不自在地將袖子往下拉。「伊奈許是團隊的一分子。」

「不要逼他。」

「爲什麼?」

「因爲，其實最實際的做法是凱茲把古維拿去競價，賣給最高出價者，直接忘了伊奈許。」

「他才不會——」韋蘭突然住口，質疑的神情竄上臉。

沒有人眞的知道凱茲到底會或不會做什麼。有時馬泰亞斯甚至懷疑，連凱茲自己也不確定。

「好，凱茲，」妮娜脫掉鞋，動動腳趾。「既然這是關於那個了不起的大計畫，我想不如你就別再對著那張地圖沉思半天，直接告訴我們要做什麼。」

「我要你們先專注明晚要做的事。之後，你們就能得到想要的所有資訊。」

「眞的嗎?」妮娜問道，扯扯身上的馬甲。其中一朵鳶尾花的花粉四散在她光裸的肩膀，馬泰亞斯產生一股難以壓抑的衝動，想用嘴將它們吹掉。**那搞不好有毒**，他堅決地對自己說。說不定他該去散個步。

「范艾克承諾給我們三千萬克魯格，」凱茲說，「我們就是要拿走那麼多，再另加一百萬當利息及零花，因爲我們就是可以。」

韋蘭把一塊餅乾掰成兩半。「我父親手邊沒有三千萬克魯格，就算你把他所有資產都拿走，也是沒有。」

「那你就該滾了，」賈斯柏說：「我們只和家裡眞的超有錢的失寵繼承人一起玩。」

凱茲伸出他跛的那條腿，稍微伸展腳掌。「如果范艾克手上有那種大錢，我們直接搶他就好，何苦還闖進冰之廷？他之所以能提供那麼大筆獎賞，是因爲他說商會投了整個城市的錢下去。」

「那他帶到飛格陸那個裝滿鈔票的箱子怎麼說？」賈斯柏問。

「假的。」凱茲說，嗓音中帶著嫌惡。「很可能是高級仿冒品。」

「這樣我們要怎麼拿到錢？搶這座城市？搶議會？」賈斯柏坐得更挺一些，雙手焦急地在桌上打鼓。「一晚襲擊十二座金庫？」

韋蘭在椅子上動著，馬泰亞斯從他的表情中看見不安。至少這群無賴裡還有一個人不願繼續犯罪。

「不，」凱茲說：「我們要用商人的做事方法，讓市場替我們完成接下來的事。」他往後靠，戴了手套的雙手擱在烏鴉頭手杖上。「我們要拿走范艾克的錢、拿走他的名聲；我們要讓他再也做不了生意，無論在克特丹或克爾斥的任何一個角落。」

「那古維會怎麼樣？」妮娜問。

「任務一完成，古維——格里沙、被剝奪繼承權，而且項上人頭有或沒有被懸賞的小伙子——可以去南方殖民地低調一下。」

賈斯柏皺眉。「那你會在哪裡？」

「這裡。我還有不少事情得照料。」

即便凱茲語調輕鬆，馬泰亞斯依舊從字裡行間聽見一股陰鬱的期待。他時常疑惑人們是如何在這城市活下來，而克特丹可能無法在凱茲．布瑞克手中存活。

「等等，」妮娜說：「我以爲古維要去拉夫卡。」

「妳怎麼會這樣想？」

「你把烏鴉會的股分賣給佩卡．羅林斯時，要他送個訊息到拉夫卡首都。我們都聽到了。」

「我以爲那是要找人幫忙，」馬泰亞斯說：「不是講價信。」他們從沒討論過要把古維交給拉夫卡。

凱茲一臉趣味地打量著他們。「兩者皆非。就希望羅林斯和你們倆一樣好騙吧。」

「那是誘餌，」妮娜呻吟一聲。「你只是要讓羅林斯瞎忙。」

「我要佩卡．羅林斯全神貫注，希望他讓他的人拚命去追我們的拉夫卡聯絡人，而這些人一定會非常難找，畢竟他們根本不存在。」

古維清清喉嚨。「我希望能去拉夫卡。」

「我還希望得到一條貂皮襯裡的泳褲，」賈斯柏說：「但人不可能每次都美夢成眞。」

古維的眉間皺出一道溝。他對克爾斥的容忍顯然早就達到——不對，是超過了極限。

「我希望能去拉夫卡，」他更堅定地重複。凱茲不帶感情的黑色雙眼凝視盯著古維，沒有移開。古維緊張地蠕動著。「他爲什麼這樣看著我？」

「凱茲是在想要不要留你活口，」賈斯柏說：「這對心理不太健康，我建議你深呼吸，喝點藥也不錯。」

「賈斯柏，好了。」韋蘭說。

「你們兩個都得放鬆點。」賈斯柏拍拍古維的手。「我們不會讓他宰掉你們的。」

凱茲揚起一眉。「別這麼早做出承諾。」

「拜託喔凱茲，我們費盡千辛萬苦救出古維，可不是爲了讓他變成蟲蟲的食物。」

「你爲什麼想去拉夫卡？」妮娜問道，那份熱切藏都藏不住。

「我們絕對不同意。」馬泰亞斯說。他不想爭執這件事，尤其是和妮娜。他們應該釋放古維，讓他在諾維贊過著隱姓埋名的生活，而不是把他交給斐優達最大的敵人。

妮娜聳聳肩。「也許我們該重新思考一下選項。」

古維慢慢開口，小心選擇用字。「在那裡比較安全，對格里沙和我都是。我不想躲躲藏藏，我想要訓練。」古維碰了碰面前的筆記本。「我父親的研究可以幫忙找到——」他遲疑了一下，和妮娜簡短對話，「煉粉的解藥。」

妮娜露出燦笑，雙手合握。

賈斯柏在椅子上往後傾得更斜。「我覺得妮娜就要開始唱歌了。」

解藥。古維在他筆記本上潦草寫了一大堆的就是這個嗎？可能有東西能中和煉粉力量非常誘人，然而，馬泰亞斯卻忍不住產生戒心。「把這種知識放在單一國家手中——」他開口。但古維打斷他。「我父親將這個藥帶到這世界，就算沒有我——就我所知——藥也會再被做出來。」

「你是說會有其他人解開煉粉的奧祕？」馬泰亞斯問。眞的沒有任何希望能控制這邪惡的事物嗎？

「科學發現有時是會這樣的，」韋蘭說：「一旦人們知道某些事情有可能，新發現的步調就會變快。之後就會變得像想把一窩黃蜂塞回巢裡。」

「你眞的認爲解藥有可能嗎？」妮娜問。

「我不知道。」古維說：「我父親是造物法師，但我只是個火術士。」

「你是我們的化學家，韋蘭，」妮娜充滿希望地說：「你怎麼認爲呢？」

韋蘭聳聳肩。「也許吧。但不是所有的毒都有解藥。」

賈斯柏嗤了一聲。「就是因爲這樣，我們才會叫他小太陽韋蘭呢。」

「拉夫卡有更多有天賦的造物法師，」古維說：「他們可以幫忙。」

妮娜大力點頭。「沒錯。娟雅・沙芬比誰都瞭解毒藥，大衛・科斯蒂克爲尼可萊國王發明了各式各樣新武器。」她瞥了馬泰亞斯一下。「還有其他東西！而且是好東西，那裡非常和平。」

馬泰亞斯搖搖頭。「這不是能輕易做出的決定。」

古維下巴繃緊。「我希望能去拉夫卡。」

「看見沒？」妮娜說。

「沒看見。」馬泰亞斯說。「我們不能把這麼重要的東西交給拉夫卡。」

「他是人，不是東西，而且是他自己想去。」

「我們現在是想做什麼就都可以做的嗎？」賈斯柏問：「因爲我有一張清單。」

此時出現一陣既長且緊繃的停頓，接著，凱茲用戴了手套的拇指拂過褲子縐褶。「妮娜，親愛的，幫我翻譯一下好嗎？我想確保古維和我都理解對方的意思。」

「凱茲——」她警告道。

凱茲往前移，雙手放在膝上，像個要提供些友善忠告的大哥哥。「我認爲，讓你明白自己的處境改變十分重要。范艾克知道你第一個會去避難的地方是拉夫卡，所以，任何前往那裡沿岸的船隻，都會被從上到下搜個徹底。唯一能力強大到能讓你像變一個人的塑形者在拉夫卡——除非妮娜想再吃一劑煉粉。」

馬泰亞斯怒號一聲。

「顯然不太可能，」凱茲退一步。「總之，我假設你應該不希望我把你運回斐優達或蜀邯吧？」

答案很清楚。當妮娜翻譯完，古維立刻喊了一聲：「不要！」

「那麼，你的選擇就是諾維贊和南方殖民地，但相較來說，克爾斥在殖民地中位置更下面。此外氣候也更好，如果你對這個特別要求的話。古維，你就像一幅偷來的畫，辨識度太高，不能在公開市場中賣；價值也太高，不能丟在那裡不處理。你對我來說毫無價值。」

「我不要翻譯這個。」妮娜厲聲說。

「那改翻這個：我唯一的考量就是讓你遠離楊・范艾克。如果你希望我尋找更明確的選項，那麼，比起送你搭上前往南方殖民地的船，一顆子彈便宜多了。」

妮娜雖說翻得吞吞吐吐，但仍翻譯了。

古維用蜀邯語回答；她猶豫了一下。「他說你很殘忍。」

「我只是很務實。如果我殘忍，就會直接幫他唸悼詞，而不是在這裡聊天。所以古維，你要去南方殖民地，而暑氣消散之後，你想自己前往拉夫卡，還是馬泰亞斯奶奶家都與我無關。」

「別扯到我奶奶。」馬泰亞斯說。

妮娜翻譯，最後，古維僵硬地點了個頭。雖然馬泰亞斯得到了想要的結果，妮娜臉上的沮喪神情依舊在他胸口留下空洞感受。

凱茲檢查手錶。「現在，既然我們都有了共識，你們知道自己有怎樣的責任。從現在到明天晚上可能會有很多事出岔子，所以我們把計畫過個一遍、再過一遍。我們只有一次機會。」

「范艾克會在周圍設置重兵，嚴加看守著她。」馬泰亞斯說。

「沒有錯，他有更多槍、更多人力、更多資源。我們只有奇襲，可不能浪費了。」

外頭響起一陣輕柔的搔抓聲，他們霎時站起來、做好準備——就連古維也是。

但沒多久就發現溜進墓窖的是羅提和史貝特。

馬泰亞斯吐出一口大氣，將步槍收回本來放的位置。槍一直在他手能搆到的地方。

「如何？」凱茲問。

「蜀邯人在他們的大使館安頓下來了，」史貝特說：「利德每個人都在講這件事。」

「人數？」

「四十上下，」羅提把靴子上的泥巴踢掉。「全副武裝，但以外交作爲掩護。沒人曉得他們想幹什麼。」

「我們曉得。」賈斯柏說。

「我沒能太靠近巢屋，」羅提說：「但沛．哈斯可很焦慮，而且好像不打算掩飾。沒有你在，那老傢伙堆積的工作和山一樣高。現在有謠傳說你回到城裡，並且和某個商人發生激烈衝突——噢，幾天前其中一個港口還發生了某種攻擊。一堆水手被殺，港務長辦公室成了一堆碎木，可是沒人曉得細節。」

馬泰亞斯看著凱茲沉下表情。他渴望獲得更多資訊。馬泰亞斯曉得惡魔想追回伊奈許還有其他理由，但事實證明，沒有了她，他們蒐集情報的能力大打折扣。

「好，」凱茲說：「不過沒人把我們和冰之廷的突襲或煉粉連在一塊兒？」

「就我聽說沒有。」羅提說。

「我也沒。」史貝特說。

韋蘭一臉驚訝。「那就表示佩卡．羅林斯沒有大嘴巴。」

「給他點時間，」凱茲說：「他知道我們把古維藏在某處。給拉夫卡的信就只能讓他瞎忙個那麼一點時間。」

賈斯柏躁動地用手指敲著大腿。「大家都沒發現整個城市都想找到我們，對我們發火或想宰了我們嗎？」

「所以呢？」凱茲說。

「畢竟以前通常只有半個城市。」

賈斯柏可能是開玩笑，但馬泰亞斯不禁想：究竟有沒有人真的理解他們面臨怎樣的勢力？斐優達、蜀邯、諾維贊、開利和克爾斥。這些不是什麼敵對幫派或是一肚子火的生意伙伴。這些是國家，下定決心保護他們的人民、守護他們的未來。

「還有，」史貝特說：「馬泰亞斯，你死了。」

「什麼？」馬泰亞斯的克爾斥語已經很好了——但也許還不夠好。

「你在地獄門的醫務室裡被捅死了。」

整個空間陷入安靜。賈斯柏沉重地坐下。「穆森死了？」

「穆森？」馬泰亞斯不認得這個名字。

「他替代了你在地獄門的位置，」賈斯柏說：「讓你加入冰之廷這票差事。」

馬泰亞斯想起和狼的戰鬥；妮娜站在他的牢房中；越獄；妮娜在渣滓幫一名成員全身上下蓋

滿假造的爛瘡，讓他發燒，確保他能被隔離，和獄中絕大多數人分開。穆森。這種事馬泰亞斯不該忘記。

「你不是說你在醫務室有內線？」妮娜說。

「那人是要確保他生病，並不確保他安全。」凱茲臉色陰沉。「那是謀殺。」

「斐優達人。」妮娜說。

馬泰亞斯交叉雙臂。「不可能。」

「爲什麼不？」妮娜說。「我們知道獵巫人就在這兒。如果他們到這裡找你，去市政廳吵吵鬧鬧，那些人就會說你在地獄門。」

「不對，」馬泰亞斯說：「他們不會訴諸這種狡詐的手法。雇殺手？謀殺一個臥病的人？」然而，即使馬泰亞斯這麼說，也無法確定自己能否相信他們。亞爾．布魯姆和他的手下做過更糟的事，而且良心都不會痛一下。

「高調、顯眼又盲目，」賈斯柏說：「斐優達風格。」

他替我而死，馬泰亞斯想著，**而我甚至不曉得他的名字。**

「穆森有家人嗎？」最終，馬泰亞斯問。

「只有渣滓幫。」凱茲說。

「無人送葬，」妮娜低聲說。

「無須喪禮。」馬泰亞斯默默回應。

「死了感覺如何？」賈斯柏問道，眼中的愉快光芒消失。

馬泰亞斯沒有答案。殺死穆森的刀本該刺向馬泰亞斯，而得爲此負責的可能是斐優達人——獵巫人。他的弟兄。他們要他毫無榮耀地死去，在醫務室床上被謀殺。那正是最適合叛徒的死法，是他活該自找。而今，馬泰亞斯欠穆森一筆血債，但他要如何償還？「他們會怎麼處理他的屍體？」他問。

「可能已成了死神駁船上的一堆骨灰。」凱茲說。

「還有別的，」羅提說：「有人在到處鬧，要找賈斯柏。」

「他那些債主可有得等了。」凱茲說。賈斯柏不禁一縮。

「不是，」羅提搖了個頭。「有人出現在大學，賈斯柏。他說他是你父親。」

04 伊奈許

伊奈許趴著，雙臂伸在前方，在黑暗中像蟲子一般蠕動。儘管她向來擅長挨餓，通風口依舊太窄小了。她看不見自己正往哪裡去，只能不斷往前移，用指尖把自己往前拉。

在飛格陸的打鬥後她終於醒來時，完全不知自己失去意識多久，對身在何方也毫無頭緒。她記得范艾克的風術士讓她從極高處筆直掉下，又被另一名接起來——那對環住她的雙臂堅硬如鐵。氣流衝擊她的臉，周圍是整片灰色天空。然後，一陣痛楚在頭顱炸開，接下來她只知道自己醒過來時，腦袋咚咚作響，處於黑暗之中。她的雙手和腳踝被綁著，感到遮眼布緊緊綁在臉上。有一瞬間，她又回到十四歲，被丟進奴隸船的貨艙，怕得要死、孤身一人。伊奈許逼自己呼吸。不管她身在何處，都沒感覺到船的擺盪，或聽到船帆嘎吱，身下的地面堅實平穩。

范艾克會把她帶到哪裡？她可能在倉庫、某人家裡，甚至可能已不在克爾斥。無所謂。她是伊奈許．葛法，絕不會像隻困在圈套中的兔子那樣顫抖。**不管我在哪裡，只要逃出去就好。**

她用臉摩擦著牆壁，想辦法把遮眼布蹭了下來。整個空間伸手不見五指。在這片寂靜中，她只聽到自己因再度陷入驚慌而急促的呼吸聲。她控制呼吸來調整狀態；鼻子吸進、嘴巴吐出，把注意力轉向祈禱，當她的諸聖聚集到身邊，她想像著祂們檢查她手腕上的繩索，將元氣揉進她手中。她沒有對自己說她不害怕，許久以前，在一次重摔之後，她的父親解釋道，只有蠢蛋才會毫無畏懼。**我們迎向恐懼，他說，歡迎那不請自來的訪客，聆聽他要告訴我們什麼。當恐懼來臨，就會有事發生。**

伊奈許確實希望能發生一些事。她不去理會頭部疼痛，逼自己在房中緩慢到處移動，估測此處的大小。接著，她推著牆站起身來，順著摸索，拖著腳移動、跳躍，尋找門或窗的跡象。當她聽見腳步聲靠近，立刻放低身體，但沒有時間把遮眼布移回原位。在那之後守衛就綁得更緊了。無所謂，因為她已經找到通風口，接著只要想辦法掙脫繩索。如果是凱茲就能在黑暗中做到……搞不好水裡也行。

唯一能完整看到被關押房間的機會，就是在吃飯的時候。他們會帶一盞提燈進來。她會聽見鑰匙在重重鎖中轉動，門一晃打開，托盤被放到桌上。一會兒後，遮眼布會輕輕從臉上掀起——班揚從不粗手粗腳或魯莽草率，他的本性不是那樣。事實上，她懷疑他那雙修剪得整整齊齊、屬於音樂家的手完全辦不到那種事。

托盤上當然從來沒有餐具。范艾克夠聰明，知道不能太相信她，連湯匙都不能給。但是伊奈許利用沒被遮眼的每個時刻，細細研究這空曠房間的每一吋，尋找有助於評估位置、計畫逃脫的線索。不過實在沒什麼搞頭——水泥地面，上頭除了她能在晚上鑽進去睡的一疊毛毯外什麼也沒有。四壁列放的架子空無一物。她吃飯使用的桌子椅子。沒有窗戶，唯一暗示他們可能還在克特丹附近的，是空氣裡的一絲潮濕鹹味。

班揚會鬆開她的手腕，再移到前方綁起，讓她能吃飯——雖然她發現通風口後就吃得很少，只吃到能讓她維持力氣的程度。然而，當班揚和守衛今晚帶來托盤，她的肚子仍因軟軟的香腸和麥片粥的氣味，發出清晰可聞的巨大聲響。伊奈許因飢餓而頭暈眼花，當她試著坐下，卻打翻了擱在桌上的托盤，砸破白色陶杯和陶碗，她的晚餐變成一堆熱氣蒸騰、鹹香軟糊外加破掉的瓦陶撒到地上，而她狼狽地倒在旁邊，險些落得一臉麥片粥的下場。

班揚搖著那顆長了絲軟深色頭髮的腦袋。「都是因爲妳不吃才會這麼虛弱，范艾克大人說，如果有必要，我得硬餵妳吃東西。」

「你敢。」她在地板上抬頭看他，齜牙咧嘴。「沒了手指你要教鋼琴可能會有點麻煩。」

然而班揚只是笑了笑，白牙閃亮。他和其中一名守衛扶她回到椅子，再傳令去要另一個托盤。

范艾克給她選的獄卒眞是再完美不過。班揚是蘇利人，只比伊奈許大幾歲，鬈鬈的濃密黑髮落在領口位置，黑寶石般的雙眼周圍生了長到能搧走蒼蠅的睫毛。他告訴她，自己是與范艾克簽了契約的音樂老師，而有鑑於那商人的新妻子甚至不到他一半年紀，伊奈許不禁懷疑他怎會讓這樣一個男孩進入自己家中。范艾克要不是非常有自信，就是非常愚蠢。**他對凱茲黑吃黑**，她提醒自己，**所以他絕對歸在愚蠢的那一類**。

那團髒亂一被清理乾淨——守衛清的，班揚不會紆尊降貴做這種事——新的餐食送來，他便靠著牆壁看她吃。她用手指挖起一團粥，只容許自己勉強吃這麼尷尬的幾口。

「妳得再多吃點。」班揚斥責道。「如果妳更順范艾克的意，回答他的問題，就會發現他是挺講理的人。」

「講理的騙子——詐欺者、綁架犯。」她說，又因為開口回答而咒罵自己。

班揚藏不住高興。每回吃飯，他們都要例行走過這麼一遍——她只吃一點，他小聊一下，在絮絮叨叨中穿插針對凱茲和渣滓幫的尖銳質問。每次她一開口，他就認為自己獲得一勝。很不幸，她吃得越少就越虛弱，也越難保持警醒。

「想想和妳一起混的那些人，我想撒謊騙人應該對范艾克比較有利。」

「*Shevrati*。」伊奈許清晰地說。**無知者**。她這麼喊過凱茲不只一次。她想起賈斯柏玩槍的模樣，妮娜手腕一振就能取人性命，凱茲戴著黑色手套撬鎖。流氓、盜賊、謀殺犯，就算這樣，也比一千個楊．范艾克更有價值。

那他們在哪裡？這個疑問扯動她體內些許匆匆縫起的傷口。凱茲在哪裡？她不想太仔細地檢視這個問題。最首要的是凱茲十分務實。如果他可以帶著全世界最有價值的人質遠離范艾克，爲什麼還要來救她？

班揚皺皺鼻子。「我們就別說蘇利語了，我會很傷感。」他穿著絲質錐形褲與剪裁優雅的外套，別在翻領上的胸針是金色七弦豎琴，頂部有著月桂葉和一小顆紅寶石，昭示他的職業及他簽訂契約的家族。

伊奈許知道自己不該繼續和他說話，但無論如何，她是蒐集祕密的人。「你教什麼樂器？」她問：「豎琴？鋼琴？」

「和長笛，也教淑女如何歌唱。」

「那麼阿麗斯．范艾克唱得如何？」

班揚懶懶地對她咧嘴一笑。「在我的指導下——極爲動聽。我可以教妳發出各式各樣悅耳的聲音。」

伊奈許翻翻白眼。他和那些與她一同長大的男孩一樣，腦中裝滿愚蠢念頭，口中全是便宜情話。「我現在被綁了起來，之後可能會面對各種折磨或更糟的下場。你是眞心在和我調情嗎？」

班揚嘖了一聲。「范艾克先生和妳那位布瑞克先生將會達成協議。范艾克是個生意人，就我瞭解，他只是在保護自己的利益，我無法想像他會訴諸折磨的手段。」

「如果每天晚上被綁起來、蒙住眼睛的是你，你的想像力可能就不會那麼貧乏了。」

如果班揚對凱茲有一點認識，也不會這麼確定有所謂交換。

好長一段時間她都被丟著一個人。伊奈許嘗試休息，並把心思放在逃跑上，然而總無法避免地轉向凱茲和其他人。范艾克想要拿她來換古維・育・孛，那個他們從世上最險惡的堡壘偷出來的蜀邯男孩。唯一有希望重製他父親研發的那個叫約鞑煉粉藥劑的，就是他，而他的贖金將會讓凱茲得到一直以來想要的一切——在巴瑞爾諸老大之列獲得正當地位所需的錢財和名聲，再加爲了他哥哥的死向佩卡・羅林斯報仇的機會。各項事實一一排列，一支疑心大軍就此集結，與她在心中拚命穩住的企盼相互對峙。

凱茲的目標很明確：訂下古維的贖價、收錢、新找個爲他在巴瑞爾爬牆偷祕密的蜘蛛。她不是對他說一旦酬勞入袋自己就打算離開克特丹嗎？留下來，他是認眞的嗎？在古維可能換到的獎賞面前，她的生命有何價值？妮娜絕對不會容許凱茲拋下她，就算她仍受煉粉掌控，也會拿出手上一切，想辦法救出伊奈許。馬泰亞斯會懷著可敬的寬大心胸，與她並肩作戰。而賈斯柏……好吧，賈斯柏絕不會傷害伊奈許，但如果他希望父親能維持生計，他將非常非常需要錢。他會盡全力，可是那對她不見得是最好的。除此之外，沒有凱茲，他們有誰能比得過范艾克的殘忍與財力？我可以，伊奈許對自己說，也許我沒有凱茲的狡詐智慧，但我是個危險女孩。

范艾克每天都叫班揚來看她，而他就只是一派和藹可親又討人喜歡的模樣，即便刺探凱茲的藏身處也是一樣。她懷疑范艾克不自己過來，是因爲知道凱茲會仔細盯著他的一舉一動，又或者，他認爲伊奈許面對蘇利男孩會比面對狡猾商人更容易露出破綻。但今晚，有些什麼改變了。

班揚通常會在伊奈許清楚表明不會再吃時離開——微笑道別、輕輕鞠躬，然後就走了。任務快速結束，直到第二天早晨再來一輪。今晚，他卻留下了。

在她用綁住的手把盤子推開時，他沒有接收這個暗示、逕自消失，反而說：「妳最後看到家人是在什麼時候？」

新方式呢。「如果能從我這裡問出情報，范艾克會給你獎勵嗎？」

「這只是個普通問題。」

「我也只是個普通犯人。他威脅要懲罰你嗎？」

班揚瞥了守衛一眼，平靜地說：「范艾克可以把妳帶回家人身邊，可以付清妳和沛・哈斯可的合約。這完全在他能力範圍內。」

「這是你想到的，還是你老闆想到的？」

「這很重要嗎？」班揚問，語氣中有一股急迫，挑剌著伊奈許的戒心。當恐懼來臨，就會有事發生。不過他是害怕范艾克，還是爲她擔心害怕？「妳可以遠離渣滓幫、沛．哈斯可和那個可怕的凱茲．布瑞克，無債一身輕。范艾克可提供前往拉夫卡的交通及旅途費用。」

這是提議，還是威脅？范艾克有可能找到她母親和父親嗎？蘇利人並不好追蹤，對於來打探的陌生人，他們會有戒心。但要是范艾克派人表示握有失蹤女孩的資訊呢？在某個寒冷黎明時分失蹤，彷彿被沖上岸的潮水帶走的那女孩？

「范艾克知道我的家人什麼消息？」她問，怒意上升。

「他知道妳離家千里遠；知道妳和艷之園的契約條款。」

「那麼他就會知道我是個奴隸。所以他會讓希琳姨被逮捕嗎？」

「我……我不認爲——」

「當然不會。范艾克不在乎我像捲棉布一樣被人買賣，只是想找個手段。」

但班揚問的下一個問題出乎伊奈許意料。「妳母親會做鐵鍋麵包嗎？」

她皺起眉。「當然。」那是一種蘇利主食，伊奈許就連在睡夢中都能做出鐵鍋麵包。

「加迷迭香？」

「蒔蘿，如果有的話。」她知道班揚想幹麼，他想讓她想起家。可是她實在太餓了，回憶太強烈，她的肚子不顧一切大響起來。伊奈許能看見母親悶住火焰，用指頭快速一捏、將麵包翻過來，再嗅嗅在灰燼上烤的麵糰。

「妳的朋友不會來的，」班揚說，「該爲妳自己的命打算一下了。夏日結束前妳就能回家和家人在一起。如果妳肯，范艾克一定會幫妳。」

伊奈許體內的警報系統響起危險訊號。這場戲太明顯了。在班揚的魅力、深色雙眼與從容承諾之下的，是恐懼。然而，在嘈雜而喧囂的疑心之中，她能聽見另一個鈴聲的輕柔鳴響，在問：「要是……？」要是，她讓自己接受撫慰，不再假裝自己早已不想念那些失去的事物？要是，她就這樣讓范艾克將她放上船、送回家？她就可以嘗到仍因鍋子而暖呼呼的鐵鍋麵包，看見母親深色髮辮中交織著緞帶，一股股成熟柿子顏色的絲線。

但伊奈許再清楚不過，她的老師是個中好手。*寧可聽可怕的眞相，也不要信美好的謊言。*凱茲從未提供她快樂，她也不信此時此刻承諾給予她的這些人。她受的苦難並非毫無來由。她的諸聖將她帶到克特丹是有原因的——一艘獵捕奴隸販子的船，爲她經歷的一切賦予意義的使命。她不會爲了什麼過往的夢想就背叛那個目的，或她的朋友。

伊奈許對班揚嘶了一聲，這彷彿野生動物的聲音使他瑟縮後退。「去告訴你的主人，在他開始談新交易之前，先兌現舊交易，」她說：「別再來煩我。」

班揚倉皇逃離，名符其實一隻打扮得光鮮亮麗的老鼠。但伊奈許知道，離開的時候到了。班揚的新堅持對她來說不會代表什麼好事。我得逃離這個牢籠，她想，要在那頭野獸再拿回憶和同情誘惑我之前逃走。也許凱茲和其他人就要來救她了，可是她不打算在這裡乾等。

班揚和守衛一離開，她就推出藏在綁住腳踝的繩索下的破碗碎片，開始行動。儘管班揚帶著那碗聞起來極度美味的粥糊抵達時，她感到虛弱且搖搖晃晃，但昏倒只是爲了巧妙地將托盤從桌上打翻而假裝的。如果范艾克眞有做點功課，就會警告班揚幻影是不會跌倒的，尤其不可能那樣笨手笨腳地在地上跌成一團，因爲她能輕而易舉將餐具碎片藏進綁她的束縛中。

她拿碎片又鋸又刮，壓著邊緣的手指冒了一堆血，彷彿過了一輩子，她終於割斷繩索，讓雙手重獲自由，接著解開腳踝繩索，摸索前往通風口。班揚和守衛到早上前都不會回來，這讓她獲得一整晚時間逃離此處，並且能跑多遠就跑多遠。

通道窄小到令人痛苦。因爲一些她不太認得的味道，裡面的空氣發霉腐臭，黑得如此徹底，甚至不拿下遮眼布也沒差。伊奈許完全沒頭緒通風管會通到哪裡。有可能延伸個幾呎，也可能有半哩長。在早晨，或他們發現蓋住通風口的格柵鉸鍊被弄鬆、知道她的確切位置前，她得成功逃脫。

如果想把我弄出去，就祝你好運了，她陰沉地想。她不覺得范艾克的守衛有人能擠進這條通風管。他們得從廚房找個男孩，用豬油當潤滑把他擠進來。

伊奈許緩慢推進。她走多遠了？每次深呼吸，猶如夾住肋骨的通風管就好像又收緊了些。就她所知，她可能在建築物頂上，說不定頭一從另一端探出，就會見遙遠下方繁忙的克特丹街道。如果是這樣，伊奈許可以處理。但如果通風管就這麼走到死路呢？如果另一邊被牆堵起來了呢？她就得一整路扭著倒退回去，並希望自己能重新把繩索綁緊，抓住她的人才不會知道她幹了什麼好事——這根本不可能，今晚絕對不能有任何死路。

快一點，她對自己說，滴滴汗水從額頭冒出。不去想像整座建築彷彿往內壓縮、牆壁將空氣從她肺中擠壓出來實在有點難。在抵達隧道盡頭、知道自己該跑多遠才能躲避范艾克的人馬之前，伊奈許都無法眞正計畫出什麼。

然後她就感覺到了——一陣極微弱的氣流吹在濕答答的前額上。她快速且低聲地禱唸一句感謝。前方一定有某種開口。她嗅了嗅，尋找有無煤炭煙味或鄉下小鎮綠野的潮濕氣味，小心翼翼扭身向前，直到手指摸到通風口的木板條。沒有光線漏入，她想這應該是好事。她要掉進去的房間一定無人使用。諸聖啊，萬一她在范艾克的宅子裡怎麼辦？萬一她一頭栽在熟睡的商人身上呢？她細聽著有無人類的聲響——鼾聲、深呼吸。什麼也沒有。

她渴望自己的刀，渴望它們在手中那令人安慰的重量。范艾克仍扣著嗎？賣掉了嗎？或是丟進海裡？總而言之，她還是一一說出它們的名字——**佩塔、瑪里雅、安娜塔西亞、利札貝塔、聖**

維拉德米爾、聖阿利娜——每喃喃唸出一字，勇氣就回來一分。接著她晃動通風口，一個猛推，它咻地一下打開，卻沒掛在鉸鍊上晃，而是完全脫落。她試圖抓住，它卻從指尖溜走，乒乒乒乒掉到地上。

伊奈許等待著，心臟狂跳。死寂中，一分鐘過去了，接著又一分鐘。沒人過來，房間是空的——也許這整棟建築都是空的。范艾克不會留她無人看守，所以他的人一定駐紮在外面。如果情況是這樣，表示越過他們逃走的挑戰較小。而且，至少她大概知道自己離地面多遠了。

接下來要完成的動作真的無法多優雅。她頭在前地往下滑，緊抓著牆。然後，當過半的身子出來後，身體開始傾斜。伊奈許讓這股力量帶著她往前，身體蜷成一球，並用雙臂包住頭，好在摔落時保護頭頸。

撞擊其實不痛不癢。地板就和牢房一樣是堅硬的水泥。不過她在撞上的同時，也碰上某個堅硬物體的背面，並蜷起了身體。她一鼓作氣站起來，雙手探索著剛剛砰一聲撞上的物體。那個東西以天鵝絨包上軟墊，她一面順著移動，一面感覺到旁邊有另一個相似的東西。**座位**，她恍然大悟，**我在劇院裡**。

巴瑞爾有很多音樂廳和劇院。她有可能離家這麼近嗎，又或者這是利德區那些高檔歌劇院之一？

她伸出雙手慢慢移動，直到抵達推測是劇院後方的牆壁。她一路摸索著尋找門或窗戶，或者另一個通風口也好。終於，她的手指勾到了門框，雙手握住門把。但門沒開——鎖住了。她試探地敲敲門。

房間頓時大放光明。伊奈許縮回門邊，因爲突然的亮光瞇起眼睛。

「葛法小姐，如果妳想來個導覽，開口說一聲就好。」楊．范艾克說。

他站在破舊劇院的舞台上，黑色的商人裝束剪裁俐落。劇院的綠色天鵝絨座位都被蠹蟲蝕咬，圍住舞台的簾幕成了碎布垂掛在那兒。沒人費心把上齣劇的舞台布景撤下，那看起來活像小孩想像中的恐怖版外科手術室，特大號的鋸子和大錘掛在牆上。伊奈許認出這場景是「狂人與博士」，狂劇團的短劇之一。

守衛配置在房間周圍，班揚則站在范艾克旁邊，絞著那雙優雅的手。所以通風口是故意留著沒關用來引誘她的？范艾克從頭到尾都在玩弄她嗎？

「帶她過來。」范艾克對守衛說。

伊奈許毫無遲疑。她跳上最近座位細窄的椅背，衝向舞台。在守衛掙扎著在座位間東攀西爬時，她從一排跳到另一排，一撐躍上舞台，經過嚇了一大跳的范艾克，又俐落避開兩名守衛，抓住其中一條舞台繩索，一路往上攀，祈禱著在成功登頂之前繩子能撐住她的重量。她可以藏在屋椽，想辦法前往屋頂。

「切斷繩子！」范艾克冷靜地喊。

伊奈許爬得更高也更快，但幾秒後就看到上方冒出一張臉，那是范艾克的守衛之一，他手中握了一把刀，對著繩索一劈。

繩索支撐不住，伊奈許摔落地面，她放鬆雙膝以承受衝擊，但還沒來得及站起，三名守衛已壓上來，將她制在原地。

「我說眞的，葛法小姐，」范艾克斥責道，「我們非常清楚妳的天賦。妳認爲我不會做任何防禦措施嗎？」他沒有等她回答。「沒有我或布瑞克的協助，妳是不可能找到出路的。由於他似乎沒打算出面，也許妳該考慮換個盟友。」

伊奈許什麼也沒說。

范艾克將雙手塞到背後。注視著他，伊奈許又見到韋蘭的影子，這感覺實在很怪。「整個城市都充斥著煉粉的謠言。斐優達的獵巫人代表團抵達了大使館區。今天，蜀邯兩艘戰船開進了第三港口。我給布瑞克七天安排交易、換妳平安，但那些人都在找古維．育．孛，在他們找到人之前把他從這城市弄出去比什麼都重要。」

兩艘蜀邯戰船。變數就是這個。范艾克沒時間了。班揚是本來就知道，或者單純感覺到他主人變了心情？

「我還希望班揚能證明自己除了改善我妻子在鋼琴上的才能，也能做一些別的。」范艾克繼續說：「但妳和我似乎非得做出協議不可。凱茲．布瑞克把那男孩藏在哪裡？」

「我怎麼會知道？」

「渣滓幫所有避難所的位置妳一定全知道。布瑞克做任何事情一定有準備，他在城裡每個地方都會有狡兔窟可躲。」

「如果你這麼瞭解他，就知道他絕不會把古維藏在我能帶你找到的位置。」

「我不信。」

「我沒辦法管你信不信。你的蜀邯科學家很可能早就不在了。」

「那麼我就會聽到風聲；到處都有我的眼線。」

「很顯然沒有到處。」

班揚嘴唇抽動了一下。

范艾克不耐地搖著頭。「把她放到桌上。」

伊奈許知道掙扎沒用，不過還是掙扎了。要不抵抗，要不就是在守衛將她抬上桌面、固定四肢時，在流竄全身的恐懼面前投降。此時，她看到其中一張道具桌上放了和掛在牆上的巨鎚大鋸一點也不像的器材——那是真正的手術工具，閃著不祥意圖的解剖刀、鋸子和手術鉗。

「妳是幻影，葛法小姐，巴瑞爾的傳說。妳蒐集法官、議員、盜賊和殺手之輩的祕密。我懷疑這城市沒有什麼是妳不知道的。我要妳馬上告訴我布瑞克先生的避難所位置。」

「我沒辦法告訴你我不知道的事。」

范艾克嘆氣。「別忘記我曾經嘗試待妳以禮。」他轉向其中一個尖鼻子的魁梧守衛。「我希望不要拖得太久，看你覺得怎麼做最好。」

守衛一手在桌上器材上方徘徊，好像在考慮哪種酷刑最有效率。伊奈許感到心中的勇氣在動搖，呼吸轉為驚恐的喘息。**當恐懼來臨，就會有事發生。**

班揚靠向她，臉色蒼白，眼中滿滿擔憂。「拜託妳告訴他，布瑞克鐵定不值得妳因為他留下傷疤或變成殘廢，把妳知道的都告訴他吧。」

「我只知道你們這種人不值得和他們呼吸同樣的空氣。」

班揚似乎很受傷。「我對妳一直很友善，我不是什麼禽獸。」

「你不是，你是個待在一旁什麼也不做的人，在禽獸打牙祭時慶幸著自己還算高尚。至少禽獸還有牙齒、有骨氣。」

「那樣說很不公平！」

伊奈許眞不敢相信這畜生有多軟弱，在這種時候竟還尋求她的認同。「如果你還相信什麼公平，那麼你的人生鐵定過得非常幸運。班揚，別擋著禽獸的路了，我們快點了結這件事。」尖鼻守衛上前，手中某個物品閃著光亮。伊奈許遁入心內的某個平靜之處，這是讓她能在艷之園忍耐一年的所在。一整年，每夜深刻難忘的疼痛與羞辱，每日數算著毆打和其他更糟的情況。「來吧。」她催促道，語調堅強如鐵。

「等等，」范艾克讀帳簿似地研究著伊奈許，彷彿想將數字整頓一番。他頭歪一側，說：「打斷她的雙腿。」

伊奈許感到勇氣潰散，身體開始撲騰，拚命想從守衛的箝制中掙脫。

「啊，」范艾克說：「我想也是。」

尖鼻守衛挑了一根沉重的水管。

「不，」范艾克說：「不要乾脆打斷；用鎚子，打碎骨頭。」他的臉懸在她上方，雙眼是明亮清澈的藍；那是韋蘭的眼睛，卻缺少韋蘭的善良。「沒人有辦法重新把妳拼湊起來，葛法小姐。也許妳能在東埠乞討零錢，想辦法清償契約，然後每晚爬回巢屋的家——假如布瑞克還會給妳住的地方。」

「不要。」她不知道是在懇求范艾克還是自己。在這個瞬間，她不曉得比較恨哪一個。

守衛拿起鐵鎚。

伊奈許已渾身是汗，在桌上狂扭。她能嗅到自己的恐懼。「不要，」她重複道：「不要。」

尖鼻守衛用雙手掂了掂鎚子的重量。范艾克點頭，守衛舉鎚，畫出一道流暢的弧線。

伊奈許看著鎚子抵達弧線最高峰，寬大的鎚頭映射光芒，有如死去的月亮平坦表面。她聽見篝火發出的嗶剝聲，想到母親交纏了柿子色絲線的頭髮。

「如果你傷了我，他絕不會和你交易！」她尖叫道，那些字眼從體內深處某個地方掙脫而出，她的聲音赤裸裸地毫無防衛。「我對他就再也沒有用處！」

范艾克舉起一手，鎚子落下。

那一擊落在距離她小腿僅毫髮之隔的位置，敲碎桌子表面，伊奈許感到它掠過褲子，整個桌角都因那股力道而凹陷。

我的腿，她一面想，一面劇烈顫抖。**那本來會是我的腿。**她口中有著金屬的味道；她咬了舌頭。**諸聖守護我、諸聖守護我。**

「妳提出了個有趣的主張。」范艾克沉思道，一根手指點著嘴唇，陷入思考。「衡量一下妳的忠誠度，葛法小姐，明晚我可能就不會這麼慈悲了。」

伊奈許控制不了顫抖。**我要把你剖開，**她無聲發誓，**我要把那顆可悲的心臟從你胸膛挖出**

來。這是個邪惡的念頭，也是個卑劣的念頭。可是她實在忍不住。她的諸聖會准許這種事嗎？如果她並非爲了生存而殺人，而是因爲心中熊熊燃燒、勃發的恨意，能獲得寬恕嗎？我不在乎，當守衛將她顫抖的身軀從桌上抬起時，她的身體一陣抽搐。如果那代表我可以殺他，我會用餘生來悔罪。

他們拖她回房間，經過破舊劇院的前廳，走在一條走廊上，前往她現在猜測出八成是舊器材室的地方。他們再次綁起她的手腳。

班揚過來，將遮眼布蓋上她眼睛。「很對不起，」他低聲說。「我不知道他打算……我——」

「*Kadema mehim*。」

班揚瑟縮一下。「不要說這種話。」

蘇利人之間非常親近及忠誠。在這世上，他們一塊土地都沒有，而且人數之少，因此非這樣不可。伊奈許的牙齒格格顫抖，但她逼自己把話吐出來。「你已經墮落了。當你背棄我，他們也會背棄你。」這是對蘇利人最嚴厲的譴責，會讓你在另一個世界無法受到祖先歡迎，宣告你的靈魂將無家可歸、四處飄零。

班揚的臉刷白。「我一點也不相信這種事。」

「你會的。」

他把遮眼布在她頭上綁好，她聽見門關上的聲音。

伊奈許側躺著，屁股和肩膀用力壓進硬邦邦的地板，等著這陣顫抖過去。

她早先在艷之園的時光總相信會有人來救她。她的家人會找到她，或某個執法人員，某個英雄就會自母親過去講述的故事中現身。確實有人來，但不是來放她自由的。最終，她的希望有如在過烈太陽下萎縮的樹葉，被屈從的苦澀花苞取而代之。

凱茲將她從那樣的絕望中救出。打從那時，他們的人生就是一次又一次的解救，並在無數次拯救中互相欠下從未清點的債務。她躺在黑暗中恍然大悟，儘管她揹著那些債務，依舊相信他會再來拯救她。他會將貪婪和心中的邪魔放到一旁，爲她而來。現在她不這麼確定了。因爲，范艾克之所以停手，不只是因爲她說的話，而是從她聲音中聽到的眞相。**如果你傷了我，他絕不會和你交易。**她無法假裝那句話只是出於下策，甚至是動物本能的狡詐才脫口說出。他們所施展的魔法基於信仰；一個醜陋的魔法。

明晚我可能就不會這麼慈悲了。今晚只是用來嚇唬她的預演嗎？還是說，范艾克會再回來，實現他做出的威脅？如果凱茲眞的來了，到時她這個人還殘存多少呢？

第二部
肅殺之風

05 賈斯柏

賈斯柏感到自己衣服上爬滿跳蚤。只要成員離開黑幕島，在巴瑞爾暗中行動，都會穿上狂劇團的裝扮——斗篷、面紗、面具，有時還有犄角。這是觀光客和當地人等在享受巴瑞爾各種娛樂時偽裝身分的物品。

但在大學區這樣得體的街道和運河上，緋紅紳士和深灰惡魔會引來很多注目，因此，他和韋蘭一離開埠頭就扔了那些裝扮。而如果賈斯柏誠實面對自我，他會承認，不希望多年後第一次見父親時戴著凸眼面具或橘色絲質斗篷，甚至他平日的巴瑞爾俗艷裝扮。他盡可能打扮體面。韋蘭借了他幾張克魯格買二手花呢夾克和暗色的灰背心。賈斯柏不眞的很體面，但反正，學生本就不該看起來太過闊綽。

他又一次發現自己伸手去找左輪，渴望著珍珠槍柄在拇指底下冰冷又熟悉的感覺。那名狡猾的律師吩咐賭場老闆把槍收在積雲的一個保險箱裡。凱茲說，如果時機對了，他們就會把槍拿回來。但他不認爲要是有人偷走凱茲的手杖，凱茲還能這麼鎭定、這麼平靜。**像個傻小鬼一樣把槍放到桌上的可是你啊**。賈斯柏提醒自己。他是爲了伊奈許才這麼做。而如果他捫心自問，他也會爲凱茲這麼做，以表明他爲了彌補一切可以不擇手段。雖說，這都已經無所謂了。

好吧，他安慰自己，在做這件事的時候反正也不能帶左輪。學生和教授不會帶軍火去上課。要是他們可以，上學唸書可能就會更好玩。即便那樣，賈斯柏依舊在外套裡鼓鼓地藏了把可憐兮兮的手槍。畢竟這裡可是克特丹，他和韋蘭很有可能正走進陷阱之中。也是因爲這樣，凱茲和馬泰亞斯才會尾隨著他們。賈斯柏沒見到那兩人的行跡，而他假設這應該是好事一樁。不管怎樣，他很感激韋蘭說要一起來。凱茲之所以允許，只是因爲韋蘭說他要爲象鼻蟲買些補給。

他們行經學生咖啡廳和書店，商店櫥窗裡塞滿教科書、墨水和紙張。此處距離巴瑞爾的嘈雜與喧囂不到兩哩，感覺卻像跨越了一道橋，進入另一個國度。這裡沒有一群群剛從船上下來惹麻煩的水手，也沒有從四面八方迎頭撞上你的觀光客。這裡的人們會讓到一邊讓你通過，對話音量維持壓低；沒有希望招到生意的攬客人在店前方大喊大叫，曲折小巷裡滿是裝訂商和藥材商，轉角也沒有那些個因爲沒和西埠任一家店簽訂契約，被迫只能在街上從事交易的男孩女孩。

賈斯柏在一個遮雨蓬底下暫停腳步，深深吸了一口氣。

「怎樣？」韋蘭問。

「這裡聞起來好多了。」昂貴的菸草，清晨的雨在鵝卵石上仍顯潮濕，窗台花箱中有一團團藍色風信子。沒有尿味，沒有嘔吐物，沒有廉價香水或垃圾腐臭。就連煤煙的強烈氣息似乎都淡了些。

「你在拖延嗎？」韋蘭問。

「我沒有，」賈斯柏吐氣，稍微洩了點氣。「也許有點吧。」羅提把訊息帶到那名宣稱是賈斯柏父親的男人下榻的旅館，好決定見面的時間地點。賈斯柏本來要一個人去，但如果他父親眞的在克特丹，也很可能被用來當誘餌，最好在光天化日之下的中立地帶見面。大學似乎最安全，距離巴瑞爾各種危險或任何賈斯柏常涉足的地方都很遙遠。

賈斯柏不知道自己到底希不希望父親在大學等他。如果面對的是一場打鬥，而不是他將一切弄得慘不忍睹帶來的恥辱，實在愉快多了。然而談論那件事感覺就像嘗試攀爬用腐爛木板搭成的鷹架。所以他說：「我一直很喜歡城市的這個部分。」

「我父親也是。他把學習看得很重。」

「比錢還重？」

韋蘭聳肩，瞄向裝滿手繪地球儀的櫥窗。「知識不是受神庇佑的象徵，錢財才是。」

賈斯柏迅速看他一眼。他依然不習慣韋蘭的聲音從古維口中冒出來，這老讓他有種偏離常軌的感受。就像是他以爲自己伸手去拿的是一杯酒，結果喝到滿嘴的水。「你老爸是眞那麼虔誠，或只是想在談生意時能有個扮演壞心大混帳的好藉口？」

「其實是談任何事情的時候。」

「特別是和來自巴瑞爾的小混混和運河老鼠？」

韋蘭移了移他背包的揹帶。「他認為巴瑞爾會害人無法專注工作和事業，並導致衰敗。」

「他可能沒說錯。」賈斯柏說。他有時會想，如果那晚他沒和新朋友一起出去，沒有走進那座賭場第一次轉動瑪卡賭輪，不曉得會怎樣。那本該是個無害的娛樂。而對所有人來說的確是那樣。但是，賈斯柏的人生像根木柴，被劈成清晰可辨而且不均等的兩半——他走到賭輪前方之前的時間，以及之後的每一天。「巴瑞爾會將人吞噬掉。」

「也許吧。」韋蘭思考著說：「但生意就是生意。賭場和妓院滿足需求，他們提供工作機會，也會付稅金。」

「你眞的長成了優秀的巴瑞爾男孩。基本上這些話大概出自那些老闆的帳簿某一頁呢。」每隔幾年，就會有些改革者異想天開，意圖清理巴瑞爾、淨化克特丹敗壞的名聲。那種時候就會冒出小冊子，也是賭場和風化場所老闆與黑衣商人兼改革家各占一方的宣傳大戰。到最後總是走到用錢解決。東西埠的商家交出大筆利潤，巴瑞爾這兒的住民將正經錢倒進城市的稅收金庫。

韋蘭又扯了扯背包揹帶，帶子頂端都扭在一起了。「我認為，把財產押在一船絲線或一船約韃沒有什麼不一樣。當市場由你玩弄，機率硬生生就是比較好。」

「小商人，你引起我注意了。」更好的機率永遠能引人注意。「你父親虧最多的生意是什麼？」

「我不太知道。他很久以前就不再對我說這些事了。」

賈斯柏不禁遲疑。依照楊・范艾克對待他兒子的方式，他至少算是三種類型的蠢蛋。但賈斯柏承認自己非常好奇韋蘭所謂的「苦惱」。他想知道，當韋蘭想閱讀時會看到什麼，為什麼他對方程式或菜單上的價格似乎沒啥問題，句子或招牌卻不行。然而，他卻說：「我在想，離巴瑞爾越近是不是會越讓商人發脾氣，又是黑衣服又是一堆限制啥的，一週只吃兩次肉，只能喝淡啤酒，不能喝白蘭地。也許他們是在為自己的享樂做出補償。」

「讓天平能保持平衡？」

「沒錯。是說，你就想想，如果沒人抑制一下這座城市，我們在縱欲聲色方面會達到怎樣的高度呢？早餐喝香檳，裸體在交易所地上高潮之類的。」

韋蘭發出一個窘迫的聲響，聽起來有如小鳥咳嗽，眼神到處亂飄，就是不看賈斯柏。要把他弄得坐立不安超級容易，雖然賈斯柏也承認大學區可能用不著下流話調劑。他喜歡這裡原來的樣子——乾乾淨淨、安安靜靜，聞起來是書與花香。

「其實你不用來的，」賈斯柏說，因為他覺得自己該這麼說。「你已經買到補充材料，可以在某個咖啡屋安全舒適地等到這件事結束。」

「你想要這樣嗎？」

不想，我自己一個人做不來。賈斯柏聳聳肩。對於韋蘭可能會在大學這裡看到什麼，他不曉得該作何感想。賈斯柏很少見父親發怒，但此時此刻，他怎麼可能不發怒？賈斯柏能給他什麼解釋？他撒了謊，危害他父親努力用以維持生計的事物。爲了什麼？爲了一堆虛無縹緲的玩意兒。

可是賈斯柏一想到要獨自面對父親就無法承受。伊奈許一定能理解。不是說他就值得她的同情，但她有種穩定的氣質，能夠理解並平撫他的恐懼。他本希望凱茲會說要陪他，但當他們分頭朝大學前進，凱茲只勉強陰鬱地看他一眼。這個訊息很明顯了。**是你自掘墳墓，那就乖乖躺進去。**凱茲仍因他差點害冰之廷的任務在開始前就泡湯的那場埋伏懲罰著他。爲了重新贏得凱茲的喜愛，賈斯柏要付出的可不只是犧牲左輪。然而，凱茲眞有喜愛過什麼嗎？

當他們走過巨大的石頭拱道，進入玻克平庭院，賈斯柏的心臟敲得更用力了。這所大學不是單一建築，有許許多多棟，全建在玻克運河兩側的平行區域，以講者之橋相連。人們會在那兒見面討論，或者友好地喝上一品脫淡啤酒，取決於那天星期幾。但玻克平是大學的心臟，四座圖書館圍繞中央庭院與學者噴泉。賈斯柏進上一次進入大學區是近兩年前。他沒有正式退學，只是就這麼決定不去了。他不過只是在東埠消磨越來越多時間，直到某一天他抬起頭，發現巴瑞爾成了他的家。

即便如此，在他身爲學生的短暫時間裡，也愛上了玻克平。賈斯柏從不是個重度閱讀者。他喜歡故事，但討厭坐著不動，而學校指定他讀的那些書簡直像是刻意設計得讓他注意力渙散。在玻克平，不管他的目光飄到哪裡，都有東西能吸引他注意：拼接彩繪玻璃的鉛框窗戶，有書本或船隻圖案的鐵柵門；位於中央、有個蓄鬍學者像的噴泉。最棒的是石像鬼——雖戴著學位帽，卻長了蝙蝠翅膀，怪誕詭異，石龍在書上陷入沉睡。他總愛這麼想：不管建造這裡的人是誰，都曉得不是每個學生都適合靜靜沉思。

但他們進入庭院時，賈斯柏沒有環顧周圍感受這些石雕，或聆聽噴泉潑濺的聲音。他全副注意力都專注於站在東牆附近的那個人，他正抬頭望著彩繪玻璃窗，手中緊捏一頂縐巴巴的帽子。賈斯柏一陣心痛，領悟他的父親穿上了最好的衣服。他將那頭屬於開利人的紅髮整齊從額頭往後梳，如今髮中出現賈斯柏離家時還沒有的灰色。寇姆．菲伊看起來像個正要去教堂的農夫，一點兒也不搭調。凱茲——該死，是巴瑞爾每一個人——只要看他一眼，一定覺得他是個會走路、會講話的待宰肥羊。

賈斯柏的喉嚨渴得彷彿乾燥的沙。「老爸。」他低啞地說。

他父親的頭突然抬起，賈斯柏做好準備面對接下來的一切——不管父親怎樣辱罵或發怒，他都是活該。但是，他卻見到父親粗糙多皺紋的臉上綻開一個鬆一口氣的笑——對此他毫無心理準備。乾脆來個人在賈斯柏心臟開一槍算了。

「賈斯！」他父親喊道，接著賈斯柏便越過庭院，父親用雙臂緊緊將他擁住，把他抱得好緊，他覺得肋骨眞的要折了。「諸聖啊，我還以爲你死了。他們說你已不是這裡的學生，而且你就這麼憑空消失——我本來覺得你一定是在這個諸聖遺棄的地方被強盜之類的人刺死了。」

「老爸，我還活著，」賈斯柏喘著氣。「不過如果你繼續這樣抱我，可能就活不了多久了。」

父親笑著放開手，隔大概一臂的距離緊緊抓著他，大大的手握住賈斯柏的肩膀。「我發誓你長高了一呎。」

賈斯柏低下頭。「半呎。呃，這是韋蘭。」他說，從贊米語改成克爾斥語。在家裡，他們兩種語言都講。他母親的語言，以及商賈的語言。他父親的家鄉話開利語，只留在少數他引吭高歌的時候。

「很高興見到你。你會說克爾斥語嗎？」他父親基本上算是用吼的，而賈斯柏瞬間理解那是因爲韋蘭看起來仍是蜀邯人。

「老爸，」他因爲尷尬而一陣畏縮。「他克爾斥語說得很好。」

「很高興見到你，菲伊先生，」韋蘭說。感謝自己有良好的商人風範。

「孩子啊，彼此彼此。你也是學生嗎？」

「我……有上過學。」韋蘭很不自然地說。

賈斯柏完全沒頭緒該怎麼填補接下來的死寂。他不曉得和父親的這次會面該期待些什麼，但至少不是你好我好這種相互寒暄。

韋蘭清清喉嚨。「你餓了嗎？菲伊先生？」

「餓壞了。」賈斯柏的父親感激地回答。

韋蘭用手肘戳了賈斯柏一下。「也許我們可以帶你父親去吃個午餐？」

「午餐，」賈斯柏說，一副好像剛學到這個字似地重複了一遍。「噢對，午餐。誰不喜歡午餐咧？」午餐感覺像某種奇蹟。他們會吃飯，會聊天，搞不好還會喝酒……拜託讓他們喝些酒。

「但賈斯柏，到底發生了什麼事？我收到甘曼銀行的通知，說貸款快要到期，但你讓我以為那只是暫時的，然後你的學業——」

「老爸，」賈斯柏開口：「我……事情是這樣——」

一發子彈在庭院牆上響起，賈斯柏把父親拉到身後，子彈砰地反彈在石頭上，接著落在他們腳邊，揚起一團沙塵。突然間，槍聲在庭院到處迴響。這些回聲使得開火位置很難辨認。

「以所有聖者之名——」

賈斯柏猛一扯父親的袖子，往上方有石頭頂蓋又能藏身的一個門口拖。他看向左邊，準備要抓韋蘭，但那個小商人早就動了起來，好好跟在賈斯柏旁邊，蹲姿可說相當及格。**沒有什麼比被人開個幾槍能讓你學得更快**。當他們抵達一個能躲的屋簷下方凹處，賈斯柏不禁想。他伸著脖子，試圖抬頭去看屋頂邊沿，在更多子彈發射時一陣瑟縮。從上方和左方某處又零零散散響起一陣槍聲，而賈斯柏只能冀望那表示馬泰亞斯和凱茲正在回擊。

「諸聖啊！」他父親喘著大氣。「這城市比旅遊書上說得還糟糕！」

「老爸！不是因爲這城市，」賈斯柏從外套抽出手槍。「他們是衝著我——或我們來的。這很難說。」

「誰衝著你來？」

賈斯柏和韋蘭交換個眼神。楊．范艾克？來尋仇的敵對幫派？佩卡．羅林斯，或者賈斯柏的其他債主？「可能人選的名單很長，我們得在他們用更直接的方式自我介紹前離開這兒。」

「強盜？」

賈斯柏知道自己被問得滿身瘡痍的機率很大，所以他努力壓抑笑容。「之類的。」

他從門邊探頭張望，射出兩槍，然後在另一陣槍火爆開時彎身躲避。

「韋蘭，拜託告訴我，你打包的不只筆、墨水和象鼻蟲材料。」

「我有兩顆閃光彈和一些新玩意兒，它們的火力——呃，稍微大一點。」

「炸彈？」賈斯柏的父親問道，彷彿想從惡夢醒來般直眨眼。

賈斯柏無奈地聳聳肩。「不如把這當成某種科學實驗？」

「我們面對的敵人有幾個？」韋蘭問道。

「瞧瞧你，問題全都問對了。有點難說，他們在屋頂某處，唯一的出路是回去拱道。在他們從高處開火的狀況下，從庭院穿過去的距離頗長，而就算我們成功，我打賭玻克平外頭也會有大量且充足的火力等著我們，除非凱茲和馬泰亞斯能神不知鬼不覺清出一條路。」

「我知道另一條出路，」韋蘭說，「但入口在庭院另一端。」他指著一扇門，位於刻上某種犄角怪獸啃鉛筆的一道拱門底下。

「讀書室？」賈斯柏估測距離。「好，數到三，你殺出去，我掩護你，把我爸弄進去。」

「賈斯柏——」

「老爸，我發誓我會解釋一切，但現在你只要知道我們情況不妙，而不妙的情況呢，正好是我的專業領域。」此話不假。賈斯柏能感到自己活了過來，打從聽說父親來到克特丹的消息就一路跟隨他的擔憂不見了，他覺得自由、危險，就像一路劈過大草原的閃電。「老爸，相信我。」

「好吧，孩子。好吧。」

賈斯柏相當肯定自己聽到了沒說出口的「暫時先這樣」。他見到韋蘭準備就緒。對這一切，那名小商人依舊很嫩。只希望賈斯柏不會害任何人掛掉。

「一、二……」他數到三，開始射擊。賈斯柏躍進庭院，一個打滾躲到噴泉後方找掩護。他盲目出擊，但是迅速辨認出屋頂上的形影，用本能瞄準，感覺著動靜，並在判斷如何百發百中前搶先開槍。他不必殺死任何人，只要該死地嚇跑他們，爲韋蘭和他父親爭取時間。

一顆子彈打中噴泉中央的雕像，學者一手中的書炸成碎石塊。不管他們用了什麼彈藥，都不是在開玩笑的。

賈斯柏重新上膛，從噴泉後方冒出來，開槍。

「諸聖啊，」當一陣痛楚撕扯過肩膀，賈斯柏不禁喊出聲。他眞的超討厭被射中。他縮回石頭邊緣後方，伸展一下手，測試手臂的傷多嚴重。只是擦過而已，但痛得要命，而且血流得那件新花呢外套到處都是。「就是因爲這樣，拚命把自己弄得人模人樣也得不到酬勞。」他喃喃碎唸。上方可以看到有人影在屋頂移動。任何時刻他們都可能繞到噴泉另一邊，然後他就死定了。

「賈斯柏！」韋蘭的聲音。該死，他應該要逃出去的。「賈斯柏，你兩點鐘方向！」

賈斯柏抬頭看，某個東西以拋物線劃過天空。他想都沒想，直接瞄準開槍。空氣炸開來。

「進水裡！」韋蘭大喊。

賈斯柏跳入噴泉。幾秒後，空氣中滋滋發著亮光。當賈斯柏將濕透的腦袋從水中探出，看見庭院中暴露出來的所有表面與花園，皆坑坑巴巴布滿了洞，小小坑中有煙氣裊裊上升。不管屋頂上的人是誰，都發出了慘叫。韋蘭剛剛放出的到底是什麼炸彈？

他希望馬泰亞斯和凱茲有找好掩護，可是他根本沒時間為此焦急。他朝那扇咬鉛筆惡魔底下的門口奔去。韋蘭和他父親等在裡頭，他們一把將門關上。

「幫我，」賈斯柏說：「我們得把入口擋起來。」

桌後方的男人身穿灰色學者袍，鼻孔張大的程度之狂放，賈斯柏簡直擔心自己會被吸進裡頭。「年輕人——」

賈斯柏用槍指著學者的胸口。「走開。」

「賈斯柏！」他父親說。

「老爸，別擔心。在克特丹大家三不五時會拿槍互指，基本上和握手差不多。」

「這是真的嗎？」他父親問，學者不情不願地移到一邊，他們將沉重的桌子移到門前。

「是真的。」韋蘭說。

「絕對不是真的。」學者說。

賈斯柏揮手叫他們繼續。「取決於你住哪裡。走吧。」

他們在讀書室的主要走道匆忙前進，兩旁是數張被頸子彎彎的桌燈照亮的長桌，學生都貼著牆擠在一塊兒，或躲在椅下，很可能在想自己就要死了。

「大家！沒什麼好擔心！」賈斯柏喊著。「只是在庭院稍微練一下打靶。」

「這裡。」韋蘭領著他們走過一扇覆滿精細漩渦花飾的門。

「噢噢噢不可以，」學者跟著他們跑來，長袍翻飛。「不可以去珍本書室！」

「你又想握手了嗎？」賈斯柏問，又補一句。「我答應你，我們不會射沒必要射的東西。」

他輕輕推了父親一下。「上樓梯。」

「賈斯柏？」最近的桌子底下有個聲音說。

一個漂亮的金髮女孩縮在地上抬頭望。

「瑪德琳？」賈斯柏說：「瑪德琳．米雪兒？」

「你說我們要吃早餐的！」

「我得去斐優達。」

「斐優達？」

賈斯柏跟在韋蘭後面上樓梯，又把頭探進讀書室。「如果我活下來，就請妳吃鬆餅。」

「你的錢根本不夠請她吃鬆餅。」韋蘭悶哼著說。

「給我安靜，我們在圖書館。」

賈斯柏在學校時從沒什麼理由進珍本書室。這片安靜是如此深沉，簡直像在水面之下。被照亮的手稿陳列在玻璃櫃中，由燈盞灑出的金黃光線照亮，稀有地圖貼滿四壁。

一名身穿藍色柯夫塔的風術士站在角落，舉著雙臂，但在他們進來時往後退縮。

「蜀邯人！」風術士看到韋蘭時大喊出聲。「我不會跟你走的！我寧可先自殺！」

賈斯柏的父親舉起雙手，好似在馴撫馬匹。「孩子，放輕鬆。」

「我們只是路過。」賈斯柏又推了他父親一下。

「跟我來。」韋蘭說。

「風術士在珍本書室裡幹麼？」賈斯柏問。他們衝過迷宮般的書架和箱子，經過怕得要命縮在書旁的一個兼職學者或學生。

「濕度。他維持空氣乾燥，保存那些手稿。」

「能錄取的話這工作挺不錯的。」

當他們抵達最東側的牆壁，韋蘭停在一張拉夫卡地圖前面。他打量四周，確定沒被監視，然後壓下標記首都歐斯奧塔的符號，整個國家彷彿沿著異海的縫隙裂開，露出一個寬度勉強能讓人擠過的陰暗裂口。

「這裡通往一間版畫店的二樓，」他們側身進去時，韋蘭說。「建造這個是爲了讓教授從圖書館直接回家，不用對付那些憤怒的學生。」

「憤怒？」賈斯柏的父親說：「每個學生都有槍嗎？」

「沒有，但長年來有爲了分數暴動的傳統。」

地圖滑動關起，他們一面側身移動，一面陷入黑暗之中。

「我不是故意裝傻，」賈斯柏喃喃地對韋蘭說：「不過我實在沒想到你這麼熟珍本書室。」

「我曾和一個家教在這裡會面，就是我父親還以爲我……那個的時候。家教知道很多有趣的故事，我也一直很喜歡地圖，照著那些字母有時候比較容易……反正我就是這樣找到通道的。」

「韋蘭，我告訴你，總有一天我會不再低估你。」

一陣短暫停頓。然後，他聽見韋蘭從前方某處說：「那要嚇你一跳就會越來越難了。」

賈斯柏咧嘴一笑，但感覺好像又不太對。身後能聽見從珍本書室傳來的喊叫，這情況完全是千鈞一髮。他的肩膀在流血，他們進行了一場華麗的逃脫——他便是爲了這種時刻而活。他應該因爲戰鬥的興奮而躁動，這分戰慄依舊在，甚至斷斷竄過血液。可是除此之外是一陣冰冷與陌生，彷彿將體內一切喜悅抽乾。他的腦中只剩：**老爸很可能受傷；他很可能會死掉**。賈斯柏已很習慣大家拿槍射自己。如果他們不對他開槍，他還會覺得有些受辱。可是這不一樣。這場戰鬥不是他父親自己選擇的。他唯一做錯的只有信任他的兒子。

克特丹的問題就在這裡，他們一面在黑暗中懷抱著不安踉蹌行走，賈斯柏一面想，信錯一個人，會害你賠上一條命。

06 妮娜

妮娜忍不住一直盯著寇姆．菲伊看。他比他兒子稍矮，肩膀稍寬；整體顏色都是典型的開利人——鮮艷深紅的頭髮、鹽一般白的皮膚、被贊米日頭曬得密密麻麻的雀斑。即便如此，他的眼睛卻和賈斯柏一樣是清澈的灰色，帶著一股嚴肅眞摯的神情，某種穩重的暖意，相異於賈斯柏那充滿生氣的能量。

妮娜全副注意力都集中在那名農夫身上。不只因爲能在賈斯柏的父親五官中找到他的影子著實有趣，也因爲看到一個如此健全的人站在空蕩墳墓的石頭船殼中，身邊圍繞著克特丹最糟的人——包含她自己——實在太詭異了。

妮娜抖了抖，將拿來披的老舊馬用毯再往身上拉緊一些。她已開始數算這輩子的所有好時光與壞時光，感謝康尼利斯．斯密特的那一票，今日成爲壞到底的時光。在他們差這麼一點就能救到伊奈許的時候，她無法負荷自己被此擊敗的後果。**妳要沒事**。妮娜暗自堅定決心，希望這分意念能想辦法穿越虛空，加速橫過克特丹港口的水面，抵達她友人的身邊。**要安安全全，毫髮無傷，等我們來**。

范艾克抓走伊奈許當人質時，妮娜不在飛格陸。從第爾霍姆歸程的一開始她就困在意識不清的痛苦狀態，那時仍在努力將煉粉從體內清除出來。她告訴自己要對那些悲慘的記憶──每一分每一秒的顫抖、痛苦與嘔吐──心懷感激。想到馬泰亞斯全程目睹，令她生出了羞愧。他幫她把頭髮往後挽，沾拭她的眉頭。當她對他據理力爭、出言誘騙或尖叫著要求更多煉粉，他盡可能溫柔地壓制著她。她要自己牢牢記住說出口的每句糟糕話語、表達的每個荒唐慾念，對他厲聲罵出的每個侮辱或控訴。**你就愛看我受苦，你要我求你是不是？你想看我這樣多久了？別再懲罰我了，馬泰亞斯，幫我，要是你對我好，我也會對你好的。**他堅忍且默然地接納了一切。她將這些記憶緊緊抓牢。她要這些記憶保持清晰鮮明，盡可能引發卑怯的感受，好助她對抗對藥劑的飢渴。她再也不想變成那樣。

而今，她看著馬泰亞斯。他的頭髮變得濃密金黃，長度正好能在耳旁鬈起。她好喜歡他這模樣，卻也痛恨他這模樣。因爲他不會給她想要的東西；因爲他知道她有多麼需要那個東西。

凱茲讓他們在黑幕島上安頓下來後，妮娜勉力撐過兩天才終於崩潰，去找古維求他再給她一劑煉粉。一小劑而已，只是嘗一點，稍微舒緩一下這不停歇的渴求。冷汗和一陣陣高燒停了。她能走路、說話，聆聽凱茲和其他人謀策著計畫。然而，即便她忙著自己的事，喝下馬泰亞斯放在她面前的一杯杯湯水和加了一大堆糖的茶，那股渴望也沒有消失，那個銳利的感受不斷割鋸著她的神經，來來回回、分分秒秒。當她坐到古維身旁，其實還沒決定要不要出口問他。她輕柔地用蜀邯語說話，聽他抱怨這墓窖的潮濕，然後，那些字句就這麼從口中溜出：「你還有嗎？」

他根本不用問她是什麼意思。「我都給馬泰亞斯了。」

「我懂了，」她說：「那樣可能最好。」

她露出微笑，他也微笑。她眞想把他的臉抓得爛碎。

因爲她絕不可能去找馬泰亞斯。永遠不可能。而就她所知，他把古維手上的一切補給都扔進了海中。那個念頭使她心中滿溢驚慌，促使她不得不衝到外頭，在其中一座殘破的墓前把胃中少得可憐的內容物吐出來。她把那堆髒東西用土埋掉，找個安靜的地方，坐在一株藤蔓交織的長春藤底下，斷斷續續掉了好一陣子淚水。

「你們全是一堆沒用的小混帳。」她對著那些沉默的墳墓說，而它們似乎毫不在意。然而，無來由地，黑幕島的靜謐給她撫慰、使她平靜。她無法解釋原因。過去，死者的領域從未給她安慰。她休息了一會兒，擦乾淚水，而等她確定自己不會因爲髒兮兮的皮膚和濕潤的眼睛露餡，便回到其他人身邊。

妳撐過了最慘烈的時刻，她曾對自己說。*妳是絕對拿不到煉粉的，可以不用想了*。她因此撐住了一陣子。

昨晚，當她準備貼近康尼利斯・斯密特時，卻犯了個錯，用了能力。即便戴了假髮、別上花朵、穿了那些服裝和馬甲，她仍有點無法進入這個勾引人的角色。所以她在積雲俱樂部找了面鏡子，嘗試將眼睛下方的黑圈塑形掉。那是她康復後第一次試著使用力量。因爲太費力，她爆出了汗水。黑青顏色一消褪，對煉粉的飢渴就迅速湧上，即時且沉重地擊打在胸口。她彎下身體，抓住洗手槽，心中塡滿急迫的念頭，思考著該如何解決。誰可能有藥，她能用什麼去換？妮娜逼自己想起在船上感受到的羞恥，以及她和馬泰亞斯可能創造的未來，但是，眞讓她恢復清醒的卻是伊奈許。她欠伊奈許一條命，絕對不能任她被范艾克抓著。她不是那種人；她拒絕成爲那種人。

不知怎麼，妮娜勉強振作起精神，往臉上潑水，把臉頰捏到變成粉紅色。雖然看起來依舊形容枯槁，但她一派堅定，將馬甲拉緊，展現能擠出的最燦爛笑容。**只要做得對，斯密特就不會看妳的臉。**妮娜對自己說，接著動作流暢地出了門，出手去抓肥羊。

但工作一結束，當他們獲得所需的資訊，所有人都睡下，她翻遍了馬泰亞斯寥寥無幾的行李，找遍他衣服的口袋。每過一秒，她便挫折更甚。她恨他，她恨古維，她恨這愚蠢的城市。

她一面厭惡著自己，一面溜進他毯子裡頭。馬泰亞斯總是背對著牆睡，這是在地獄門養成的習慣。她讓雙手到處遊走，搜找他的口袋，試圖順著他褲子襯裡摸索。

「妮娜？」他昏昏欲睡地問。

「我好冷。」她說，雙手還在找個沒完。她在他的頸子壓上一吻，接著是耳下。她以前從沒這麼親吻他，因爲從來沒有機會。他們一直忙著解開將兩人綁在一塊兒、亂七八糟一團的懷疑、渴望與忠誠，而一旦她吃下煉粉……即便現在，她腦中仍只迴響著這件事。她感受到的渴望是針對藥劑，而非手下感覺到的身軀。然而，她並未親吻他的嘴唇。妮娜不會讓這個也被煉粉奪走。

他輕輕呻吟著。「其他人——」

「大家都睡著了。」

接著他抓住她的雙手。「住手。」

「馬泰亞斯——」

「我沒有。」

她掙脫開，羞愧感猶如在林地上延燒的火那樣爬滿皮膚。「那誰有？」她嘶聲說道。

「凱茲。」她靜止下來。「妳也要摸上他的床嗎？」

妮娜不敢置信地吁口氣。「他會割了我喉嚨。」她眞想喊出她有多麼無助。如果是凱茲，那就沒有討價還價空間。她不能像欺壓韋蘭一樣欺壓他，也不能用操縱賈斯柏的方式懇求他。

突如其來的一陣疲倦就像脖子上的一副枷鎖，這股精疲力盡至少緩和了她快要瘋掉的需求。

妮娜將前額靠在馬泰亞斯胸口。「我恨這樣，」她說：「我也有點恨你，獵巫人。」

「我習慣了。過來。」他用雙臂將她圈住，讓她說說拉夫卡，說伊奈許。他用故事分散她的注意力。為吹拂過斐優達的風命名，告訴她自己在獵巫人大廳的第一餐。不知不覺，她鐵定是睡著了，因為她只知道下一件事就是從深沉無夢的睡眠裡爬出，被墓窖大門轟然打開的聲音吵醒。

馬泰亞斯和凱茲從大學回來了，他們的衣服被韋蘭做的某種炸彈燒出一個個洞，賈斯柏和韋蘭緊跟在他們身後，眼睛大睜，因為剛開始降下的春雨淋得全身濕透——還拖著個開利人外貌的粗壯農夫。妮娜覺得自己恍若從諸聖那裡獲得某種體貼又美好的禮物，一個夠瘋狂、夠令人摸不著頭緒的狀況，好真的讓她分心。

即使打從昨晚的強烈渴望後，她對煉粉的飢渴減輕許多，可是那感覺仍在，而她全然不知自己該如何撐過今晚的任務。誘惑斯密特只是計畫的第一部分，凱茲全得靠她——伊奈許也全得靠她了。他們要她好好履行驅使系格里沙的責任，不是當個顫抖不停的癮君子，使盡了吃奶力氣，卻只使出微乎其微的塑形能力。但當寇姆·菲伊站在那裡捏爛了帽子，賈斯柏一副寧可吃掉一疊淋上碎玻璃的鬆餅也不想面對他的模樣。還有凱茲……妮娜完全不會想到上述一切。她完全不曉得該期待凱茲什麼——憤怒？或者更糟？凱茲不喜歡驚喜，或任何可能的弱點，而賈斯柏的父親就是一個又矮又壯、歷盡風霜的弱點。

但在聽到賈斯柏上氣不接下氣地描述他們逃離大學的過程——妮娜懷疑他有省略——凱茲只

是倚著他的手杖，說：「你們有被跟蹤嗎？」

「沒有。」賈斯柏果斷地搖了個頭回答。

「韋蘭？」

寇姆一個火大。「你懷疑我兒子說的話？」

「這不是針對我，老爸，」賈斯柏說：「所有人說的話他都懷疑。」

凱茲的表情一直十分鎮定，粗糙如石的嗓子從容且愉悅，妮娜簡直覺得手臂上汗毛根根豎起。「菲伊先生，很抱歉。這是在巴瑞爾養成的習慣。雖然信任，但要核實。」

「否則就都不要信。」馬泰亞斯咕噥著說。

「韋蘭？」凱茲重複道。

韋蘭將他的小包放在桌上，「如果他們知道通道，就會跟著我們，或是讓人在版畫店等著。我們甩掉他們了。」

「我在屋頂大概數到十個人。」凱茲說，馬泰亞斯點頭確認。

「差不多，」賈斯柏說：「但我不確定。他們背對陽光。」

凱茲坐下來，黑色雙眼專注盯著賈斯柏的父親。「你是誘餌。」

「孩子，你說什麼？」

「銀行聯絡你貸款的事?」

寇姆眨眨眼,一臉驚訝。「呃,沒錯,實際上他們是寄來一封用詞很嚴厲的信,說什麼我變成不穩定的信用風險,如果不全額付清,他們就不得不採取法律行動。」他轉向自己的兒子。「賈斯,我有寫信給你。」他的語調是困惑,而非控訴。

「我……我有點沒辦法收信。」賈斯柏不再去大學上課後,還有辦法收那裡的信嗎?妮娜不禁思考這花招他究竟是怎麼維持這麼久的。寇姆身在一個海洋之隔,的確會讓這件事簡單得多——尤其他那麼想要相信自己的兒子。**好騙的靶子**。妮娜悲哀地想。不管賈斯柏有什麼原因,他都等於詐騙了自己的父親。

「賈斯柏——」寇姆說。

「老爸,我在努力弄錢。」

「他們威脅說要拿走農場。」

賈斯柏堅定地盯著墳墓大門。「我就快了,眞的快了。」

「你說錢嗎?」此時,妮娜聽見寇姆聲音中的挫敗。「我們在墳墓裡面,還被人開槍。」

「是什麼原因讓你坐船來克特丹?」凱茲問。

「銀行把收錢日期提前了!」寇姆忿忿不平地說:「就只說我用完了時間。我想聯絡賈斯柏，可是一直沒有回應，所以我就想——」

「你就想來看看你的天才兒子在克特丹這些黑漆漆的街道搞什麼鬼。」

「我想到最糟的情況，畢竟這城市名聲不佳。」

「我可以告訴你，它是名符其實。」凱茲說：「那你抵達的時候呢？」

「我到大學問了一下，他們說他沒有註冊，所以我就去找警察機構。」

賈斯柏瑟縮了一下。「噢，老爸，你是說市警隊嗎？」

寇姆又新湧上一股火氣，捏爛了帽子。「不然我該去哪裡？賈斯？你明明知道像你……你這樣的人處境有多危險！」

「老爸，」賈斯柏終於看了他父親的眼睛。「你不會告訴他們我是——」

「當然不會！」

格里沙。為什麼他們兩人都不說？

寇姆把那團本來是帽子的毛氈丟下。「我完全不懂這一切。你為什麼要把我帶到這個可怕的地方？為什麼有人對我們開槍？你現在到底在讀什麼書？你到底變成什麼樣？」

賈斯柏張嘴又閉起。「老爸，我……我——」

「都是我的錯，」韋蘭衝口而出，每雙眼睛都轉向他。「他……呃……他很擔心銀行貸款，所以就先暫停學業去打工，和一群……」

「當地槍匠。」妮娜出口幫忙。

「妮娜。」馬泰亞斯語帶警告地壓低聲音。

「他需要我們幫忙。」她小聲地說。

「幫忙對他父親撒謊？」

「這是善意的謊言，完全不一樣。」她不曉得韋蘭要怎麼接下去，但顯然急需幫助。

「沒錯！」韋蘭熱切地說：「槍匠！然後我……我跟他說有一筆生意——」

「他們被詐騙了，」凱茲說，嗓音一如往常冷酷而穩定，但他態度僵硬，彷彿走在不平的地上。「那些人提供了個生意機會，好到不像是真的。」

寇姆在椅子裡身體一垮。「如果是那樣，那麼——」

「很可能的確不是。」凱茲說。妮娜生出非常詭異的感覺：好像就這麼一次，他滿心真誠。

「你和你兄弟什麼都賠光了嗎？」寇姆問韋蘭。

「我兄弟？」韋蘭茫然地問。

「你的雙胞胎兄弟，」凱茲邊說邊瞥了古維一眼，他正安靜地坐在那兒觀察整個過程。「沒錯，他們什麼都賠光了。韋蘭的兄弟從那時起再也沒說過一個字。」

「他看起來的確不怎麼說話。」寇姆說：「你們……都是學生嗎？」

「之類的。」凱茲說。

「然後空閒時間卻在墓園裡混。我們不能去找有關當局嗎？對他們說說發生什麼事？這些詐欺犯手下搞不好有別的受害者。」

「這個嘛——」韋蘭想要開口，凱茲卻用一個眼神讓他閉嘴。一股詭異的死寂瀰漫墓中。凱茲在桌旁坐下。

「有關當局幫不了你，」他說，「在這城市不行。」

「爲什麼？」

「因爲這裡的法律叫利益。賈斯柏和韋蘭想走捷徑，市警隊除了幫他們擦眼淚什麼也不會做。有時候，尋求正義的唯一方式，就是你自己去搶回來。」

「而這個時候就換你上場。」

凱茲點點頭。「我們會把你的錢拿回來，你的農場不會被搶走。」

「但是得在法律之外進行，」寇姆疲倦地搖著頭說。「你的年紀看起來甚至還不能畢業。」

「克特丹就是我的學校，而我可以告訴你：假使賈斯柏有別的地方可去，他絕對不會來找我幫忙。」

「孩子，你不可能有那麼壞，」寇姆粗聲說：「你活得還不夠久，累積不了那麼多罪。」

「我學得很快。」

「我能信你嗎？」

「不能。」

寇姆再次拿起那頂縐巴巴的帽子。「我能信任你幫賈斯柏解決這件事嗎？」

「能。」

寇姆嘆口氣，環顧他們所有人。妮娜發現自己不禁站挺了點。「你們這些孩子讓我覺得自己好老。」

「多花點時間逛逛克特丹，」凱茲說，「你會覺得自己老透了。」接著，他將頭一側，妮娜見他臉上橫過一股疏離、思索的神情。「菲伊先生，你的面相十分真誠。」

寇姆向賈斯柏投去一個困惑的眼神。「呃，希望真是這樣，謝謝你特別強調。」

「這不是稱讚，」賈斯柏說：「而且我曉得那種眼神——凱茲，不准你打什麼鬼主意。」

凱茲唯一的回應是緩緩的眨眼。不管他那顆殘忍惡毒的腦袋中有什麼樣的陰謀啓動，現在要阻止已經太遲。「你住在哪裡？」

「鮀鳥旅店。」

「回去那裡並不安全。我們把你換到拜金者旅館，用不同名字幫你登記。」

「可是——爲什麼？」寇姆結結巴巴地說。

「因爲有些人要賈斯柏的命，他們已利用你把他從藏身處引出來一次。我絲毫不懷疑他們非常樂意拿你當人質，而此時此刻，已經有太多事情得處理了。」凱茲草草寫了幾個指示給羅提，交給他一疊非常厚的克魯格。「菲伊先生，你可隨心所欲地在餐廳用餐，但我得請你放下觀光的念頭，留在旅店裡，直到我們聯絡。如果有人問你來做什麼，你就說來休息放鬆一下。」

寇姆細細打量羅提，接著看向凱茲，堅決地噴出一口氣。「不了，很謝謝你，但這樣是錯的。」他轉向賈斯柏。「我們會找另一個方式清償債務，不然就找個地方重新開始。」

「你不能放棄農場，」賈斯柏壓低了聲音。「她在那裡，我們不能丟下她。」

「賈斯——」

「拜託，老爸，讓我彌補這件事。我知道——」他吞嚥一下，隆起瘦削的肩膀，「我知道我讓你失望了，只要再給我一次機會就好。」妮娜懷疑他不只是要說給父親聽。

「我們不屬於這裡，賈斯，這個地方太吵，太無法無天，沒有一件事情是合理的。」

「菲伊先生，」凱茲平靜地說：「你知道他們都說要怎麼走在牧牛草地上嗎？」

賈斯柏豎起眉毛，妮娜不得不壓下緊張的笑聲。巴瑞爾的混蛋懂什麼牧牛草地？

「低下腦袋，小心腳步。」寇姆回答。

凱茲點點頭。「就把克特丹當成一片特大號的牧牛草地。」微乎其微的一絲笑容牽動寇姆唇邊的溝紋。「給我們三天弄到你的錢，然後安全把你和你兒子送出克爾斥。」

「這眞有可能嗎？」

「在這個城市，什麼都有可能。」

「這說法並沒有令我充滿信心。」他起身，賈斯柏也立刻站起來。

「老爸？」

「三天，賈斯柏，然後我們就回家，不管有沒有錢都一樣。」他一手擱在賈斯柏肩上。「還有，諸聖在上，小心點。你們都是。」

妮娜突然覺得喉中一哽。馬泰亞斯在戰爭中失去家人，妮娜還小時就從家人身邊被帶走、上了火車。韋蘭基本上也算是被父親逐出家門。古維失去了父親，也失去了國家。凱茲呢？她不想知道凱茲是從哪條暗巷中爬出。但是賈斯柏有個地方能回去，有人能照料他，有個能說一切都會好起來的人。她彷彿看見無雲天空下一片金黃田野，隔板建成的房屋前有排紅色橡樹遮擋風勢。一個安全的地方。妮娜眞希望寇姆．菲伊能大步衝進楊．范艾克的辦公室，叫他把伊奈許還來，不然就會被打得滿地找牙；她希望這城市中有人能幫他們，他們並非如此孤絕；她希望賈斯柏的父親能帶他們一起走。她從沒去過諾維贊，但對金色原野的渴望卻恍若鄉愁。眞傻啊，她對自己說，眞幼稚。凱茲說得沒錯——如果他們想要正義，就得自己去爭。那平緩不了她胸中飢渴之情帶來的疼痛。

然而，寇姆已向賈斯柏道別，和羅提與史貝特一起穿過石頭墳墓，消失身影。他轉身揮了個手，就不見了。

「我應該和他一起去。」賈斯柏在門口徘徊。

「你已經差點害他被殺了。」凱茲說。

「知道是誰在大學設下埋伏嗎？」韋蘭問。

「賈斯柏的父親去了市警隊，」馬泰亞斯說：「我很確定那裡的警員大多能輕易賄賂。」

「沒錯。」妮娜說：「但銀行通知他貸款的事不可能是巧合。」

韋蘭坐到桌邊。「如果銀行也涉入，背後一定有我父親。」

「佩卡．羅林斯在銀行之間也很有影響力。」凱茲說，妮娜見他戴了手套的手在枴杖的烏鴉頭上伸開。

「他們可能合作嗎？」她問。

賈斯柏用雙手抹臉。「去他的諸聖和夏娃阿姨，最好沒有。」

「我不會排除任何可能性，」凱茲說：「不過這都不會改變今晚要發生的事。來。」他將手伸進牆中的墓龕之一。

「我的左輪！」賈斯柏高喊，立刻把槍抱到胸前。「噢哈囉，漂亮寶貝，」他臉上的笑容燦爛非凡。「你把它們拿回來了！」

「積雲的保險箱很好撬。」

「謝謝你凱茲，謝謝你。」

凱茲對賈斯柏的父親展現出的一絲溫暖消失殆盡，就如那些金色原野的夢一般轉瞬即逝。「狙擊手沒了槍還有什麼用？」凱茲問，對於賈斯柏垮下的笑臉似乎不以為意。「你赤字太久了，我們都是。今晚就是我們償還債務的時候。」

□

此時此刻，夜幕已落，他們正在去幹活兒的路上。一輪漸盈月恍如懷著警戒的白色瞳仁，怒目垂視他們。妮娜甩抖袖子。寒冷天氣已然散去，他們處於典型的晚春季節，又或者，其實算是典型的克爾斥氣候——只有難以預測的短暫暴風雨能稍微減緩這彷彿動物口中悶閉潮濕的暖風。

馬泰亞斯和賈斯柏早早前往碼頭，確保小舟就定位。接著他們全朝船的停泊地點前進，留古維在黑幕島和羅提、史貝特待在一起。

船隻無聲切過水面。前方，妮娜能看見一束光線引導著他們前進。

賈斯柏的左輪又回到他臀部位置，他和馬泰亞斯肩上都掛了步槍。凱茲外套裡有把手槍，加上那根邪惡的手杖，而妮娜看見韋蘭一手擱在他的小包。裡面打包了爆炸物、閃光彈，以及天知道還有什麼鬼東西。

「我們最好不要搞錯。」韋蘭嘆著氣說：「父親一定會做好準備的。」

「我就賭在這點上。」凱茲回答。

妮娜的手指拂過塞在輕薄春季外套口袋的槍柄。以前她不必用槍，也從不想帶。**因為我就是武器**。但如今，她不相信自己。她覺得自己在控制能力的層面脆弱不周，好像不斷去撈找的東西永遠比她想得再深一些。她得確定今晚它一定在，她不能犯錯，伊奈許的命還賭在這上面，所以絕對不能。妮娜知道，如果她人在飛格陸，那場戰鬥的走向將會非常不同。如果妮娜夠強，能面對范艾克的黨羽，伊奈許打從一開始就不會被抓。

而要是她用了煉粉呢？那就沒有任何人能打得過她。

妮娜堅定地搖了一下頭。**如果妳用了煉粉，就會直接上癮，穩穩當當，直接登上死神駁船。**

他們抵達岸邊，盡可能無聲且迅速地登陸，其間無人開口。凱茲打手勢讓他們就定位。他會從北推進，馬泰亞斯和韋蘭由東，妮娜和賈斯柏會負責這個範圍西側邊緣的守衛。

妮娜伸展手指，讓四名警衛噤了聲。本該很簡單，幾週前確實是這樣。慢下他們脈搏、安安靜靜送他們進入無意識狀態，完全不會讓警報響起。可是現在，她不禁想，到底是因爲濕氣或她自己緊張的汗水，弄得衣服這樣不舒服地黏在皮膚上。太快了，她先看到前兩名站在崗位上的守衛身影。他們靠在低矮石牆上，步槍撐在身邊，交談聲時起時落，猶如慵懶的哼鳴。太容易了。

「放倒他們。」賈斯柏說。

妮娜專注在守衛身上，讓自己的身體與他們的波動諧調，找尋心跳與血液奔流的節奏。感覺就像盲目在黑暗中瞎闖。嚴格說，根本什麼也沒有。她隱約感受到他們骨架的微弱跡象，只有極弱的一絲蹤跡——僅此而已。她的眼睛看見他們，耳朵也聽見他們，但是其餘只剩一片安靜。她體內的其他感官，有記憶以來長久存在的天賦，孩童時就不斷陪伴著她的那股力量的心臟，就這麼不再跳動。她腦中只想到煉粉，那種興奮、那種愜意，好像整個宇宙都在她的指尖。

「妳在等什麼？」賈斯柏說。

可能是因爲某個聲響，或僅僅因爲他們的存在，其中一名守衛起了警覺，瞥往他們的方向，注視著陰影裡頭。他舉起步槍，對著搭檔打手勢，要他跟上。

「他們朝這邊來了。」賈斯柏雙手去拿槍。

諸聖啊，如果賈斯柏得開槍，也會驚動其他守衛。警報將響起，一切努力可能就直接完了。

妮娜專注全副意志力。對煉粉的飢渴控制了她，一陣哆嗦竄過全身，堅決地以利爪挖進她的頭顱。妮娜予以忽視。一名守衛踉蹌著雙膝跪下。

「吉利斯！」另一名警衛說：「怎麼回事？」但他並沒有笨到放下武器。「住手！」他朝著他們的方向大喊，仍試著要扶他朋友。「報上名來！」

「妮娜，」賈斯柏火大地悄聲說道：「做點什麼啊！」

妮娜捏緊拳頭，努力要掐住守衛的喉頭，不讓他喊來救兵。

「報上名來！」

賈斯柏抽出槍。**不要不要不要**，她絕對不要成為這件事出岔子的原因。煉粉本該將她殺死，或者不起作用，而非將她困在如此悲慘又無能為力的煉獄之中。一陣狂怒掃過妮娜——非常純粹、完美而專注的怒氣。她的心神向外延展，突然間，她抓住了某個東西——不是身體，而是某個東西。她從眼角餘光瞄到一些動靜，有個朦朧的影子從陰影中冒出——那是一團塵雲。雲往前衝向站著的守衛，他像想驅散一群蚊子那樣對著它猛揮，但雲團呼呼旋轉得更快、更快，幾乎成了看不見的一團模糊。守衛張開嘴想尖叫，雲卻消失了。他發出一聲悶哼，往後栽倒。

他的同伴仍頭昏眼花，搖搖晃晃跪著。妮娜和賈斯柏大步上前，賈斯柏用左輪槍柄往跪著的守衛後腦勺一個重擊，那人癱倒在地，失去意識。他們小心翼翼檢查另一名警衛。他兩眼睜大躺在那裡，盯著滿是星星的天空，嘴巴和鼻孔中堵滿細細的白沙。

「妳做的嗎？」賈斯柏說。

是她嗎？妮娜覺得彷彿能從口中嘗到白沙。這應該是不可能的。軀使系格里沙能操控的是人類身體，而非無機物質。這是造物法師的手法——而且是強大的造物法師。「不是你嗎？」

「感謝妳對我投下信任的一票，但那都是妳做的啊，寶貝。」

「我沒有殺他的意思。」她本來打算做什麼呢？只是要讓他安靜下來。沙子從他張開的嘴角流洩成細緻的一條線。

「還有兩名守衛，」賈斯柏說：「我們已經遲到了。」

「不如敲他們腦袋就好？」

「妙計，我愛。」

妮娜覺得一陣讓人起雞皮疙瘩的詭異感爬過全身。然而，對煉粉的渴求已不再於她體內到處喧鬧。**我不是故意要殺他的**。但無所謂，現在不能有所謂。守衛已經拿下，計畫已然開跑。

「走吧，」她說：「去把我們的女孩救出來。」

07 伊奈許

伊奈許在黑暗中度過無眠的一夜。當胃開始大響，她猜應該到了早上。可是沒人來移開她的遮眼布，或拿托盤給她。范艾克似乎覺得對她再也不需悉心照料。他已清楚看見她心中的恐懼，而今，那將會是他使用的手段，不再是班揚那雙蘇利眼睛和善意試探。

當她不再顫抖，便掙扎著移往通風口，只發現那兒被密密實實地拴鎖起來。這一定是趁她在劇院裡時做的。伊奈許並不意外。她懷疑范艾克留著那兒沒關只是要給她希望，然後再奪走。

最終，她的神智開始清晰。當她躺在寂靜中，心中已計畫好。她會開口。渣滓幫不用的避難所和藏身處夠多了。因爲那些地方已被滲透，或單純不再方便。她就從那些地方開始。其餘還有些屬於巴瑞爾其他幫派、應該算得上安全的地方。她知道利德幫偶爾會用位於第三港口的一座改裝貨運櫃；剃刀海鷗喜歡躲藏在距離巢屋只有幾條街的骯髒旅館，他們叫它果醬餡餅屋，因爲建築褪色的蔓越莓色加白色屋簷活像是裝飾上糖霜。搜索每個地方應該能讓范艾克花上大半夜。她會拖延，會帶著范艾克和他的人在克特丹上上下下找凱茲。她向來不算什麼好演員，但她在艷之園被逼著說了一輩子分量的謊，此外，她花了這麼多時間和妮娜相處，當然也學到了一、兩招。

等班揚終於出現，移開她的遮眼布，隨身還帶了六名武裝守衛。她不確定經過了多久，但懷疑已過了一整天。班揚的臉色灰黃，而且不怎麼能和她眼神交會。她希望他整晚都清醒地躺在那兒，被她的話沉甸甸壓在胸口。班揚切斷她腳踝的束縛，但換上帶繩子的腳鐐，守衛帶她到走廊上時，腳鐐發出沉重的匡噹聲。

這一次，他們帶她走劇院後門，經過舞台布景的空間和遭到棄置、蓋滿灰塵的舞台道具，前往台上。被蛾噬咬的綠色布幕放了下來，看不見深如洞穴的座位區和上方包廂區，這裡和劇院其餘部分隔開，因舞台燈光散發出的熱氣而溫熱。布景帶有一種奇異的熟悉感，似乎不那麼像舞台，而像眞正的外科手術室。伊奈許的目光落在前晚躺的桌台那個被敲爛的桌角，又迅速避開。

范艾克正和尖鼻守衛等在那兒。伊奈許無聲許下誓言，如果計畫失敗，就算他把她的雙腿砸成爛泥，就算再也無法行走，也要想辦法以牙還牙。她不知道該怎麼做，但一定會想到辦法。那麼多次險境，她都活了下來，區區范艾克是摧毀不了她的。

「妳怕嗎？葛法小姐？」他問。

「怕。」

「眞誠實。那麼，準備把妳知道的一切告訴我了嗎？」

伊奈許深呼吸一口氣，低垂下頭，希望能以很有說服力的方式展現出她的不情願。「準備好了。」她低聲說。

「說吧。」

「我要怎麼知道你不會拿了情報卻還繼續傷害我？」她小心地問。

「如果情報屬實，妳就沒有什麼好害怕，葛法小姐，我不是殘忍之人。我採用的手法是妳最熟悉的——威脅與暴力。因為巴瑞爾的訓練，妳早習慣受到這些對待。」他講起話和希琳姨沒兩樣。**妳為什麼要逼我那麼做呢？這些懲罰是妳自找的，女孩。**

「那我算是得到你承諾了？」她問。這不合理。打從范艾克破壞在飛格陸上的協議、害他們差點全被殺，就已清楚證明他的承諾有多少價值。

但他肅然點頭。「沒錯，」他說：「一言為定。」

「絕對不能讓凱茲知道——」

「當然、當然。」他有點不耐地說。

伊奈許清清喉嚨。「藍色天堂這個俱樂部距離巢屋不遠，以前凱茲用過上面的房間藏偷來的商品。」這是眞話，而且那些房間應該還是空的。凱茲發現其中一名酒吧老闆欠一角獅錢後就不再使用那裡了。他不要任何人通報他的收入支出。

「非常好，還有呢？」

伊奈許咬著下唇。「叩街一間公寓。我不記得門牌，但那裡可以看到東埠一些賭場的後門，我們以前用來當監視地點。」

「是這樣嗎？請繼續。」

「有個貨運櫃——」

「葛法小姐，妳知道嗎？」范艾克上前，靠她近一點，臉上未顯怒意，看起來甚至可說愉悅歡欣。「我認爲以上那些都不是眞正的線索。」

「我不會——」

「我認爲妳打算讓我浪費時間瞎找一通，同時等待救援，或者策畫其他拙劣的逃亡企圖。但葛法小姐，妳不用等了。這個當下布瑞克先生正在來救妳的路上。」他對其中一名守衛做了手勢。「拉起布幕。」

伊奈許聽到繩索嘎嘎聲，慢慢地，破爛布幕升起。劇場中塞滿守衛，排排站在走道上，至少有三十人，也許更多。全身重裝武器，佩戴步槍和棍棒，展現出超乎想像的武力。不，她想，范艾克此話的力道漸漸深入心中。

「沒有錯，葛法小姐，」范艾克說：「妳的英雄要來了。布瑞克先生喜歡認爲自己是克特丹最聰明的人，所以我想，我就讓他開心一下，讓他聰明反被聰明誤。我明白與其把妳藏起來，應該讓妳能輕易被找到。」

伊奈許皺眉。不可能的。**不可能**。這商人難道真比凱茲聰明？他是刻意利用她這麼做的嗎？

「我每天不停讓班揚來回寇米第島，以為這個蘇利男孩應該會極其可疑，任何前往早就廢棄島嶼的交通都會受到注意，直到今晚，我都還不曉得布瑞克會不會咬餌，真的焦慮得不得了。但他上鉤了。今天傍晚稍早，他的兩個成員在碼頭被目擊到正在準備小舟出發——那個大塊頭斐優達人和贊米男孩。我沒攔截他們。他們和妳很像，不過是小卒，古維才是大獎，而妳的布瑞克先生總算要把欠我的東西還來了。」

「如果你和我們公平交易，早就得到古維了，」她說：「我們冒自己的生命危險把他從冰之廷救出來，賭上一切，你應該信守承諾。」

「如果真是愛國分子，就該在沒有承諾獎賞的情況下答應救出古維。」

「愛國分子？你對約韃煉粉的陰謀詭計會讓克爾斥變得一片混亂。」

「市場是有適應能力的，克爾斥會撐下來，甚至可能因為接下來的改變更強。但妳和那幫人可能就不會活得那麼好了。妳覺得我們進入戰爭時期的話，巴瑞爾的寄生蟲該怎麼辦？當正直的人已沒有子兒可揮霍，只能全心全意努力工作、摒棄惡習？」

伊奈許感到自己唇角揚起。「不管你多用力想把他們踩死，運河老鼠總會有生存方法。」

他微笑。「妳的朋友大多活不過今晚。」

她想到賈斯柏、妮娜和馬泰亞斯，善解人意的韋蘭值得比這個骯髒傢伙更好的人當父親。這不僅僅關乎勝過范艾克，更是私仇。「你恨我們。」

「說實話，我對妳其實不怎麼感興趣。在妳成爲這城市的禍害之前，不過是區區雜技演員——或舞者——或隨便什麼東西。但我承認凱茲．布瑞克確實冒犯了我。他卑鄙、殘忍又毫無道德感。他以腐敗餵養腐敗。他的絕頂聰明本來可用在很好的地方——說不定能管理這城市，建造些什麼，創造能造福所有人的利益。結果他卻去搾取好人的成果。」

「好人？像你這樣的好人？」

「妳聽到應該會覺得痛苦，但這是眞話。當我離開這個世界，將會留下有史以來最偉大的海運帝國、富裕的機器；是對格森神的致敬，也是受祂偏愛的象徵。誰會記得像妳這樣的女孩呢，葛法小姐？妳和凱茲．布瑞克除了變成要被丟到死神駁船的屍體，還會留下什麼？」

劇院外面傳來一聲喊叫，當守衛轉向入口門扉，突然一陣靜默籠罩。

范艾克檢查手錶。「午夜，一分不差。布瑞克挺戲劇化的啊。」

她聽見另一聲喊叫，接著是短暫隆隆槍聲。六名守衛在她後方，她的腳上有腳鐐，一股無助感湧上並噎住了她。凱茲和其他人即將走入陷阱，她卻完全沒辦法警告他們。

「我認爲，最好不要讓範圍內完全無人看守，」范艾克說：「我們可不希望讓他太輕鬆，洩露了這場遊戲。」

「他永遠不會告訴你古維在哪裡。」

范艾克的微笑中帶著縱容。「我只是在想，不曉得最後會發現哪個更有效——是折磨布瑞克先生，或是讓他看我折磨妳呢。」他靠過來，滿口陰狠的計畫。「我可以告訴妳，我要做的第一件事就是剁掉那些手套，打斷他每一根偷拐搶騙的手指。」

伊奈許想到凱茲屬於魔術師的蒼白雙手，橫過右手指節上方磨得光滑的一串疤痕。就算范艾克打斷凱茲的每根手指外加兩條腿，他連一個字也不會說，但要是他的人拔了凱茲的手套呢？伊奈許仍不理解他爲什麼這麼需要手套，或者爲什麼去冰之廷的路上會在囚車裡昏倒，但她知道凱茲受不了皮膚碰觸的感覺。他能把這個弱點藏得多好？范艾克能在多快的時間找出他的弱點加以利用？凱茲在放棄前又能撐多久？她承受不了。伊奈許慶幸自己不知道古維在哪裡。因爲在凱茲放棄之前，她會先崩潰。

靴子聲在走道上迴響著，腳步有如雷鳴。伊奈許往前一撲，張口大喊警告。但是，一名守衛強行用手蓋住她的嘴巴，她在他臂彎中掙扎著。

門砰地打開，三十名守衛舉起三十把步槍，三十個扳機叩起，門口的男孩瑟縮後退，臉色刷白，一綹棕色鬈髮亂七八糟。他穿著范艾克家的紅金制服。

「我——范艾克先生。」他喘著大氣，雙手舉起做防禦姿勢。

「退下，」范艾克對守衛下令。「怎麼回事？」

男孩吞嚥了一下。「主人，湖邊小屋。他們走水路。」

范艾克站起來，撞翻了椅子。「阿麗斯——」

「他們一小時前抓走了她。」

阿麗斯．楊．范艾克那懷孕的美麗妻子。伊奈許感到希望之光閃爍亮起，但她將之壓下，仍不敢相信。

「他們殺了一名守衛，把其餘人綁在食物儲藏室裡。」男孩持續上氣不接下氣。「桌上有張紙條。」

「拿過來。」范艾克厲聲說道。男孩大步走過走道，范艾克一把將紙條從他手上抓走。

「那上面……那上面說了什麼？」班揚問道，聲音在顫抖。關於阿麗斯和音樂老師的事，伊奈許說不定猜對了。

范艾克對著他反手就是一掌。「要是我發現你早就知道——」

「我沒有！」班揚喊道。「我什麼也不知道，我照著你指示的每個字去做！」

范艾克在掌中揉爛紙條，但伊奈許趁隙看到凱茲筆跡凌亂卻清晰的幾個字：明天中午，善女橋，帶她的刀來。

「紙條用這個壓著。」男孩將手伸進口袋，抽出一枚領帶夾——包在金色月桂葉裡的一顆巨大紅寶石。那是他們初次受雇進行冰之廷任務時，凱茲從范艾克身上偷來的。離開克特丹前，伊奈許沒機會把這東西脫手，凱茲大抵不知用什麼方法又拿到了。

「布瑞克。」范艾克怒號，嗓子因怒火而繃緊。

伊奈許忍不住了。她開始笑。

范艾克狠狠打了她一巴掌，抓著她的短上衣狂搖撼，她覺得骨頭都格格作響。「布瑞克以爲我們還在玩遊戲是不是？她是我的妻子，肚子裡有我的繼承人。」

伊奈許笑得更用力了。過往一週積累的恐懼全湧上胸口，成了暈眩的鳴響，而她不確定自己能想停就停。「結果你在飛格陸上把這一切都告訴了凱茲，眞有夠蠢。」

「我該叫法蘭克拿鎚子來讓妳看看我是認眞的嗎？」

「范艾克先生。」班揚懇求道。

但伊奈許已經不想再怕這個人了。范艾克還來不及吸入下一口氣，她已用前額狠狠往上一頂，撞碎他的鼻子。他放聲尖叫，在血流得那件上好的商人裝束到處都是時放開了她。他的守衛立刻撲上來將她往後拉開。

「妳這小混帳，」范艾克說，拿起一條有花押字的手帕擦臉。「小賤貨，我要親自拿鎚子把妳兩條腿——」

「繼續啊，范艾克，繼續威脅、繼續罵我，你敢動我一根汗毛，凱茲．布瑞克就會把嬰兒從你的漂亮太太肚子裡挖出來，屍體掛在交易所陽台上。」這話十分醜惡，刺痛了她的良知，但范艾克活該對她所說的畫面揮之不去。雖然她不信凱茲會幹出這種事，依舊十分感激髒手過往為了打造惡名做的每件齷齪邪惡之事。在范艾克妻子歸來前的每分每秒，他都會因這惡名困擾不已。

「閉嘴。」他吼道，口中噴出唾沫。

「你認為他不會這麼做？」伊奈許出言奚落。她能感受到臉上他剛打的耳光灼熱，看見鎚子仍在守衛手中。范艾克使她恐懼，而她很高興能以牙還牙。「卑鄙、殘忍，無道德感。你一開始不就是因為這樣才雇用凱茲的嗎？因為他能做出他人不敢做的事？繼續啊，范艾克，打斷我的腿，看會怎樣。盡量挑戰他啊。」

她真的相信區區商人的腦袋能夠超越凱茲．布瑞克嗎？凱茲會救她出來，他們會讓這個人搞清楚小賤貨和運河老鼠有何能耐。

「別太難過，」當范艾克緊緊扶住桌子破爛的桌角，她說，「再好的人，都會被打敗。」

08 馬泰亞斯

馬泰亞斯這輩子犯的錯大概到下輩子都彌補不完。然而他一直相信，儘管犯下這些錯誤和失敗，仍秉持一個中心原則，絕對不會破壞。可是他很確定，如果得和阿麗斯．范艾克一起多待一小時，他可能會單純爲了些許安寧就把她殺了。

圍攻湖邊小屋的行動之精確，馬泰亞斯忍不住滿心佩服。伊奈許被抓走不過三天，羅提已警示凱茲，寇米第島上出現燈光，以及船隻總是載著一個年輕蘇利人不斷在奇怪的時間點往返。他的身分很快水落石出——他是阿登．班揚，過去六個月和范艾克簽訂契約的音樂老師。他顯然在韋蘭離家後加入了范艾克的大家庭，不過韋蘭對於父親爲阿麗斯弄了個專業音樂課並不驚訝。

「她很不錯嗎？」賈斯柏問。

韋蘭猶豫了一下才說：「她充滿熱忱。」

推測出伊奈許被關在寇米第島再容易不過，而妮娜想立刻去救她。

「他沒把她帶離城市，」她說。打從擺脫和煉粉的爭鬥後，她的臉頰第一次這樣潤澤發亮。

「他很顯然就是把她關在那裡。」

而凱茲只是用那副奇異的表情望著不近不遠的地方。「太明顯了。」

「凱茲——」

「想不想要一百克魯格？」

「背後有什麼鬼？」

「沒錯。范艾克把事情弄得太容易；他把我們當成靶子，可是他不是巴瑞爾出身，我們也不是蠢肥羊，傻傻衝向他拿出來的第一個閃亮誘餌。范艾克要我們覺得她在那島上——也許是眞的。但他也會準備足夠火力等著我們，說不定還有些用了煉粉的格里沙。」

「藏在靶子不瞄之處。」韋蘭小聲唸著。

「美好的格森神啊，」賈斯柏說：「你眞的從裡到外都壞掉了。」

凱茲用烏鴉頭手杖敲了敲墳墓地上的石板。「你知道范艾克的問題在哪裡嗎？」

「他毫無榮譽感？」馬泰亞斯說。

「他是個爛爸爸？」妮娜說。

「他髮際線一直往後退？」賈斯柏表示。

「都不是，」凱茲說：「他有太多不能失去的東西，還給了張地圖告訴我們該先偷哪個。」

他撐了一下身體站起，娓娓道出綁架阿麗斯的計畫。他們不要按范艾克預想的去救伊奈許，而是要逼范艾克拿她來換他懷孕的妻子。第一個要點就是找到她的下落。范艾克不是笨蛋。凱茲懷疑，他和他們的假交易一結束，就立刻將阿麗斯送出城；他們最初的調查也支持這個論點。范艾克不會把他的妻子放在倉庫、工廠或工業建築，她也不在他擁有的任何旅館，或范艾克的鄉間小屋——或他兩座靠近艾斯米的農場。因此他很可能悄悄將她送到眞理之海另一邊的某個農場或地產。不過凱茲不認爲他會讓懷著他繼承人的女子踏上累垮人的海上旅途。

「范艾克的財產一定不會登記在帳簿上，」凱茲說：「很可能收入也是。」

賈斯柏皺眉。「不納稅不是……我不曉得，那不是褻瀆神明嗎？我以爲他滿腦子都想著侍奉格森神。」

「格森神和克爾斥不是同一回事。」韋蘭說。

當然了，要揭露這些祕密財產，代表得進入康尼利斯．斯密特的辦公室，外加另一連串欺瞞詐騙。馬泰亞斯痛恨其中的一切無良行爲，但無法否認他們獲取的資訊價値有多高。感謝斯密特的檔案，凱茲得知了湖邊小屋的位置，那是個距城市南邊十哩的精美屋宅，很好防衛，裝潢得舒舒服服，列在漢卓克斯名下。

藏在靶子不瞄之處。聽起來概念正確，馬泰亞斯承認。事實上，那是軍人的概念。當你的火力不如人，人力又不足，就要找上防衛較弱的目標。范艾克以爲會有嘗試拯救伊奈許的行動，因此會在該處集中兵力，而凱茲也助長了這個想法，要馬泰亞斯和賈斯柏將小舟帶到第五港口一座私人停泊處，行動越可疑越好。十一點鐘響，羅提和史貝特便將古維留在黑幕島，穿上沉重的斗篷，藏起臉面、駕船出發，浩浩蕩蕩上演一場大秀，對著從其他停泊處出發、所謂的同黨大吼大叫——那些人多半是困惑的觀光客，搞不懂為什麼小舟上這些怪人要對他們哇哇叫。

凱茲在湖邊小屋襲擊行動中讓妮娜和賈斯柏搭檔，儘管知道這樣搭檔很合理，馬泰亞斯仍得費盡全力才能壓下和他爭執的衝動。他們要無聲無息放倒守衛，才能避免其他人拉響警報或陷入驚慌。馬泰亞斯受過戰鬥訓練，做得到，妮娜的格里沙能力亦同，他們因此被拆開來。賈斯柏和韋蘭的專長都很吵，所以只會在迫不得已時加入混戰。同時馬泰亞斯也曉得，如果他老像隻看門狗一樣在執行任務時當妮娜的跟屁蟲，她只會將雙手往豐滿的臀部一擺，用各種語言示範她對粗話有何等深厚的知識。話說回來，也許除了古維，只有他曉得，打從由冰之廷回來後她吃了多少苦。看她就這樣離開著實艱難。

他們從湖面接近，快速處理掉範圍內幾個守衛。沿岸住宅大多空蕩無人，因為就季節而言還太早，天氣還沒不夠暖。但范艾克的房子——或說漢卓克斯的房子——窗中亮著燈光。在范艾克侵門踏戶進入那棟屋子前，代代屬於韋蘭母親的家族。

這感覺實在不像闖入，事實上，一名守衛甚至在露台上打盹兒。馬泰亞斯本來沒發現有人傷亡，直到清算守衛人數時發現有缺，可是已沒時間詢問妮娜和賈斯柏哪裡出了錯。他們把剩下的守衛綁起來，和其餘僕役一同趕進食物儲藏室，再戴著狂劇團的面具飛從樓梯衝上二樓。他們停在音樂室外面，不確定阿麗斯是否正坐在鋼琴長椅上。雖然他們以為她應該在睡覺，但此時她正在努力彈奏某種樂曲。

「諸聖啊，那是什麼噪音？」妮娜小小聲地說。

「我想是〈睡吧，小黃蜂〉，」韋蘭從他那一整套深灰惡魔的面具與椅角後頭發言。「但也是很難說。」

當他們進入音樂室，她腳邊那頭毛髮如細絲的小獵犬還本能知道要怒吼，但可憐、漂亮、懷了孕的阿麗斯只是從樂譜抬起頭，說：「是在演戲嗎？」

「沒錯，親愛的，」賈斯柏溫柔地說：「而且主角就是妳。」

他們給她套上溫暖的外套，護送她出了屋子，上去等候著的船。她是那麼溫順，妮娜甚至開始擔心了。「說不定她的血液不夠送到腦子？」她低聲對馬泰亞斯說。

馬泰亞斯不曉得該怎麼解釋阿麗斯的狀況。他記得母親懷他的小妹妹時，就連最簡單的東西都會弄混。她會從他們的小屋一路走下村莊，才發現自己把腳上靴子穿錯了邊。

但在回城市的半路上，妮娜綁起阿麗斯的手，往她眼睛覆蓋遮眼布，確保布緊緊固定於整齊盤在她頭上的髮辮，她才深刻認知到自身處境。阿麗斯開始吸鼻涕，拿天鵝絨袖子擦鼻子，本來的抽噎變成某種使性子的深呼吸，等到他們把阿麗斯好好安頓到墳墓裡，甚至給她找了小墊子踩腳，她便發出一聲長長的哭號。

「我想回家啦——」她哭著說：「我要我的狗。」

從那時起，她的哭聲就沒停過。凱茲最終挫敗地舉手投降，眾人全走出墳墓找清靜。

「懷孕的女人都這樣嗎？」妮娜呻吟著說。

馬泰亞斯瞥著石頭船殼裡頭。「只有被綁架的才會。」

「我都沒辦法思考了。」她說。

「如果我們把遮眼布拿掉呢？」韋蘭提議。「我們可以戴上狂劇團的面具。」

凱茲搖搖頭。「我們不能冒著她帶范艾克來這裡的危險。」

「她會把自己搞生病的。」馬泰亞斯說。

「我們任務才到一半，」凱茲說，「明天交換之前這種事還會有很多。誰快想個方法讓她閉嘴，不然我自己來。」

「她是個嚇壞的女孩子——」韋蘭抗議。

「我沒問你她是什麼。」

但韋蘭繼續說：「凱茲，我要你承諾不會——」

「在你把話說完之前好好想一下我的承諾要價多少，你又願意付出多少。」

「她的父母讓她和我父親結婚又不是她的錯。」

「阿麗斯不是做錯事才會在這裡，她會在這裡，是因爲她是籌碼。」

「她只是個懷孕的女孩——」

「說實在懷孕不是什麼特殊天賦，你去巴瑞爾隨便問個運氣不好的女孩就知道。」

「伊奈許不會想——」

在一呼與一吸的瞬間，凱茲用前臂將韋蘭推到墳墓牆上，手杖的烏鴉頭卡在韋蘭下巴底下。

「你敢再干涉我的事——」韋蘭吞嚥著，張開了嘴。「你再說——」凱茲說：「我就把舌頭從你嘴裡割下來，餵給我碰到的第一隻流浪貓。」

「凱茲——」賈斯柏小心翼翼地發語；但凱茲不理他。

韋蘭的嘴唇抿成一條固執的薄線。那男孩眞是不識好歹。馬泰亞斯思考著是否得爲韋蘭求情，但凱茲放開了他。「我回來前最好有人把那女孩的嘴塞起來。」說完，他大步離開，走進墓園。

馬泰亞斯的白眼簡直要翻到天際。這些瘋子全該接受扎扎實實六個月新兵訓練，說不定還得外加一頓痛打。

「最好別提伊奈許，」韋蘭拍掉身上的塵土時，賈斯柏說。「你懂吧，如果你想好好活著的話。」

韋蘭搖搖頭。「這一切不都是爲了伊奈許嗎？」

「不是，這一切都是爲了遠大的計畫，記得嗎？」妮娜鼻子噴了口氣。「從范艾克那兒奪回伊奈許只是第一階段。」

他們轉身回到墳墓。在提燈的光亮中，馬泰亞斯能看見妮娜氣色不錯，也許湖邊小屋闖入行動帶來的分心算是正面效果，雖然他無法忽視在一個不該有任何死亡的任務中，卻有個守衛掛掉的事實。

阿麗斯安靜下來，雙手交疊在肚子上坐著，吐出一個個不開心的小嗝。她生無可戀地試圖弄掉遮眼布，但妮娜太會打結了。馬泰亞斯瞥瞥古維，他正隔著桌子坐在她對面。那蜀邯男孩只是聳了聳肩。

妮娜在阿麗斯旁邊坐下。「妳……要不要喝點茶？」

「加蜂蜜嗎？」阿麗斯問。

「我……呃……我想我們有糖？」

「我只喜歡加蜂蜜和檸檬的茶。」

妮娜一副想讓阿麗斯搞清楚她能把蜂蜜和檸檬放到哪裡的模樣，馬泰亞斯急忙說道：「妳想不想吃片巧克力餅乾？」

「噢，我喜歡巧克力。」

妮娜瞇起眼睛。「我可不記得有說你能犧牲我的餅乾。」

「都是爲了大局，」馬泰亞斯拿來錫罐。他一面希望這能讓妮娜多吃一點，一面把餅乾拿出來。「此外，妳幾乎沒碰它們。」

「我是要留著之後吃，」妮娜用鼻子噴了口氣。「只要講到甜點你就不該惹我。」

賈斯柏點點頭。「她就像條囤積甜點的龍。」

阿麗斯左右轉著頭，依舊綁著遮眼布。「你們聽起來都很年輕，」她說：「你們的父母呢？」韋蘭和賈斯柏爆出笑聲。「這有什麼好笑的？」

「不好笑，」妮娜安慰地說：「他們只是在耍蠢。」

「欸欸欸，」賈斯柏說：「把黑手伸進妳藏餅乾的地方的可不是我們呀。」

「可不是誰都能進我藏餅乾的地方。」妮娜眨了個眼。

「一點也沒錯。」馬泰亞斯怒哼一聲，心情五味雜陳——妮娜又恢復原樣，他很愉快；可是讓她笑的人是賈斯柏，他又嫉妒。看來他非得把頭扣進水桶不可了，這種行爲舉止活像鬼迷心竅的笨蛋。

「所以，」賈斯柏說，一臂攬住阿麗斯的肩膀。「對我們說說妳的繼子。」

「爲什麼？」阿麗斯問：「你們也打算綁架他嗎？」

賈斯柏語帶嘲弄。「我很懷疑。我聽說留這人在身邊至少會招來十二種麻煩。」

韋蘭交叉雙臂。「我聽說他很有天賦，但是沒人理解。」

阿麗斯皺眉。「我很理解啊，他講話也不含糊或什麼的……其實他聽起來和你有點像。」當賈斯柏笑到折腰，韋蘭不禁瑟縮。「還有，他的確很有天賦。他在貝蘭德研讀音樂。」

「但他是怎樣的人？」賈斯柏問：「他提過什麼不爲人知的恐懼嗎？壞習慣呢？思慮不周的癖好？」

韋蘭把那罐餅乾推給阿麗斯。「再吃一塊。」

「她已經吃三塊了！」妮娜抗議道。

「韋蘭就是一直對我的鳥很好。我想念我的鳥和魯法斯。我想回家——」接著她又開始抽抽噎噎。

妮娜像被打敗般重重一頭栽在桌上。「幹得好，我還以爲我們能獲得一會兒安靜呢。我的餅乾白白犧牲了。」

「你們這些人以前從沒見過懷孕的女人嗎？」馬泰亞斯咕噥著。他還清楚記得自己母親的不舒服和那些壞心情，雖然他懷疑阿麗斯的舉止可能和肚子懷的小孩沒關。他從角落的破毛毯撕下一條布。「這裡，」他對賈斯柏說：「把這個拿去蘸水，就能用來冷敷。」他蹲下來對阿麗斯說：「我要脫掉妳的鞋子。」

「爲什麼？」她說。

「因爲妳腳水腫，揉一揉會讓妳舒服點。」

「噢，這可有趣了。」妮娜說。

「想都別想。」

「來不及了。」她扭動起腳趾。

馬泰亞斯脫下阿麗斯的鞋子。「妳不是被綁架，只是暫時被限制行動。等到明天下午妳就會回到家，和妳的小狗小鳥在一起。我要妳知道，沒有人會傷害妳的，好嗎？」

「是這樣嗎？」

「雖然妳看不見我，不過我是這裡個頭最大的人，我可以保證沒有人會傷害妳。」即便馬泰亞斯說出這些話，也知道自己可能是撒謊。阿麗斯正被人揉著雙腳，額上擱著一條冷毛巾，卻身處一個大坑，其中集合了在這可鄙城市街上橫行的幾條致命毒蛇。「現在，」他說，「保持鎮定非常重要，這樣才不會害妳不舒服。有什麼事情能讓妳心情變好呢？」

「我……我喜歡去湖邊散步。」

「好，也許我們稍後可以去散個步。還有呢？」

「我喜歡做頭髮。」

馬泰亞斯給妮娜一個意有所指的眼神。

她沉下臉。「你爲什麼覺得我知道怎麼編髮？」

「因爲妳的髮型向來很好看。」

「等一下，」賈斯柏說，「他現在是在調情嗎？」他貼著馬泰亞斯。「我們要怎麼知道他不是別人裝的？」

「搞不好是別人幫我做的啊。」妮娜不情願地說。

「還有嗎？」馬泰亞斯問。

「我喜歡唱歌。」阿麗斯說。

韋蘭瘋狂搖頭，用唇型表示，不要不要不要不要。

「要我唱一下嗎？」阿麗斯充滿希望地問。「班揚說我唱得都能上台表演了。」

「也許我們晚點再——」賈斯柏建議。

阿麗斯的下唇開始顫動，有如即將破碎的盤子。

「唱吧，」馬泰亞斯衝口而出，「當然沒問題，妳唱吧。」

然後眞正的夢魘就降臨了。

也不是說阿麗斯有那麼差，她只是死也不住口。她吃飯中間唱，走過那些墳墓也唱。在她要到灌木後面解放一下時還是唱。當她終於犯睏想睡，連睡覺都在哼歌。

「也許范艾克的計畫根本就是這樣。」當他們再次聚集到墳墓外面，凱茲鬱悶地說。

「把我們搞瘋嗎？」妮娜說：「那他成功了。」

賈斯柏閉上眼睛呻吟：「慘無人道啊。」

凱茲檢視了一下懷錶。「反正妮娜和馬泰亞斯也該動身了。如果你們早一點到定位，還可以偷幾個小時睡覺。」他們往來小島都得非常小心，才不必等到黎明才前往定位。

「你們會在毛皮商店那裡拿到面具和斗篷，」凱茲繼續說：「在招牌上找一頭金獾。你把東西分發出去前盡可能到靠近利德的地方，接著朝南。不要在任何地方停留太久，我不希望你吸引那些老闆太多注意。」凱茲一個一個和他們對上眼神。「午前，所有人都得抵達最終定位。韋蘭在地面；馬泰亞斯在寇米第百貨商場屋頂；賈斯柏會在你對面的安珀斯旅館屋頂。妮娜，妳會在旅館三樓。那個房間的陽台可以俯瞰善女橋，確保視線範圍清楚，我要妳從第一秒鐘開始就盯著范艾克。他一定會謀策些什麼，我們得做好準備。」

馬泰亞斯看見妮娜偷偷摸摸朝賈斯柏投去一個眼神，卻只是說：「無人送葬。」

「無須喪禮。」他們回答。

妮娜朝泊船處走去，凱茲和韋蘭則走回墳墓，但在賈斯柏溜進裡頭前，馬泰亞斯攔住了他。

「湖邊小屋出了什麼事？」

「你什麼意思？」

「我看到她剛剛看你的眼神了。」

賈斯柏不自在地動著。「你怎麼不問她？」

「因爲妮娜會說她好得不得了，直到痛得連話都說不出來。」

賈斯柏用雙手去碰他的左輪。「我只能告訴你小心點，她有點……不是她自己。」

「那是什麼意思？在漢卓克斯大宅到底發生了什麼事？」

「我們碰到了點問題。」賈斯柏承認。

「死了一個人。」

「克特丹隨時都在死人。總之你保持警覺，她可能會需要支援。」

賈斯柏衝進門內，馬泰亞斯吐出挫敗的怒號。他急匆匆跟上妮娜，在心中反覆思考賈斯柏的警告。只是，當她上船讓他帶著兩人航入運河時，他什麼也沒說。

自他們從冰之廷回來，他做過最明智的一件事就是把剩下的煉粉給了凱茲。這不是容易的決定。他實在無法確定凱茲心中那口井有多深，會或不會做出的事情界線到底在哪兒。但妮娜和凱茲沒有心結，而她在斯密特任務那晚摸上馬泰亞斯的床，他更確定自己做了正確的選擇。因為——喬爾神在上，如果她繼續那樣親吻他，馬泰亞斯眞的什麼都願意給她。

她將他從冰之廷後一直侵擾他的夢中喚醒。上一刻，他還在寒冷中徘徊，因雪而盲目，遠方有狼嗥；下一刻他就醒來，妮娜在身邊，暖和而柔軟。他又想了一次她在船上，也就是她受煉粉掌控最嚴重的時候對他說的話。**你甚至不肯用用自己的腦袋嗎？我只是另一個你追隨的信仰。先是亞爾．布魯姆，現在是我。我不要你受詛咒的誓言。**

他不認為她是眞心的，可是那些話語縈繞不去。身為獵巫人，他侍奉了墮落的信仰。現在他看清楚了。然而，他曾有道路、有國家。曾知道自己是誰，以及這世界對他所求為何。而今，除了對喬爾的信仰，以及向妮娜發的誓，他什麼都不確定了。**吾被造來保護爾等，唯死亡能使吾打破此誓。**他會不會只是拿一個信仰來代替另一個信仰？他因為畏懼自己選擇未來的道路，而用自己對妮娜的感情當擋箭牌？

馬泰亞斯專心划船。他們的命運不會在今晚底定，而在日出降臨前，還有很多事情要做。此外，他喜歡運河晚上的節奏，街燈映照水面，那分寂靜，無人看見自己行經這沉睡世界時的感受，瞥看窗戶中的燈光，見某人受到打擾而從床上起身拉上窗簾，或往外看著城市。他們盡量縮減白天來回黑幕島的次數，因此這成了他認識克特丹的方式。某晚，他瞥到一名女子穿著裝飾了寶石的晚禮服，正在梳妝桌前解開頭上的髮夾。一名男子——馬泰亞斯猜測是她丈夫——走到她後方接手繼續。她將臉轉向他，露出微笑。馬泰亞斯說不出他在那瞬間感到的痛楚是什麼。他是軍人，妮娜也是。他們不是爲了這麼居家的景象而存在。但他羨慕這些人，以及他們的悠哉、舒服的家，與彼此舒服的相處。

他知道他太常問妮娜這件事，但當他們在靠近東埠的地方上岸，馬泰亞斯忍不住又問：「妳還好嗎？」

「很好，」她語帶不耐煩，調整著面紗。她身上穿著迷失新娘閃閃發亮的華麗藍色服飾，是和渣滓幫其他成員出現在他牢房那晚一樣的服飾。「獵巫人，告訴我，你到底有沒有來過巴瑞爾的這區域？」

「我在地獄門時沒什麼機會觀光。」馬泰亞斯說：「而且我怎樣也不會來這裡。」

「當然不會，這麼多人擠在一個地方找樂子，可能會把你身體裡那個斐優達人嚇跑。」

「妮娜，」他們往毛皮商店走去時，馬泰亞斯平靜地說。他不想催促，但他得知道。「我們去找斯密特的時候，妳用了假髮和化妝。妳怎麼不塑形自己？」

她聳聳肩。「那樣比較簡單，也比較快。」

馬泰亞斯安靜下來，不確定該不該進一步追問。

他們經過一家起司店，妮娜嘆口氣。「我怎麼會經過擺滿一輪輪起司的櫥窗還無動於衷？我都要不認識自己了。」她暫停一下，說：「我有試著對自己塑形，但有些什麼不太對、不太一樣。我勉強把眼睛下面的黑色弄掉……光那樣就耗費了所有專注力。」

「但妳一直不是很有天賦的塑形者。」

「斐優達人，有點禮貌。」

「妮娜。」

「這不一樣，這不只很有挑戰性，還很痛苦。唉，很難解釋啦。」

「那控制行爲呢？」馬泰亞斯說：「就是妳在冰之廷用了煉粉後做的事？」

「我覺得那再也不可能了。」

「妳試過嗎？」

「不算有。」

「試在我身上。」

「馬泰亞斯，我們有事要做。」

「快試。」

「在不知道會發生什麼事的狀況下，我才不要亂搞你的腦袋。」

「妮娜——」

「好啦，」她惱火地說：「過來。」

他們快到東埠了，成群尋歡作樂的人們越來越多。妮娜將他拉進兩棟建物之間的小巷，掀起他的面具和自己的面紗，接著慢慢捧住他臉兩側，手指滑入他髮中，馬泰亞斯原先的專注潰散一地，感覺像是她觸碰了他的全身。

她看進他的眼中。「怎麼樣？」

「我什麼都沒感覺到。」他說。聲音嘶啞得有些難堪。

她揚起一眉。「什麼都沒有？」

「妳本來想讓我做什麼？」

「我想強迫你吻我。」

「這很蠢。」

「爲什麼？」

「因爲我一直都想吻妳。」他承認。

「那爲什麼你從來不吻呢？」

「妮娜，妳才剛經歷過那麼可怕的嚴峻考驗——」

「我的確是，此話不假。你知道做什麼會有幫助嗎？很多的吻。打從我們登上芙羅琳後就一直沒有獨處的機會。」

「妳是說妳差點死掉的那時候？」馬泰亞斯說。總要有人記得這種情況的嚴重性才行。

「我比較想要回憶的是美好時光，例如我吐到水桶裡時，你幫我抓著頭髮。」

「不要再逗我笑了。」

「但我喜歡你笑。」

「妮娜，現在不是調情的時候。」

「我一定要趁你不備時偷襲一下，不然你就會老忙著保護我，問我：『還好嗎？』」

「擔心妳錯了嗎？」

「沒有錯，錯的是你用好像我隨時會崩潰的方式對待我。我沒有那麼嬌嫩，也沒有那麼脆弱。」她不怎麼溫柔地將他的面具蓋下去，把自己的面紗扯回原位，大步走過他身旁出了小巷，越過街道，前往門上有隻金獾的商店。

馬泰亞斯跟了上去，知道自己說錯話了。可是正確來說到底該講什麼，他卻毫無頭緒。他們進入店裡時，響起了小小的鈴聲。

「這種時候這裡怎麼會營業？」他喃喃說道：「誰會想在三更半夜買外套啊？」

「觀光客會。」

事實上還真有幾個人在瀏覽一疊疊的毛皮和生皮，馬泰亞斯跟著妮娜到了櫃檯。

「我們來取貨。」妮娜對戴著眼鏡的店員說。

「名字？」

「朱蒂．科能。」

「啊！」店員說，檢閱帳本。「金色山貓和黑熊，全額付清。稍等一下。」他進了後面房間，身影消失後一會兒再度出現，吃力搬著兩個用牛皮紙包起、綁上麻繩的沉甸甸包裹。「妳要幫忙把這些給——」

「我們沒問題。」馬泰亞斯不費吹灰之力舉起包裹。這城裡的人實在要多呼吸點新鮮空氣和多運動。

「但可能會下雨，至少讓我——」

「我們沒問題。」馬泰亞斯低吼著，店員退後一步。

「不要理他。」妮娜說：「他需要睡個覺。謝謝你啊，辛苦了。」

店員虛弱地微笑一下，他們就上路離開。

「你應該知道自己這種事處理得很不好吧？」他們一到街上、進入東埠，妮娜立刻問。

「妳是說撒謊欺瞞嗎？」

「我是說待人以禮。」

馬泰亞斯思考了一下。「我不是故意沒禮貌的。」

「以後講話都讓我來。」

「妮娜——」

「現在開始都不准叫名字。」

他可以從她語調中聽出她在氣他，而他不認爲這單單因爲他對店員沒禮貌。他們只稍停一下，好讓馬泰亞斯把身上的狂人裝束換成收摺在毛皮商店的包裹中數件緋紅紳士裝束之一。馬泰亞斯不確定店員是否曉得塞在牛皮紙包裡的是什麼，這些裝束又是不是在店裡做的，又或者金獾只是某種換貨點。凱茲在全克特丹擁有各種神祕的關係，而只有他才知道運作其間的祕密。

等馬泰亞斯找到夠大的紅色斗篷，並用塗上紅白色漆的面具蓋住臉，妮娜立刻遞給他一袋銀幣。

馬泰亞斯在掌中掂了一下那個袋子，錢幣發出悅耳的叮噹響。「這不是眞的對不對？」

「當然不是。但不會有人知道錢幣是眞是假，這就是樂趣所在，我們練習練習吧。」

「練習？」

「母親、父親，付租金！」妮娜用唱歌似的調子說。

馬泰亞斯盯著她。「有沒有可能其實妳發燒了？」

妮娜把面紗推到頭上，讓他能好好感受她怒目的力量。「這出自狂劇團，當緋紅紳士上台，觀眾會喊——」

「母親、父親，付租金。」馬泰亞斯把話接完。

「沒錯，然後你就說，『沒辦法，親愛的，錢都花盡了。』接著將一把錢幣拋到群眾裡。」

「爲什麼？」

「就和大家會噓狂人、對聖甲蟲女王丟花一樣。這是傳統。不是每個觀光客都知道，但克爾斥人都曉得。所以今晚，只要有人喊：『母親、父親，付租金……』」

「沒辦法，親愛的，錢都花盡了。」馬泰亞斯陰沉地吟誦道，將一把銀幣拋入空中。

「你要多放一點熱情，」妮娜催促著。「這應該要很好玩。」

「我覺得好蠢。」

「有時候覺得自己蠢是件好事，斐優達人。」

「妳會這樣說只是因爲沒有羞恥心。」

讓馬泰亞斯訝異的是，她沒有牙尖嘴利地反擊，而是靜了下來，直到他們抵達利德區某賭場前方的第一個定位，加入那些音樂家和街頭藝人，與積雲俱樂部只隔幾扇門。接著，彷彿有人打開了妮娜的開關——

「來呀，大家都到猩紅短刀這裡來呀！」她喊著，「那邊那位先生，您太瘦了，這怎麼行呢？來點免費食物和一大壺酒您覺得如何？還有您，那位小姐，看起來就很懂得找樂子……」

妮娜彷彿生下來就是要做這行，將觀光客一個接一個招攬來，提供免費飲食，發出一份份戲服和傳單。賭場一名保鑣冒出來看他們到底在搞什麼時，他們就離開朝西南去，繼續將凱茲弄到的兩百套戲服和面具發放出去。如果人們問這是做什麼的，妮娜就表示這是爲一家叫猩紅短刀的新賭場做的宣傳。

一如妮娜預測，偶爾會有人認出馬泰亞斯的裝束，尖喊著說：「母親、父親，付租金！」

馬泰亞斯則會忠實地予以回應，盡力表演出高興快活的模樣。就算觀光客和尋歡作樂者發現他的演技有所不足，也沒人說破——可能是被下雨般撒落的銀幣分散了注意力。

等到他們抵達西埠，一疊疊戲服全部發光，太陽也開始升起。他從安珀斯旅館屋頂瞥見一閃光芒——賈斯柏用鏡子打信號。

馬泰亞斯護送妮娜爬上旅館給朱蒂・科能預留的三樓房間。如凱茲所說，陽台能完美一覽善女橋寬闊的全景及西埠水面，夾道兩旁皆是旅館和娛樂場所。

「那是什麼意思？」馬泰亞斯問：「善女橋？」

「善良淑女的橋。」

「為什麼叫這名字？」

妮娜靠在門口說：「就是呢，故事說有個女人發現自己的丈夫和西埠一個女孩陷入愛河，打算離開她，她就來到橋邊，認為與其沒有他而活著，不如跳下運河。」

「為了一個沒有誠信的男人？」

「你就不會受誘惑？看著面前西埠的這些鮮肉和美人？」

「妳會為個受誘惑的男人跳下橋嗎？」

「就算為了拉夫卡國王，我也不會自己跳橋。」

「這是個很爛的故事。」馬泰亞斯說。

「我懷疑根本是假的，讓男人替橋命名就會出這種事。」

「妳應該要休息的，」他說：「時間到了我會叫醒妳。」

「我不累，我也不用別人來教我怎麼做事。」

「妳在生氣。」

「是『你覺得』我在生氣。去你自己的崗位，馬泰亞斯。在這光鮮亮麗的外表下，我感覺你也很累。」

她的語調很冷，背脊打得挺直。那些夢的記憶如此凶猛地向他襲來，馬泰亞斯幾乎能感到風的噬咬，雪花隨著刺人強風抽打臉頰。他的喉嚨灼熱，在呼喊妮娜的名字時被刮得疼痛。他想告訴她要小心一點，想問她究竟哪兒不對勁。

「無人送葬，」他低聲說。

「無須喪禮。」她回應，雙眼注視著橋。

馬泰亞斯無聲離開，下了樓梯，走在寬廣的善女橋上越過運河。他抬頭望著安珀斯旅館的陽台，但看不到妮娜的身影。這是好事。如果他在橋上看不見她，那麼范艾克也不會看到。那幾級石頭階梯帶著他下到一座碼頭，賣花小販在灑落的玫瑰色晨光中，以船篙將裝滿花朵的駁船撐到定位。馬泰亞斯前去打量他的鬱金香和水仙，並短短和那個人交談了幾句，注意到韋蘭在運河兩側吃水線上方用粉筆做的記號。準備就緒了。

他舉步上樓梯，前往寇米第百貨商場。這裡四面八方滿是面具、面紗和閃閃發亮的斗篷，每一層樓都有不同主題，提供各式各樣的幻想。因爲看見一套獵巫人服飾，他不禁一陣惡寒。但這裡仍是避開注意力的好地方。

馬泰亞斯急忙前往屋頂，用鏡子對賈斯柏打信號。此時他們全都到了定位。接近中午時，韋蘭會下去在運河旁的咖啡廳等待，那裡向來聚集了一大票爲了賺觀光客的錢而在那裡表演的吵吵鬧鬧街頭藝人，有音樂家、默劇演員、玩雜耍的。不過現在，那男孩只是側躺著，塞在屋頂石頭突出處底下打著盹兒。馬泰亞斯的步槍綑在油布裡，放在韋蘭身邊。他還擺了一整串爆竹，引線像老鼠尾巴一樣捲纏著。

馬泰亞斯背靠著突出處閉上眼睛，在意識之間飄進飄出。在擔任獵巫人的時期，他習慣了這種長時間睡眠不足的狀態。必要時刻他一定會醒。此時，他正大步越過冰上，風在耳邊呼嘯。甚至連拉夫卡人都爲那風取了名字：*Gruzeburya*，亦即殘忍的猛獸，肅殺之風。風從北方來，是一陣會吞沒路徑上所有事物的暴風。士兵只要出帳篷數步就會死亡，消失於一片白茫茫中，呼救聲被沒有面目的寒冷吞噬。妮娜就在外面，他知道，卻沒有辦法到她身邊。他一次又一次尖叫著她的名字，感到雙腳在靴中逐漸麻木，冰雪滲進衣服。他拚命想聽見回答，塞滿耳中的卻只有暴風的怒吼，以及遙遠某處狼群的嗥叫。她會死在冰上，她會孤獨死去，而且都是他的錯。

他醒過來，喘著大氣，太陽已高掛天上。韋蘭站在上方輕輕搖著他。「差不多了。」馬泰亞斯點點頭，站起來，轉動肩膀，感到克特丹溫暖的春天氣息包圍著他，在肺中有種陌生感受。「你沒事吧？」韋蘭試探地問，但馬泰亞斯的怒目顯然是相當充分的回答。「嗯，你很沒事。」韋蘭說，急忙下了樓梯。

馬泰亞斯檢視著凱茲爲他弄來的便宜銅錶——接近十二點鐘響。他希望妮娜比他歇息得更舒服一點。他對著她的陽台閃了一次鏡子，當一道明燦的亮光閃動回應，他感到放心。他對賈斯柏打信號，然後靠著屋頂邊緣探出身體等候。

馬泰亞斯知道凱茲是爲了西埠的隱蔽性和人群才選擇這裡。經過前一晚的狂歡，此處的居民已逐漸甦醒。爲了補足各娛樂場所的需求，僕人紛紛出來採買，爲了第二天晚上的活動接收酒類和水果的貨運。剛抵達城市的觀光客在運河兩側溜達，對著各家精雕細琢的不同招牌指指點點；有的名聲響亮，有的臭名昭彰。他看見以白色鍛鐵和鍍銀製成的重瓣白玫瑰——白玫瑰之屋。妮娜曾在那裡工作將近一年的時間。他從沒詢問過她在那裡的事；他沒有資格。妮娜是爲了幫他才留在這座城市，所以她想做什麼就做什麼。然而，他卻無法阻止自己想像她在那裡的模樣。豐腴的肢體赤裸橫陳、綠眼微張，在深色的髮浪中驚鴻一瞥奶油色的花瓣。有些夜晚，他夢見她示意自己靠近一些；有些夜晚，她在黑暗中歡迎的是別人，而他則清醒地躺著，苦思先將他逼瘋的究竟會是嫉妒或渴望。他硬將目光從那面招牌轉開，從口袋拿出望遠鏡，逼自己掃視埠頭其餘地方。

午前不過幾分鐘，馬泰亞斯瞥見凱茲從西側進來。人群中，那道深暗的身影移動著，有如一點墨漬，手杖的節奏搭配著不規律的步態。人群似乎從他周身分開，也許是感覺到他被什麼目的驅使著向前。這讓馬泰亞斯想起，村民會在空中放出信號以避開邪靈。阿麗斯．范艾克蹣跚走在他身旁，遮眼布已經移除。透過望遠鏡，馬泰亞斯見到她的嘴唇在動。*喬爾神在上，她是在唱歌嗎？*從凱茲臉上厭煩之情判斷，這個可能性非常高。

在橋另一端再過去，馬泰亞斯看見范艾克靠近。他身體緊繃地挺立著，兩臂緊貼身體，彷彿恐懼著巴瑞爾富含罪惡的空氣會弄髒他的裝束。

凱茲說得很清楚：除掉范艾克是最後手段。他們不想殺死任何商會的成員，至少在光天化日有一堆目擊證人面前不行。

「不能乾淨俐落點嗎？」賈斯柏問：「心臟病？腦炎？」而馬泰亞斯比較想正正當當地取命，來場公開決鬥。不過在克特丹，大家不是這麼做事的。

「要是死了就無法折磨他。」凱茲說，討論就到此為止。惡魔不容爭論。

范艾克是在自家那些渾身紅金制服的守衛包圍下前來。他們不斷左右張望、注意四周，尋找潛在威脅。馬泰亞斯從他們外套下垂的方式看出對方全副武裝。不過在那些人之間，有個戴著帽兜的小小身影被三名高大守衛包圍著。*伊奈許*。

馬泰亞斯全身湧動著感激之情，對此他十分驚訝。雖然他只認識那個蘇利嬌小女孩很短的時間，仍打從一開始就欽佩她的勇氣。而且她拯救他們不只一次，並因此將自己置於險境。馬泰亞斯對自己的許多選擇抱持懷疑，但對將她從范艾克手上救出的決心則從未動搖。他只希望她能離凱茲·布瑞克遠遠的。那女孩值得更好。但話又說回來，也許妮娜也值得比馬泰亞斯更好的。

兩方都抵達了橋，凱茲和阿麗斯走上前，范艾克對押送伊奈許的守衛打手勢。

馬泰亞斯抬起頭。另一個屋頂上，賈斯柏的鏡子正在瘋狂閃動。馬泰亞斯掃視橋周遭的範圍，卻看不見到底是什麼讓賈斯柏驚慌成這樣。他透過望遠鏡窺看，對準從埠頭兩邊往前開展、迷宮般錯綜複雜的街道。凱茲的撤退道路暢通無阻，但當馬泰亞斯越過范艾克往西看，心中頓時被恐懼填滿——街道點綴一團又一團紫色，全往埠頭移來。*市警隊*。這是巧合，又或者范艾克早就計畫好了？他一定不想冒風險讓市政府發現他在搞什麼鬼吧？斐優達有可能涉入嗎？假如他們是要來逮捕范艾克——還有凱茲呢？

馬泰亞斯對著妮娜閃動兩下鏡子。她位於較低的觀察點，在一切太遲前是看不見市警隊的。他又再次感到冷風的抽打，聽見自己呼喊她名字的聲音，並在沒得到回應時湧上恐懼。*她會沒事*

的，他對自己說，她是戰士。但賈斯柏的警告衝進他耳中。小心點，她有點……不是她自己。他希望凱茲準備就緒，希望妮娜比看起來更強壯，希望他們制訂的計畫夠周全、賈斯柏出手神準、韋蘭計算正確。大難就要臨到所有人身上了。

馬泰亞斯將手伸向步槍。

09 凱茲

當他見到范艾克朝善女橋走上前，心中第一個念頭是：這個人絕不能玩牌。第二個念頭則是：有人打斷了這商人的鼻子──又歪又腫，一眼下方冒出一圈深色瘀青。凱茲猜想大學醫士已先治療過最嚴重的傷勢，不過要是沒有格里沙療癒者，想藏起那種骨折最多只能做到這樣。

范艾克努力要讓自己面無表情，但因太過努力想一臉木然，高高的額頭上反而滿是閃亮汗水。他的肩膀繃得僵硬，胸膛往前挺，彷彿有人在胸骨綁了條線，直把他往前扯。他以莊嚴的步伐走上善女橋，身邊圍繞全身紅金制服的守衛──這倒讓凱茲訝異了。他還以為范艾克會希望進入巴瑞爾的排場越小越好。他在腦中翻來覆去地思考著這個新資訊。

忽視細節定會致命。沒有人喜歡被人下馬威，而根據范艾克用盡花招地大張旗鼓進場，他的虛榮心一定受了傷。商人多半爲自己的生意頭腦、謀略能力、操縱人與市場的能力爲傲。竟被逼到不得不和下等巴瑞爾混混交易，他一定想報仇雪恨。

凱茲任憑眼神稍稍掠過守衛，尋找著伊奈許。她蓋在帽兜底下，夾在范艾克帶來的人之間幾乎看不見身影。但是不論在哪兒，他都能認出那俐落如刀的姿態。要是他湧上一股衝動，想伸長脖子靠近一窺、確認她是否毫髮無傷，該怎麼辦？那麼他會注意到，並將衝動放到一邊。他不會中斷集中力。

轉瞬間，凱茲和范艾克隔橋打量彼此。凱茲不禁想起七天前他們也曾如此面對面。對於那次會面，他實在思考得太多了。夜深時分，當日的工作完畢，他會清醒地躺著，拆解每一時刻。一次又一次，凱茲回想自己將注意力轉離范艾克、投向伊奈許的關鍵幾秒。這是他承擔不起再犯一次的錯。那個男孩單用這麼一眼就背叛了他的弱點，為了這麼一場對戰，放棄了整場戰爭，並害伊奈許——**害他們所有人陷入危險**。他是一頭得處決的負傷動物，而凱茲會高高興興地動手，直接撲滅他的生命之光，沒有一絲後悔猶豫。而最終餘下的那個凱茲，眼中只看得見任務：救出伊奈許，讓范艾克付出代價。其餘都是無用雜音。

他也思考著范艾克在飛格陸上犯的錯。那名商人竟蠢得大肆張揚新婚妻子——年輕並有著奶白色頭髮，麵糰般雙手的阿麗斯．范艾克——腹中正孕育著他寶貴的繼承人。他受驕傲唆使，當然也有對韋蘭的憎恨——有如從帳簿抹去失敗投資般將親生兒子抹煞的渴望。

凱茲和范艾克簡短交換了一個點頭。凱茲一直將戴著手套的手擱在阿麗斯肩膀。他不認為她會試圖逃跑，但誰曉得這女孩腦中亂竄著怎樣的想法？接著，范艾克示意他的人手帶伊奈許上前，凱茲和阿麗斯開始過橋。一眨眼，凱茲就觀察到伊奈許腳步有點奇怪，以及雙臂揹在背後的模樣。他們綁住她的雙手，踝上扣了腳鐐。合情合理的做法，他對自己說。我也會這麼做。但凱茲感到體內火花一閃，搔抓著那空洞之處，準備燃起熊熊怒火。他再一次思考，是否乾脆就這麼殺死范艾克？耐心。他提醒自己。他早先總不時練習，耐心最終會讓他的所有敵人雙膝跪下。耐心，以及他打算從這人渣商人身上奪取的金錢。

「你覺得他英俊嗎？」阿麗斯問。

「什麼？」凱茲說，不確定有沒有聽錯。打從凱茲在市場拿下她的遮眼布，她就哼哼唱唱了一整路，他一直想盡辦法充耳不聞。

「楊的鼻子好像怪怪的。」阿麗斯說。

「我猜是吃了幻影的苦頭。」

阿麗斯皺皺她小小的鼻子思考著。「我是想，如果楊沒那麼老，應該會滿英俊的。」

「算妳好運，我們活在一個人只要有錢就能彌補年紀大的世界。」

「如果他既年輕又有錢就眞的很好了。」

「只要求這樣嗎？那不如既年輕又有錢——還是貴族？如果能擁有王子，爲什麼要甘於區區商人？」

「我想也是，」阿麗斯說：「但是錢才重要，我從來搞不懂當公主有什麼用。」

好吧，應該沒有人會懷疑這女孩是克爾斥土生土長。「阿麗斯，我們想法竟然這麼像，我眞是太驚訝了。」

漸漸接近中央時，凱茲監視著橋的周遭，小心翼翼盯緊范艾克的守衛，注意安珀斯旅館三樓陽台打開的那些門，以及和過去每天早晨一樣停泊在橋西側下方的賣花駁船。他推測范艾克會和他一樣在周遭建築部署人員，不過不允許做出任何致命的攻擊。范艾克無疑會樂得看他臉朝下漂浮在運河中，可是凱茲能帶范艾克找到古維，這個情資應能讓他免於當頭一槍的下場。

他們在足足有十步間隔的地方停下。阿麗斯想再上前，凱茲卻緊緊將她扣在原地。

「你說你會帶我去見楊。」她表示抗議。

「我們已經到這裡了，」凱茲說：「現在給我乖乖別動。」

「楊！」她尖聲喊道。「是我啊！」

「親愛的，我知道，」范艾克冷靜地說，目光鎖定凱茲，壓低了聲音。「布瑞克，事情還沒完。我要古維．育．孛。」

「我們難道要在這裡再來一次嗎？你要約韃煉粉的祕密，我要我的錢。說好的。」

「我掏不出三千萬克魯格給你。」

「那麼不是很遺憾嗎？我想其他人一定有。」

「那麼，你是否幸運地找到了新買家呢？」

「商人，別爲我費心，市場自會創造需求。你到底是想要回你老婆，還是我只是白白把可憐的阿麗斯拖到了這裡？」

「再一會兒就好，」范艾克說：「阿麗斯，我們要給孩子取什麼名字？」

「很好，」凱茲說。他的團隊在飛格陸上讓韋蘭冒充古維・育・孛，范艾克被騙得死死的。此時，商人想確認他能換回眞正的妻子，而非徹底塑形出一張臉外加假肚子的陌生女孩。「老狗似乎學會新把戲了——還不只一招。」

范艾克予以無視。「阿麗斯，」他重複道：「我們要給孩子取什麼名字？」

「寶寶嗎？」阿麗斯困惑地回答。「如果是男孩，就叫楊，女孩就叫蒲雅。」

「我們說好蒲雅是妳要給新養的小鸚鵡取的名字。」

阿麗斯嘟起嘴。「我從來沒答應。」

「噢，我覺得蒲雅是個很可愛的女孩名，」凱茲說：「滿意了嗎，商人？」

「來。」范艾克說，指示抓住伊奈許的守衛放開她，同時引領阿麗斯向前。

伊奈許經過范艾克身邊，臉轉向他，低聲說了些什麼。范艾克嘴唇一抿。

伊奈許向前進，即使雙手還綁在身後、腳上扣著腳鐐，不知怎地姿態仍十分優雅。十呎、五呎。當阿麗斯吐出一大串問題、叨叨絮絮時，范艾克抱住了她。三呎。伊奈許的眼神鎮定。她變更瘦了，嘴唇龜裂。然而，儘管遭到多日關押，太陽依舊在她帽兜下的髮絲映射出深色光澤。兩呎，她到了他面前。他們得離開橋面，范艾克不會輕易放他們走的。

「妳的刀呢？」他問。

「塞在外套裡。」

范艾克放開了阿麗斯，由守衛帶開。這些紅金制服依舊使凱茲不安。有些什麼不對勁。

「我們離開這裡吧。」他說，用手中的牡蠣刀處理綁她的繩索。

「布瑞克先生，」范艾克說，凱茲聽見他聲音中的興奮之情，停住了動作。也許那人比傳說中更擅長虛張聲勢。「你答應了我，凱茲．布瑞克！」范艾克以戲劇化的語調發言。埠頭上聽力範圍內的人都轉過頭來注視。「你發誓會把我的妻子和兒子還來，你把韋蘭藏在哪裡？」

然後，凱茲就看到了他們——浪潮般的紫色向橋而來，高舉步槍、抽出棍棒的市警隊擁上埠頭。

凱茲揚起一眉。這商人總算讓事情有點意思了。

「把橋封起來！」其中一人喊。凱茲回頭見到更多市警隊警員將他們的撤退路線堵住。

范艾克咧嘴一笑。「布瑞克先生，現在來玩點真的如何？例如我用整個城市的力量，對上你那幫小混混？」

凱茲根本懶得回答。他朝伊奈許的肩膀一推，她一個旋身，伸出雙手手腕讓他劈斷繩索。凱茲將刀拋入空中，在跪下處理她的腳鐐時，無條件信任她絕對能接住。他的撬鎖工具早已夾進指間，他聽見靴子靠近的重響，感到伊奈許在採取跪姿的他身體上方彎身往後，聽見輕柔的一聲嗖，然後是身體倒下的聲音。在凱茲的巧手下，鎖被撬開、腳鐐落下。他起身一個轉向，見到一名市警隊警員癱倒，牡蠣刀的刀柄從雙眼間凸出，四面八方更多紫色制服朝他們衝來。

他舉起手杖對賈斯柏發信號。

「西側花船。」他對伊奈許說。說這樣就夠了——她跳上橋的扶手，沒有半分質疑，直接從側邊消失。

第一組煙火在頭頂炸開，在午時陽光中略顯蒼白。計畫啓動。

凱茲使勁兒從口袋扯出一綑攀繩，勾到扶手上。他用手杖頭往扶手繩旁的位置一勾，將自己往上一帶，一個撐跳越過側邊。這股動力帶著他躍到運河上方。繩索啪地一聲繃緊，凱茲如鐘擺般畫了個弧，往後朝橋盪去，落在花船甲板上伊奈許的身旁。

當更多警員衝下橋面、往運河去，兩艘市警隊的船已快速朝他們過來。凱茲不曉得范艾克想做什麼——當然，他沒想到對方會把市警隊扯進來。但他很確定范艾克會試圖截斷他們所有逃跑路線。另一連串碰碰聲響起，粉紅與綠色火花在埠頭上方空中炸開，觀光客歡聲雷動，似乎沒注意到有兩聲爆炸其實來自運河，而且把市警隊其中一艘船的船頭炸出一堆洞，促使那些人在船隻下沉時倉皇從兩側跳入河中。**韋蘭，幹得好**。他爲他們爭取了時間——而且沒讓埠頭上旁觀的人陷入驚慌。凱茲衷心希望這些人心情非常好。

他無視賣花小販的抗議，舉起一層野天竺葵扔進運河，抓起馬泰亞斯今晨稍早藏在那裡的衣服。伊奈許繼續將刀子收到身上，凱茲則在如雨落下的花瓣與花朵中一把將紅色斗篷披到伊奈許肩上。她的驚訝不亞於賣花小販。

「怎麼？」他把和自己一樣的緋紅紳士面具拋給她，一面問道。

「那是我母親最喜歡的花。」

「很好，范艾克沒讓妳丟了多愁善感。」

「凱茲，回來眞好。」

「幻影，妳回來了，眞好。」

「準備好了？」

「等一下。」他豎耳聆聽，煙火已然停止。一會兒後，他聽見了一直等待的聲音，錢幣打在人行道上的悅耳叮噹響，緊隨著的是人群中傳來的開心尖叫。

「現在。」他說。

他們抓住繩索，凱茲用力一扯，繩索發出高頻呼嘯縮回，火速將他們往上猛拉。兩人轉眼又回到橋上，但等待著他們的場景和不到兩分鐘前逃離的場面有著天壤之別。

西埠一片混亂，到處都是緋紅紳士，五十、六十、七十人，全戴著紅色面具和斗篷，在觀光客和當地人等又推又擠時將銀幣拋入空中，人們笑著、喊叫著，雙手雙膝著地到處爬，無視於那些努力想通過的市警隊警員。

「母親、父親，付租金！」一群藍色鳶尾花的女孩在門口喊著。

「沒辦法，親愛的，錢都花盡了！」那些緋紅紳士唱和聲般回應，又往空中拋了一大堆錢幣，令群眾陷入新一波的狂喜尖叫。

「把路清空！」守衛隊長大喊。

一名警員試圖脫掉站在路燈柱旁一名緋紅紳士的面具，群眾開始發出噓聲，表示不滿。凱茲和伊奈許投入身著紅色斗篷或爭搶錢幣的紛亂人群中。他聽見左方傳來伊奈許在面具後大笑。他從沒聽過她笑成那樣；輕挑，而且狂放。

突然間，一陣深沉如雷的轟隆聲震懾埠頭，人們紛紛伏下，緊抓彼此或牆壁，或最靠近的隨便什麼東西。凱茲險些沒站穩，勉強靠著枴杖站好。

當他抬頭，感覺有如試圖看穿一道厚厚紗幕。煙雲沉沉懸於空中，凱茲耳中嗡鳴。從遙遠處，他好像聽見了驚駭尖叫、恐懼哭喊。一個女人奔過身邊，臉和頭髮蓋滿塵土與灰泥，有如成爲幽魂的默劇演員。她的雙手緊蓋耳朵，手掌下方滴出鮮血。白玫瑰之屋的正面被炸出一個巨大洞口。

他見到伊奈許掀起面具，趕緊把面具拉下來蓋住她的臉。凱茲搖搖頭。出岔子了。他原先計畫的是一場無人傷亡的騷亂，不是一場大浩劫，韋蘭也不會算錯到這麼誇張的程度。有別的人來西埠找麻煩——一個造成再多傷亡都無所謂的人。

凱茲只知道他投資了大量時間與金錢，就是爲了將他的幻影弄回來。他該死地絕對不會再失去她。

他輕輕地碰了伊奈許肩膀一下。他們之間只要這麼一個小動作就足夠。他衝向最近的小巷，不必確認也曉得她就在自己身旁——無聲無息、步伐穩健。只要她想，一定能夠超越他，但他們一前一後奔跑，配合著彼此的每一步。

10 賈斯柏

這可是一場賈斯柏風格的混亂。

賈斯柏有兩項任務，一個在交換人質之前，一個是之後。伊奈許還被范艾克抓著時，如果守衛試圖將她從橋上帶走，或有任何人對她造成威脅，妮娜是第一道防線，賈斯柏則要確保范艾克一直在他的步槍射擊路徑上——不用一擊必殺。不過，如果那傢伙開始拿槍亂揮，賈斯柏可以廢了他一手——兩手也行。

「范艾克一定會搞花招，」在黑幕島上時，凱茲說：「而且情況絕對會很亂，因爲他只有不到十二小時能計畫。」

「很好。」賈斯柏說。

「不好。」凱茲說：「計畫越是複雜，他就得把越多人拉進來。嚼舌根的人越多，出岔子的形式就越多。」

「這是定律，」韋蘭囁囁著說：「爲防失敗，你建立一個防護措施，但防護措施裡的某些事物最終會造成預料外的失敗。」

「范艾克的手法不會太優雅，但一定會無法預測，所以我們得做好準備。」

「無法預測的東西要怎麼準備？」韋蘭問。

「我們把選項變廣，讓所有可能的逃跑途徑全部通暢。屋頂、街道與巷道、水路。范艾克絕不可能讓我們悠悠哉哉地散步下橋。」

當賈斯柏目睹一隊隊市警隊朝橋而來，彷彿看見災難即將降臨。但有可能只是警方搜查。在埠頭，一年大概會發生一、兩次。這是商會對賭徒、皮條客和表演者的示威，宣告不論他們往城市金庫灌入多少子兒，掌握大權的仍是政府。

他對馬泰亞斯打信號後靜靜等待。凱茲說得一清二楚：「范艾克換回阿麗斯、送到安全處前都不會有行動。時機到時，我們就要保持警覺。」

無庸置疑，阿麗斯和伊奈許一交換位置，橋上就發生了某種騷動。賈斯柏按著扳機的手指癢了起來。但是，他的第二個任務也十分簡單：等凱茲的信號。

一會兒後，凱茲的手杖指入空中，他和伊奈許猛地翻過橋的欄杆。賈斯柏點燃火柴。一管、兩管、三管、四管、五管，由韋蘭準備的煙火尖聲衝向天空，劈劈啪啪炸開色彩。最後一個是粉紅色的微微閃光。**氯化鍶**。韋蘭先前告訴過他，一面勤奮地製作那一大堆煙火、爆裂物、閃光彈、象鼻蟲，以及一大堆必要物品。**在黑暗中，火焰會是紅色。**

無論什麼在黑暗中都更有意思。賈斯柏如此回答。他實在忍不住。說眞話，如果這小商人要給這個哏，他怎能不接下？

第一批煙火是信號，給妮娜和馬泰亞斯在昨晚——或說今天清晨——招募的緋紅紳士。只要在稍過午後放出煙火時來善女橋，就能獲得免費酒食。這都是爲了不存在的猩紅短刀做的盛大宣傳。由於知道只會有一小部分的人眞的出現，因此給出超過兩百套服飾和裝假錢幣的袋子。「只要有個五十人就夠了。」凱茲說。

永遠不要低估民眾對免費品的渴望。賈斯柏推測，至少有一百個緋紅紳士擁上橋和埠頭，唱著他在狂劇團任一齣劇出場時的調子，將錢幣拋到空中。有時錢幣會是眞的，就是因爲這樣，他才會成爲人們的最愛。眾人歡笑著，相互繞來轉去，搶著錢幣，在市警隊徒勞維持秩序時追在緋紅紳士身後。場面如此壯觀，賈斯柏深知那些錢是假的，不過他恐怕也樂得下去那兒爭搶銀幣。

他還得這樣靜靜待一會兒。如果韋蘭裝在運河的炸彈沒有如預期爆炸，凱茲和伊奈許就會要多一點掩護才能離開賣花小販的船。

一連串閃閃發光的轟隆聲漫天炸開。馬泰亞斯施放了第二批煙火。這不是信號，而是掩護。當韋蘭引爆水雷，賈斯柏看見遠處下方兩團巨大水波噴出運河。**小商人，時間抓得正好**。

現在，他將步槍收進緋紅紳士的斗篷，下了樓梯，稍停腳步和妮娜會合，接著兩人飛速衝出旅館。他們在彼此的紅白面具上塗了一大滴黑色淚水當標示，確保能從其他尋歡者分辨出彼此。不過，在這團混亂中，賈斯柏不禁思考也許該選個更明顯的記號。

他們快步過橋時，賈斯柏覺得自己有瞥到身著紅斗篷的馬泰亞斯和韋蘭，他們一面拋丟銀幣，一面踩著平穩的步伐離開西埠。如果他們跑起來，可能會引來市警隊注意。賈斯柏拚命壓住笑意——那絕對是馬泰亞斯和韋蘭沒錯。馬泰亞斯丟錢丟得太用力，韋蘭則丟得太熱情。那小鬼丟東西的手臂要多鍛鍊了，他簡直像是想把自己肩膀搞脫臼。

他們在這裡分頭，走不同小巷或運河離開埠頭，丟棄緋紅紳士裝束，換成別的狂劇團角色和偽裝。他們會等到日落才回黑幕島。

時間多得足以惹點麻煩。

賈斯柏感到東埠拉扯著他。他可以繞到那兒找個牌局，花幾小時玩三人黑莓果。凱茲一定不會高興。賈斯柏太有名了。以執行任務的名義在積雲的私人賭室玩牌是一回事，這則完全是另一回事。凱茲與承諾的大筆酬勞和渣滓幫幾名有能力的成員一同消失，大家都在瘋狂推測他去了哪裡。羅提也說沛．哈斯可在找他們所有人。市警隊很可能會在今晚去拜訪巢屋，問一大堆令人不舒服的問題——而且還得擔心佩卡．羅林斯。**只是幾手而已，賈斯柏對自己保證，稍微滿足一下癮頭，然後就去找老爸。**

這想法使賈斯柏的胃突然一陣翻攪。他還沒準備好獨自面對父親，將這些瘋狂事件的眞相告訴他。突然間，想上牌桌的渴望排山倒海。什麼不要用跑的，管他去死。既然凱茲不行行好讓他射點什麼，那麼賈斯柏當然要一對骰子和高賠率遊戲清清腦袋。

說時遲那時快，整個世界變成白色。

那個聲音介於雷擊轟響和閃電劈啪之間，將賈斯柏抬起離地，接著趴地伏臥，同時間，轟鳴的嘶聲塡滿耳中。他突然迷失在一片白煙的風暴中，塵土塞住肺部。賈斯柏咳了起來，而不管他吸入了什麼，都摩擦著喉嚨內壁，空氣彷彿變爲磨成細末的碎玻璃。他的眼皮上覆蓋砂礫，拚命壓抑想揉的衝動。賈斯柏飛快眨著眼，想稍微弄掉些碎片。

他用雙手雙膝推起身體，拚命吸氣，腦袋嗡嗡響。另一名緋紅紳士躺在他旁邊，黑色眼淚漆在他上了紅色亮漆的臉頰。賈斯柏拿掉面具，妮娜雙眼緊閉，血從太陽穴流下。他搖著她的肩膀。

「妮娜！」賈斯柏的喊聲壓過周遭的尖叫與哭號。

她的眼皮顫動，倒抽一口氣，接著一面坐起身一面咳嗽。

「那是什麼東西？發生什麼事了？」

「我不知道，」賈斯柏說：「但除了韋蘭，還有其他人引爆了炸彈。妳看。」

白玫瑰之屋前面有個巨大黑洞，一張床驚險萬分地吊掛在二樓，隨時都要落入大廳；攀在建築前方的玫瑰藤蔓著了火，濃厚的香水味瀰漫空氣。從裡面某處，他們聽見喊叫聲。

「噢，諸聖啊，我得去幫他們。」妮娜說，賈斯柏陷入恍惚的腦子想起她曾在白玫瑰工作大半年。「馬泰亞斯呢？」她問，搜尋著人群。「韋蘭在哪裡？如果這又是凱茲的什麼驚喜——」

「我不認爲。」賈斯柏開口。接著又一聲轟隆搖撼鋪石子路，他們立刻貼地伏身，雙臂抱頭。

「去他的受苦受難諸聖之名，到底怎麼回事？」妮娜恐懼又惱怒地喊著。身旁每個人都在尖叫逃竄，努力找避難處。她硬逼自己站起來，望向運河以南，見到另一間妓院冒出一縷煙雲。

「那是揮鞭柳嗎？」

「不，」妮娜說，突然頓悟了賈斯柏不太理解的事，臉上漸漸顯出懼色。「是鐵之床。」

她說出口時，一個身影從原本是鐵之床建築側面的大洞直直往上飛。那道模糊身影朝他們飛來。

「格里沙，」賈斯柏說：「他們一定用了煉粉。」可是，當那個身影急速上升到頭頂，他們扭過頭，跟著那身影的路徑，賈斯柏卻發現自己大錯特錯——又或者他徹底發了瘋。飛在上方的不是風術士，而是個長翅膀的人——背後巨大的金屬物體，蜂鳥一樣嗖嗖拍動。他的雙臂中抓著某人。那名正在尖叫的男孩很像是拉夫卡人。

「妳看到了沒有？告訴我妳看到了。」賈斯柏說。

「那是馬科夫，」妮娜說，臉上清楚寫著恐懼與憤怒，「所以他們才針對鐵之床。」

「妮娜！」馬泰亞斯大步過橋，韋蘭跟在他身後，兩人的面具都推到了頭上，但市警隊此時此刻有更重要的事要擔心。「我們得離開這裡，」馬泰亞斯說：「如果范艾克——」

但妮娜抓住他的手臂。「那是丹尼爾·馬科夫，他在鐵之床工作。」

「那個長翅膀的人？」賈斯柏問。

「不是，」妮娜瘋狂搖頭。「是被抓的那個。馬科夫是火術士。」她指著下方運河。「他們襲擊鐵之床、白玫瑰之屋；他們在獵捕格里沙——他們在找我。」

剎那間第二個長了翅膀的身影從白玫瑰衝出，又是轟一聲。矮牆塌落時，各有一名魁梧男性和女性大步上前。他們生了黑髮和古銅皮膚，就和長翅膀的那些人一樣。

「蜀邯人。」賈斯柏說：「他們在這裡做什麼？他們又是什麼時候會飛了？」

「戴上面具，」馬泰亞斯說：「我們得去安全處。」

他們將面具戴好。賈斯柏感謝周遭的喧鬧。但是，雖然他這麼想，卻有一名蜀邯人嗅著空氣，深深吸氣。在恐懼之中，賈斯柏目睹他慢慢轉過身，視線鎖定在他們身上。那人對同伴喊了些什麼，蜀邯人便直朝他們而來。

「來不及了，」賈斯柏說。他扯下自己的面具和斗篷，步槍架上肩。「如果他們想來找樂子，那就給他們樂子。我負責飛的那個！」

賈斯柏完全不打算被什麼蜀邯來的鳥人男孩抓走。他不知道第二個飛行者跑哪兒去了，只期望對方正忙著處理抓到的火術士。長翅膀的人左飛右衝，恍若喝醉的蜜蜂般俯衝而下又急速上升。「別動啊，你這大臭蟲。」賈斯柏咕噥著，射了三發，準確命中飛行者胸口，讓他向後彈射。

然而，飛行者立刻優雅地翻了個筋斗，身形一正，加速飛向賈斯柏。

馬泰亞斯正在猛轟那兩名蜀邯巨人。發發命中，但蜀邯人即便腳步搖晃，卻仍繼續上前。

「韋蘭？妮娜？」賈斯柏說：「想加入就直接來，不用問了！」

「我在努力，」妮娜怒吼，舉起了雙手、捏緊拳頭。「感覺就是不來啊！」

「趴下！」韋蘭說。他們伏到鋪石子地上，賈斯柏聽見咚的一聲，接著看到某樣模糊黑黑的東西飛向長翅膀的人。飛行者向左閃躲，但那黑團裂開，兩顆劈啪響的紫色火球炸開。一個落在運河，發出無害的嘶嘶聲；另一個擊中飛行者。他發出尖叫，當紫色火焰在身體與翅膀延燒時狂抓自己身軀，接著偏離軌道，直接撞上一堵牆。火焰仍在燒，就連在遠處都能感受到那熱度。

「快跑！」馬泰亞斯吼道。

他們朝最近的巷子拔腿狂奔，賈斯柏和韋蘭領在前頭，妮娜和馬泰亞斯跟在身後。韋蘭隨便朝後扔了顆閃光彈，炸彈打破一扇窗戶，徒勞無功地炸出一堆絢爛光芒。

「你可能只是把某個正在工作的倒楣女孩嚇到屁滾尿流，」賈斯柏說：「拿來。」他一把拿走另一顆閃光彈，吊了個高拋物線，直接扔進追殺他們的人的路徑，然後轉開頭，保護眼睛不被爆炸傷到。「這樣才對。」

「下次我不要救你的命了。」韋蘭喘著氣說。

「你會想我的，大家都會。」

妮娜高聲喊叫，賈斯柏轉身，見她正被一名蜀邯女子往後拖，撲騰不停的身體遭銀網包裹。那名女子穩穩地立於小巷中央。馬泰亞斯開火，但她毫無退縮。

「子彈沒用！」韋蘭說：「我覺得他們皮膚下面有金屬。」

他點出之後，賈斯柏便能看見血淋淋的子彈傷口下閃著金屬光芒。但這代表什麼？他們是某種機械人嗎？這怎麼可能呢？

「網子！」馬泰亞斯吼著。

他們全抓住了金屬網，拚命想將妮娜拖回安全處。可是蜀邯女子不斷將她往後扯，以超乎常人的力量一手接一手地拉。

「我們要切斷繩子的東西！」賈斯柏喊道。

「去他的繩子，」妮娜咬牙切齒地咆哮，從賈斯柏的槍套抓出左輪。「放開！」她命令道。

「妮娜——」馬泰亞斯抗議道。

「快點！」

他們放開手，因那股瞬間作用力，妮娜飛速衝過小巷。蜀邯女子動作僵硬地退了一步，接著抓住網子邊緣，將妮娜往上帶。

妮娜一直等到最後的最後才開口說：「來瞧瞧妳是不是從裡到外都是金屬做的。」

她將左輪一伸，直插入蜀邯女子的眼窩，扣下扳機。

爆炸的威力不只毀了她的眼睛，更炸掉頭頂一大部分。有那麼一瞬間，她仍站著，抓住妮娜，伴著骨頭碎爛的一個森然大洞，露出淺粉紅色的一團腦物質，原本臉的位置只剩一堆金屬碎片。然後，她便癱倒。

妮娜乾嘔，朝網上一陣抓扒。「在她朋友來找我們之前，快點把我弄出這玩意兒。」

馬泰亞斯將網子從妮娜身上扯掉，他們全跑了起來，心跳如雷，靴子聲響徹鋪石子地。

賈斯柏彷彿聽見父親擔憂的聲音，催他快些跑過街道，他的警告如風一般吹襲在背後。**我很擔心你，這個世界對你的族類可能會非常殘酷**。蜀邯派了什麼玩意兒來追妮娜？來追這城市的格里沙？來追他？

賈斯柏的人生向來由一次又一次的千鈞一髮和死裡逃生組成，但這是他第一次這麼確定，他是爲了活命而逃。

第三部
一步一步來

11 伊奈許

伊奈許和凱茲漸漸遠離西埠，兩人間的死寂如污漬般擴散開。他們將斗篷和面具扔在一間叫天鵝絨屋的破舊失修妓院後方的垃圾堆。很顯然凱茲事先在那裡藏好了另一套換穿的裝束，彷彿整個城市成了他們的衣櫃。伊奈許忍不住想到魔術師，他們從袖裡抽出數哩長的圍巾，把女孩從箱中變消失——那箱子總讓她不舒服地想到棺材。

穿上碼頭工人笨重的外套和粗紡的紗質褲後，他們朝倉庫區前進，頭髮藏在帽子裡，而儘管氣候暖和，依舊立起了領子。這區的東緣有如城市中的另一個城市，人口組成大多是移民，住在便宜旅館和出租公寓，或夾板與波浪錫板建成的陋屋破房，以語言和國籍將自己隔絕成一座隨時會垮倒的社區。一天中的這個時候，住在這區的人大多在城裡的工廠和碼頭工作。但在特定角落，伊奈許看見男女聚集，企盼著會有某個領班或老闆出現，提供少數幸運兒今日的工作。

離開艷之園、獲得自由後，伊奈許曾在克特丹街道上晃蕩，想把這個城市摸清楚。她被這些噪音和人群淹沒，認爲希琳或對方的某個親信絕對會趁她不意，將她拖回異國之家。但她也知道，如果自己要對渣滓幫有些用處，並且想辦法償還新合約，就不能被這些喧囂和鋪石子路造成的陌生感打敗。**我們歡迎那不請自來的訪客。**她要熟悉這座城市。

她總愛在屋頂上行走，遠離視線，無須穿梭於人的身軀之間。在那兒，她覺得又變回了自己——曾經的那個女孩，從不知道恐懼的女孩，不識這世界能多殘酷的女孩。她熟悉了那些有三角牆的尖頂，和銀之街的窗台花箱；大使館區的花園和寬廣大道。她向南遠走到製造工廠區，那裡的地被拱手讓給臭氣難聞的屠宰場，以及藏在城市極外緣的鹽井。屠宰後剩下的內臟可從那裡排放到克特丹邊緣的沼澤，臭味就比較不會飄得住宅區域都是。這個城市羞怯地向她揭露自己的祕密，宏偉華麗之間點綴不堪骯髒。

此時，她和凱茲將出租公寓和小販攤車拋在身後，深深鑽入繁忙的倉庫區和人稱瓦夫特的區域。這裡的街道和運河乾淨且有秩序，爲了運輸商品貨物建得得很寬廣。他們經過以柵欄圍起的大量原木和原石，旁邊緊貼的是武器和彈藥等儲備物資，巨大貨倉中有著多到滿出來的棉花、絲綢、帆布和毛皮，倉庫中裝滿從諾維贊運來、仔細秤重過的一綑綑乾燥約韃葉，將會在經過處理後裝入貼著閃亮標籤的錫罐，再運送到其他市場。

伊奈許仍記得，她見到其中一間倉庫側面漆的「稀有香料」字樣時心中有多震驚。那是一張廣告，那幾個字被兩名用顏料畫的蘇利女孩夾著，女孩棕色的四肢光裸，薄絲布上的刺繡隱約帶有金色筆觸。伊奈許站在那兒，緊盯著那塊招牌，該處距她的身體自主權遭到買賣和討價還價的地方不到兩哩。她的心臟在胸中怦怦亂跳，驚恐感揪住肌肉，眼神無法從那些女孩和她們腕上的鐲子、踝上的鈴鐺移開。最終，她逼自己動起來，而那就像某種咒語被打破，她跑得前所未有地快。她跑回巢屋，飛速衝上屋頂，在紊亂腳步下，城市像灰濛的驚鴻一瞥。那晚，她夢到那些畫上去的女孩有了生命。她們被困在倉庫的磚牆裡，尖叫懇求自由，但伊奈許無力拯救她們。

稀有香料。招牌還在那裡，被陽光照得褪色，仍對她造成了影響，使她肌肉繃緊、呼吸急促。但也許，等到她有了自己的船、等她扳倒第一個奴隸販子……磚上的繪畫會冒起壁癌，身著薄荷綠絲綢的女孩就會轉而笑開；她們會跳起舞，不是爲了誰，而是爲了自己。前方，伊奈許見到一根高高的圓柱，上方頂著格森之手，投出一道長影，覆蓋克爾斥富有區域的心臟地帶。她想像著自己的諸聖在上頭纏繞繩索，把它拉倒在地。

她和凱茲套著怪模怪樣的外套，僅像兩個想找工作或不過是前往下一輪班的男孩，沒有吸引任何目光。然而，伊奈許仍無法平順地呼吸。市警隊會規律巡邏倉庫區的街道，而彷彿擔心這種警備還不夠，船運公司更雇了私人守衛，確保門都鎖好，沒有任何工人手腳不乾淨偷藏貨物、任意處置運送的貨品。倉庫區是克特丹戒備最嚴密的地方之一，也因此，是范艾克最不會去找他們的地方。

他們接近一座棄用的亞麻布倉庫，下層的窗戶已經破掉，上層的磚塊因煤灰而變黑。火災一定是最近才發生的，倉庫不會被棄置太久。它會被清理乾淨，然後重建，或簡單夷平後建上新建築。在克特丹，空間十分寶貴。

後門的大鎖對凱茲不算什麼挑戰。他們進入的下層受到火勢嚴重毀壞，不過靠近建物前方的樓梯似乎大致完好。他們爬上去，伊奈許在木板上輕巧移動，凱茲的腳步聲不時被手杖規律的咚咚聲打斷。

當他們抵達三樓，凱茲領頭前往貯藏室，裡頭的一匹匹亞麻布仍高高疊成一座巨大金字塔。那些貨物多半沒有受損，但底部有一些被煤灰弄髒了，布料也散發不太好聞的燒焦味。儘管如此，它們依舊舒適。伊奈許在窗邊找了個地方窩著，腳擱在一匹布上，背靠著另一匹。單單只是坐在這裡，望出窗外，眺望帶著濕氣的下午陽光，她就滿懷感激。其實也沒有什麼景色，只有倉庫光禿禿的磚牆和遍布港口一整片巨大的儲糖筒倉。

凱茲從其中一架老縫紉機底下拿了個錫罐遞給她，她啵地打開，露出裡頭的榛果、包在蠟紙裡的餅乾，還塞著一只水瓶。這就是范艾克渴望得知的其中一個藏身處。伊奈許拔掉水瓶塞子，嗅了嗅。

「是水。」他說。

她大喝一口，吃了些不新鮮的餅乾。她餓極了，而且懷疑可能一時半刻吃不上什麼熱食。凱茲警告過她，到夜幕落下前他們都回不了黑幕島，就算回去，她也不認爲有辦法煮什麼東西。她看著他撐起身體，爬上她對面那堆布匹，楞杖擱在身旁。但她逼自己將眼神轉回窗戶，不去注視他精確的動作、下巴繃緊的線條。望著凱茲帶來的危險感似乎前所未有。她能見到鎚子舉起，在寇米第島上的舞台燈光中閃爍發亮。**如果你傷了我，他絕不會和你交易**。她感激刀子的重量。伊奈許用雙手碰觸著它們，有如歡迎老朋友，在放鬆的情緒中感受某種緊繃。

「妳在橋上對范艾克說了什麼？」凱茲終於問出口。「就是交換的時候？」

「你會再次見到我，僅只一次。」

「又是蘇利諺語？」

「是我對自己和對范艾克的承諾。」

「幻影，謹言慎行。妳不適合復仇的遊戲。我不確定妳的蘇利諸聖會認可這種事。」

「我的諸聖不喜歡恃強欺弱之人，」她用袖子抹過骯髒的窗戶。「那些爆炸，」她說：「其他人不會有事吧？」

「他們沒有守在爆炸附近，至少不是我們看到的那些。等回到黑幕島就會多知道一點。」

伊奈許不喜歡那樣。要是有人受傷了呢？要是他們全都沒回到島上呢？經過數天的恐懼和等待，在她的朋友可能陷入麻煩時坐著不動是另一種挫敗。

她察覺凱茲正打量著她，於是將目光轉與他相對。陽光斜斜透入窗戶，使他的雙眼變成濃茶的顏色。**如果你傷了我，他絕不會和你交易。**她能感受到對那些字眼的記憶，彷彿說出那些話燒傷了她的喉嚨。

凱茲開口時沒有移開眼神。「他有傷害妳嗎？」

她用雙臂抱著膝蓋。**你爲什麼想知道？這樣才好確認我有沒有辦法再接受新的危險任務嗎？好再往范艾克得負責的惡行清單加上一筆？**

凱茲打從一開始就把對她的安排說得很清楚。伊奈許是一筆投資，值得保護的資產。她曾想相信他們逐漸對彼此產生更深的意義，范艾克則替她將這個幻想抹去。伊奈許完好無缺、分毫未傷。她身上沒有傷疤，在寇米第島上受的折磨也並非食物和睡眠不能撫平。然而，范艾克仍從她那裡拿走了些什麼。**我對他就再沒有用處。**這些話從她心底躲藏的深處闖出，那是她再也不能裝不知道的眞相。她應該爲此高興。因爲寧可聽可怕的眞相，也不要信美好的謊言。

她的手指移往鎚子掠過腿的位置，見到凱茲的眼神跟隨她的動作，停了下來。她把雙手收到大腿上，搖著頭。

「沒有，他沒有傷害我。」

凱茲往後靠，眼神慢慢從她身上移開。他不相信，而她也無法決定是否說服他相信這謊言。

他用枴杖撐著地板，在從布匹堆滑下時撐住自己。「休息。」他說。

「你要去哪裡？」

「我在筒倉附近有事要處理，我想看看能蒐集到什麼資訊。」他留下枴杖，靠在其中一匹布上。

「你不帶？」

「太明顯了，尤其如果范艾克讓市警隊加入。休息，」他重複道。「妳在這裡會很安全。」

伊奈許閉上眼睛。至少這一點，她對他百分之百信任。

□

凱茲叫醒她時，太陽已在落下，爲遠處的格森塔鍍上一層金色。他們離開倉庫，將之鎖上，加入那些晚上走回家的工人。他們持續朝東南去，避開巴瑞爾最繁忙的區域——市警隊一定會在那裡暗中搜尋——並朝住宅區前進。他們在一條狹窄的運河登上從葛拉夫運河開過來的小船，駛入裹住黑幕島的霧中。

他們揀著路穿過墳墓，朝島中央前進，伊奈許越來越興奮。*希望他們沒事*，她祈禱著。*他們*

一定要沒事。最後，她瞥到幽微光線，聽到低聲說話的微弱聲音。她邁開步伐跑起來，毫不在意披風從頭上滑落，掉到覆滿藤蔓的地上。伊奈許一把打開墳墓的大門。

裡頭的五個人起身，紛紛舉起槍和拳頭，伊奈許急忙煞車停步。

妮娜尖叫。「伊奈許！」

她飛奔過室內，用力撲向伊奈許，緊緊抱住她。下一刻，所有人同時圍上來，又是抱她，又是拍她的背。妮娜不肯放開，賈斯柏則抱著她們兩個歡呼。「幻影回來了！」馬泰亞斯稍退後，一如往常正經八百，然而卻滿臉微笑。伊奈許的眼神往來於坐在墳墓中央桌旁的蜀邯男孩，以及在她面前徘徊、長得一模一樣的蜀邯男孩。

「韋蘭？」她問了最靠近的那個。

他咧開笑容，但開口時笑容又一溜煙兒消失。「我爸的事……對不起。」

伊奈許拉他過來擁抱，輕聲說道：「我們並不是他們。」

凱茲拿手杖敲敲石頭地面；他站在墳墓門口。「如果大家都抱完了，我們還有工作要做。」

「等等，」賈斯柏說，手仍攬著伊奈許。「在弄清楚埠頭上那些玩意兒是什麼之前，先不要談什麼工作。」

「那些什麼玩意兒？」伊奈許問。

「妳沒看到半個埠頭都炸了嗎？」

「我們看到白玫瑰的炸彈爆炸，」伊奈許說：「然後聽見另一聲爆炸。」

「在鐵之床。」妮娜說。

「那之後，」伊奈許說：「我們就跑了。」

賈斯柏睿智地點著頭。「這就眞的大錯特錯了。如果待在那裡，搞不好可以被長了翅膀的蜀邯佬殺掉喔。」

「兩個。」韋蘭說。

伊奈許皺眉。「兩片翅膀？」

「兩個蜀邯佬。」賈斯柏說。

「長了翅膀？」伊奈許繼續追問。「像鳥一樣？」

妮娜把她拉到凌亂不堪的桌前，上頭鋪開一張克特丹地圖。「不是，更像蛾，致命的機械殺人蛾。妳餓嗎？我們有巧克力餅乾。」

「好喔，」賈斯柏說：「她就可以拿到妳的密藏餅乾。」

妮娜把伊奈許安置在椅子上，咚地把錫罐放到她面前。「快吃。」她發號施令道。「有兩個長了翅膀的蜀邯人，還有一男一女，他們有點……不正常。」

「妮娜的能力對他們毫無影響。」韋蘭說。

「嗯哼。」妮娜不置可否，挑剔地小口啃咬一塊餅乾的邊邊。伊奈許從沒見過妮娜這樣小口吃任何東西，她的食欲明顯沒有恢復，但伊奈許不禁思考是否還有其他原因。

馬泰亞斯來桌旁加入他們。「我們對上的蜀邯女子比我加賈斯柏加韋蘭還強壯。」

「妳沒聽錯，」賈斯柏說：「比韋蘭還強壯喔。」

「我盡力了。」韋蘭表示抗議。

「小商人，你眞的有盡力。那個凶猛的玩意兒是什麼？」

「我研發的新東西，是根據拉夫卡一個叫盧米光的發明做的，它的火焰幾乎不可能滅掉，但我改了配方，這樣燃燒的溫度會再高一點。」

「有你在，我們眞的很幸運，」馬泰亞斯邊說邊小小鞠了個躬，弄得韋蘭又高興又極度慌張。

「那些怪物幾乎毫不在意子彈。」

「幾乎而已，」妮娜冷冷地說：「他們有網子；那些人是要來獵捕格里沙的。」

凱茲將肩膀靠到牆上。「他們用了煉粉嗎？」

她搖搖頭。「沒有，我不認爲他們是格里沙，他們沒展現出任何力量，也沒有治癒自己的傷口；他們的皮膚底下看起來有某種金屬鍍層。」

她快速地用蜀邯語對古維說了些話。

古維呻吟一聲。「鐵翼兵，」他們全都茫然地看著他。他嘆了口氣說：「我父親製作煉粉時，政府拿造物法師來測試。」

賈斯柏頭歪一側。「是只有我這麼認爲，還是你的克爾斥語變好了？」

「我的克爾斥語很好，是你們都講太快了。」

「好喔——」賈斯柏拖拖拉拉地說：「那你親愛的蜀邯同志爲什麼拿造物法師測試煉粉？」他坐在椅子上懶懶地張開四肢，雙手擱在左輪上，不過伊奈許不怎麼相信他的放鬆姿勢。

「被他們抓住的造物法師數量比較多。」古維說。

「他們最好抓。」馬泰亞斯插嘴，忽視妮娜充滿敵意的眼神。「直到最近他們才稍微接受了一點戰鬥訓練，要是沒有煉粉，他們的能力實在上不了戰場。」

「我們的領導人想施行更多實驗，」古維繼續說：「但他們不曉得能找到多少格里沙——」

「早知道不要殺這麼多就好了？」妮娜表示。

古維點點頭，不曉得是沒注意到，或者刻意忽視妮娜語氣中的挖苦。「對。他們沒有多少格里沙，而使用煉粉會縮短格里沙的生命。所以他們就找了醫生和已因煉粉生病的造物法師合作，打算製造一種新士兵——鐵翼兵。我不知道他們成功了沒。」

「我想我可以回答這個問題：他媽的超成功。」賈斯柏說。

「經過特殊塑形的士兵。」妮娜若有所思地說：「戰前在拉夫卡，我聽說他們也在嘗試類似的事。增加骨骼強度、修改骨頭密度、金屬填充物。他們在第一軍團的志願者身上實驗──噢，少在那皺臉，馬泰亞斯。根據時間軸，你的斐優達主子大概老早就在做一模一樣的事，好嗎？」

「造物法師處理的是固體物質，」賈斯柏說：「金屬、玻璃、布料。這看起來比較像軀使系。」

伊奈許發現他還是一副自己不屬於其中之一的語氣。他們都知道賈斯柏是造物法師，就連古維都在他們逃離冰之廷後的混亂中發現了。然而，賈斯柏很少承認自己的力量。她想，那麼就如他所願，讓他自己消化這個祕密。

「塑形者模糊了造物法師和軀使系格里沙之間的界線，」妮娜說：「我在拉夫卡有個老師──娟雅．沙芬。如果她想，完全可以成為破心者或造物法師──然而她卻成為一名了不起的塑形者。你描述的成果其實只是更進階的塑形術。」

伊奈許有些無法理解。「但妳剛剛告訴我們，看見一個人不知怎麼把翅膀嫁接到了背上？」

「不是，那是機械式的，是某種金屬框架，也許再加上帆布。不過比起某人肩胛骨上拍著一對翅膀要複雜多了。你得連接肌肉組織、挖空骨骼以減輕身體重量，然後用某種方法填補失去的骨髓——也許是將骨骼整個換掉。這種等級的複雜度——」

「煉粉，」馬泰亞斯說，淺金眉毛皺了起來。「用了煉粉的造物法師就能施行這種塑形。」

妮娜將桌子一推，往後退開。「對於蜀邯的攻擊，商會不做點什麼嗎？」她問凱茲：「他們可以就這樣暢行無阻地進入克爾斤，到處亂炸、到處綁架人？」

「我不認爲議會會採取行動，」他說：「除非攻擊你們的蜀邯人穿了制服，不然蜀邯政府可能會否認對攻擊知情。」

「所以他們能僥倖逃脫？」

「也許不能，」凱茲說：「我今天在港口花了點時間蒐集情報。是說，那兩艘蜀邯戰船，浪汐工會把它們碼頭的水抽乾了。」

賈斯柏的靴子從桌上滑下來，碰地敲到地板。「什麼？」

「他們把海水抽離——全部的水，利用這樣分割出一座讓兩艘戰船擱淺在上頭的新島嶼。你可以看到船側倒了下來，船帆拖在泥巴裡，就在港口那邊。」

「展示力量。」馬泰亞斯說。

「以格里沙，還是以這個城市的名義？」賈斯柏問。

凱茲聳聳肩。「誰曉得？但這說不定能讓蜀邯人在克特丹街上大肆獵捕時稍微收斂點。」

「浪汐工會可能幫我們嗎？」韋蘭問：「如果他們知道煉粉的事，也許會擔心要是被錯誤的人拿到，不曉得會出什麼事。」

「你怎麼找到他們？」妮娜苦澀地問：「沒人知道浪汐工會的身分，從來沒人看過他們進出那些瞭望台。」伊奈許突然想到，妮娜最初來克特丹時，不曉得有沒有嘗試從浪汐工會那裡獲得幫助。當時她十六歲，是個脫離母國、在城市中沒有親友，也對此處毫無認識的格里沙。「蜀邯不會一直忍氣吞聲，他們製造這些士兵是有原因的。」

「仔細想想其實很聰明，」凱茲說：「蜀邯正將他們的資源最大化。對煉粉上癮的格里沙活不了太久，所以蜀邯就找了另一種方法剝削他們。」

馬泰亞斯搖搖頭。「比製造他們的人活得更久的無敵士兵。」

賈斯柏一手抹過嘴巴。「不然還有誰能出去獵捕更多格里沙？我向諸聖發誓，其中一個可以用聞的找到我們。」

「這有可能嗎？」伊奈許驚恐地問。

「我從沒聽說格里沙會散發什麼特別氣味，」妮娜說：「但我猜這的確有可能。如果士兵的嗅覺受器經過改良……也許那是一種普通人聞不到的氣味。」

「我不認為這是第一場攻擊，」賈斯柏說：「韋蘭，還記得珍本書室的那個風術士多害怕嗎？羅提對我們提過的那艘貨船又怎麼說？」

凱茲點點頭。「船被拆得七零八落，死了一堆水手。那時他們以爲一定是船員中的風術士失控，毀棄契約。但也許他並沒有消失，而是被抓了。他是以前霍德議員的一個格里沙。」

「艾米爾・雷特文科。」妮娜說。

「就是他。妳認識他嗎？」

「我聽過他。克特丹的格里沙大多相互認識。我們分享資訊，盡量多爲彼此留心。如果蜀邯人知道要去哪裡找我們每一個，那麼一定在這裡有間諜。其他格里沙——」妮娜站起來，但又抓住椅背，似乎因爲這個突然的動作頭暈目眩。

伊奈許和馬泰亞斯立刻站起來。

「妳還好嗎？」伊奈許問。

「好得不得了。」妮娜露出根本說服不了人的微笑。「可是，如果克特丹其他格里沙有危險——」

「妳打算怎樣？」賈斯柏說，伊奈許因爲他聲音中的尖銳而驚訝。「在今天發生的事情後，妳還活著已經夠好運了。那些蜀邯士兵聞得到我們啊，妮娜，」他轉向古維。「你父親讓這種事成眞。」

「嘿，」韋蘭說：「冷靜點。」

「你要我冷靜？少一副格里沙情況還不夠糟的模樣。要是他們跟蹤我們到黑幕島怎麼辦？我們這裡一共有三個欸。」

凱茲用指節敲響桌子，「韋蘭說得沒錯，冷靜。這城市過去就不安全，現在也是一樣。所以我們就大賺一筆，讓自己有錢到可以離開。」

妮娜雙手往臀部一扠。「我們眞的要來談錢嗎？」

「我們是在談工作，還有怎麼讓范艾克付出代價。」

伊奈許勾住妮娜的手。「我想知道該怎麼幫助那些還在克特丹的格里沙。」當鎚子拉到弧線最頂，她見到它映出的光。「我也想知道要怎樣折磨范艾克。」

「還有更重要的事項。」馬泰亞斯說。

「對我來說沒有，」賈斯柏說：「我還剩兩天能向我父親贖罪。」

伊奈許不確定自己有沒有聽錯。「你父親？」

「是，在克特丹來場家族大團聚，」賈斯柏說：「大家都受邀了喔。」

伊奈許沒被賈斯柏的輕快語調唬弄。「貸款？」

他的雙手又回到左輪。「沒錯。所以我眞的很想知道該怎麼算這筆帳。」

凱茲將重心移往枴杖。「就沒有人好奇我拿佩卡‧羅林斯給我們的現金去做什麼嗎？」

伊奈許腹部一緊。「你去向佩卡‧羅林斯借錢？」

「我絕對不會欠羅林斯債；我賣了我在第五港口和烏鴉會的股分。」

不。那是凱茲從無到有建造起來的地方，它們是他爲渣滓幫做出貢獻的見證。「凱茲——」

「你們覺得錢去了哪裡？」他重複道。

「買槍？」賈斯柏問道。

「買船？」伊奈許詢問。

「買炸彈？」韋蘭猜測。

「政治性賄賂？」妮娜表示。他們全看著馬泰亞斯。「然後你要在這個時候跳出來說我們有多爛啊。」妮娜小聲地說。

他聳聳肩。「以上都是挺務實的選擇。」

「糖。」凱茲說。

賈斯柏把桌上的糖罐推到他面前。

凱茲翻了個白眼。「你這蠢蛋，不是拿來加我的咖啡。我拿錢去買光了糖的股分，幫大家放進各自的私人帳戶——當然是用假名。」

「我不喜歡投機生意。」馬泰亞斯說。

「你當然不喜歡，你喜歡看得見的東西，像是一堆一堆雪，還有仁厚慈愛的樹神。」

「噢！來了！」伊奈許說，頭靠在妮娜肩上，對著馬泰亞斯燦笑。「我想念他瞪人。」

「此外，」凱茲說：「如果你早知道結果，就算不上什麼投機生意。」

「你清楚糖料作物的收成狀況嗎？」賈斯柏問。

「我清楚供應方的狀況。」

韋蘭稍微坐直了些。「那些筒倉，」他說：「美沙洲的那些筒倉。」

「小商人，非常好。」

馬泰亞斯搖搖頭。「美沙洲是什麼？」

「第六港口以南的一塊區域。」伊奈許說。她記得高聳矗立於倉庫區的那些巨大筒倉，那大小有如小型山脈。「那是藏放糖漿、甘蔗原料及加工植物精煉出糖的地方。今天我們就在附近，那不是巧合吧？」

「不是，」凱茲說：「我要你們稍微看一下地區。甘蔗大多來自南方殖民地和諾維贊，可是，從現在算起三個月後，都不會有另一批收成。這一季的收成已收割、處理、精煉並儲藏在美沙洲的筒倉裡了。」

「那裡有三十個筒倉，」韋蘭說：「我父親擁有十個。」

賈斯柏吹了口哨。「范艾克控制了全世界三分之一的糖料作物供應？」

「他擁有的是筒倉，」凱茲說：「但裡面只有少量糖。他自己出資養護筒倉，爲它們提供守衛，付錢給負責監控倉內濕度的風術士，確保糖能保持乾燥隔離的狀態。擁有糖的商人每筆買賣會付給他一點抽成。能快速累積財富。」

「這麼巨大一筆財富，全由一人保管。」馬泰亞斯沉思著。「要是這些筒倉出了什麼事，糖的價格——」

「會像火箭那樣一飛衝天。」賈斯柏說。碰地跳起來開始踱步。

「價格會上升，而且會持續上升。」凱茲說：「幾天前我們擁有的那些沒把糖存在范艾克公司的股分也會。目前他們的價位和我們付的差不多。可是，一旦我們毀了范艾克筒倉裡的糖——」

賈斯柏踩著腳前掌蹦蹦跳。「我們的股分將會是現在的五倍——甚至十倍。」

「來個二十。」

賈斯柏輕浮地喊了聲。「來幾十我都好。」

「我們可以賣出超高利潤，」韋蘭說：「我們會一夜致富。」

伊奈許想像一艘光鮮亮麗的縱帆船，上頭搭載沉沉重砲。她可以擁有這東西。「三千萬克魯格那麼多？」她問。這是冰之廷這一票范艾克欠他們的賞金，他打一開始就不想付的一筆錢。

凱茲唇邊幽然浮現微乎其微的一絲笑意。「正負誤差一百萬。」

韋蘭正在啃咬拇指甲。「這種程度的損失我父親可以承受，其他把糖存在他筒倉的那些商人會受到最嚴重的打擊。」

「沒錯。」馬泰亞斯說：「而如果我們毀掉筒倉，范艾克成為目標一事就會非常明顯。」

「我們可以想辦法弄得像意外。」妮娜提議。

「一開始——」凱茲說：「會看起來像意外，拜象鼻蟲之賜。韋蘭，告訴他們。」

韋蘭像個急於證明自己知道答案的學生般往前坐，從口袋抽出一只瓶子。「這個版本成功了。」

「這是象鼻蟲？」伊奈許邊檢視邊問。

「化學版本的象鼻蟲。」賈斯柏說：「但韋蘭還是沒給它取名字。我投韋鼻蟲一票。」

「爛死了。」韋蘭說。

「棒死了，」賈斯柏眨了個眼。「就像你一樣。」

韋蘭臉漲成萱草粉。

「我也有幫忙。」古維繃著臉補充道。

「他有幫。」韋蘭說。

「我們會給他做個獎牌。」凱茲說：「告訴他們這要怎麼運作。」

韋蘭清清喉嚨。「我是從甘蔗疫病得到的靈感——只要一點點細菌就能毀掉整批收成。一旦把象鼻蟲丟進筒倉，它會將精煉過的糖當成能量，一路往下挖到糖全變成一堆沒用的渣渣。」

「它會對糖起反應？」

「沒錯，任何一種糖。只要濕度夠，就算量再少都會，所以不要靠近汗水、血或唾液。」

「所以不要舔韋鼻蟲。有沒有人要記下來的？」

「那些筒倉很巨大，」伊奈許說：「我們要的量有多少？」

「每個筒倉一瓶。」韋蘭說。

伊奈許對著那根小玻璃管眨了眨眼。「真的？」

「雖小但心狠手辣，」賈斯柏說，再次眨了個眼。「就像妳一樣。」

妮娜噴出笑聲，伊奈許忍不住對賈斯柏咧嘴一笑。她的身體很痛，非常樂意睡上整整兩天，可是她覺得一部分的自己舒展開來，將過去一週的恐懼與憤怒盡皆釋放。

「象鼻蟲會使得糖毀掉的情況看起來像是意外。」韋蘭說。

「的確如此——」凱茲說：「直到其他商人得知范艾克一直在買那些沒存放在他筒倉裡的糖。」

韋蘭睜大了眼睛。「什麼？」

「我用一半的錢替我們買股分，其餘則用范艾克的名字去購入——或說是用阿麗斯名下成立的控股公司。不能做得太明顯，股分都是以現金購買，無法追蹤。但是你會在他律師辦公室找到這次交易蓋章彌封的憑證。」

「康尼利斯．斯密特。」馬泰亞斯訝異地說。「你用詭計包裝詭計。當你闖入他的辦公室，想要找的不只是阿麗斯．范艾克被藏在什麼地方。」

「騙局只玩一層是贏不了的，」凱茲說：「糖料作物一毀，范艾克的名聲會受損。但是，當付錢讓他保護商品的人發現，他竟從他們的損失中得利，一定會更仔細地注意那些筒倉。」

「然後發現剩餘的象鼻蟲。」韋蘭補充。

「毀壞資產影響市場，」伊奈許低喃著。「他這樣就完蛋了。」她想起范艾克示意僕人舉起鎚子的模樣。不要乾脆打斷，打碎骨頭。「他有可能進監獄嗎？」

「他會被控違反合約及試圖干涉市場，」凱茲說：「根據克爾斥的法律，再沒有比這更令人髮指的罪行，判的刑罰等同謀殺——他會被吊死。」

「會嗎？」韋蘭輕輕地說，一指橫過克特丹地圖，從美沙洲一路畫到巴瑞爾，再指向錢之街，也就是他父親居住的地方。楊．范艾克試圖殺死韋蘭，像丟垃圾一樣拋棄他，但伊奈許不禁想，對於送父親走上絕路，韋蘭是否做好了準備。

「我懷疑他根本不會被吊上去，」凱茲說：「我的推測是，他們會給他安上比較輕的控告。商會沒有人會想將自己人送上絞刑台。而關於他會不會眞的進獄中牢房一遊？」他聳聳肩。「端看他律師的功力怎樣。」

「但是他會先被禁止進行交易，」韋蘭的語氣幾乎有種恍惚感。「他的股分會被扣住，用以補償毀壞的糖料作物。」

「並爲范艾克帝國畫上句號。」凱茲說。

「那阿麗斯呢？」韋蘭問。

凱茲再次聳了個肩。「沒有人會認爲那女孩和這起金融詐騙有任何關係。阿麗斯會訴請離婚，很可能搬回去和她父母住。她會哭上一個禮拜，唱上兩個禮拜，然後忘了一切。也許她會嫁給王子。」

「或音樂老師。」伊奈許說，想起班揚聽見阿麗斯遭綁架的驚慌。

「只有一個小問題，」賈斯柏說：「我所謂的『小』呢，其實是『超大超明顯但我們快快解決一下然後去喝啤酒』——就是筒倉。我知道，我們每次都要去闖那些闖不進的地方，但我們要怎麼進到裡面？」

「凱茲可以撬鎖。」韋蘭說。

「不可以，」凱茲說：「我沒辦法。」

「我覺得我這輩子都沒聽過你嘴裡說出這種話，」妮娜說：「再說一次，慢一點，清楚一點。」

凱茲無視她。「那是四重鎖，四把鑰匙，同時插進四個鎖頭，否則就會觸發防盜門及警報。什麼鎖我都可以撬，但無法一次撬四個。」

「那我們要怎麼進去？」賈斯柏問。

「筒倉也可以從上面打開。」

「那些筒倉都要二十層樓高了！難道你要伊奈許一晚在十個筒倉爬上爬下嗎？」

「爬一個就好。」凱茲說。

「然後呢？」妮娜說，雙手又回到臀部，綠眼冒著火光。

伊奈許還記得那些高聳的筒倉及其間遙遠的距離。

「然後，」伊奈許說：「我要從一個筒倉走鋼索到下一個。」

妮娜將雙手往上一舉。「我假設這一切都要在沒有網子的狀態下進行？」

「葛法家的人表演從不用網子。」伊奈許不悅地說。

「請問葛法家的人常要在被關上一個禮拜後，在距鋪石子路足足二十層樓的地方表演嗎？」

「會有網子，」凱茲說：「東西已放在筒倉警衛室後的一疊沙袋下了。」

墓中的死寂來得突然且徹底，伊奈許不敢相信自己聽到了什麼。「我不用網子。」

凱茲檢查了一下手錶。「我也沒問妳。我們有六小時可睡覺療傷。我會從澤科亞馬戲團偷些補給品，他們在城西近郊紮營。伊奈許，把要的東西列個清單，二十四小時後襲擊筒倉。」

「絕對不行，」妮娜說：「伊奈許要休息。」

「沒有錯，」賈斯柏同意。「她瘦得好像來陣大風就能把她吹走。」

「我沒事。」伊奈許說。

賈斯柏翻翻白眼。「妳每次都這樣說。」

「我們不都是這樣的嗎？」韋蘭問：「我們都對凱茲說『沒事沒事』，然後做出一些愚蠢的行爲？」

「我們有那麼好預測嗎？」伊奈許說。

韋蘭和馬泰亞斯異口同聲。「有。」

「你們想痛宰范艾克嗎？」凱茲問。

妮娜噴出一口惱怒的氣。「那當然。」

凱茲用目光掃過室內，從一張臉移到另一張臉。「眞的嗎？你們眞的想要那些錢？就是我們流血流汗，還差點溺死賺到的酬勞？或者你們要讓范艾克慶幸能在巴瑞爾挑中一堆無名小卒來騙？因爲沒有人會替我們教訓他；沒有人會在乎他騙了我們，或我們冒生命危險只得到一場空；沒有人會幫忙伸張正義。所以我再問一次，你們想不想痛宰范艾克？」

「想。」伊奈許說。她要得到某種正義。

「還用說。」妮娜說。

「甚至願意聽韋蘭吹笛子。」賈斯柏說。

他們一個接著一個點了頭。

「賭注變了，」凱茲說：「根據范艾克今天的小小威嚇，上面有我們臉的通緝令很可能已貼得克特丹到處都是，我猜他會提供豐厚的獎賞。范艾克會用他的信譽來換這些，而我們越快將之摧毀越好。我們要在一夜間拿走他的錢、他的名聲，以及他的自由。但那就表示我們不能停下。那些范艾克現在這麼憤怒，今晚一定會去吃頓高檔晚餐，接著倒在柔軟的高級床鋪上輾轉無眠。那些市警隊巡邏員會拖著疲倦的身軀休息，直到下一輪班，心中想著說不定能賺點加班費。可是我們不會停下。時間一分一秒過去，除非錢進口袋，否則我們不能休息。同意嗎？」

又是另一輪點頭。

「妮娜，筒倉周遭有守衛在巡，妳負責分散注意力，扮演苦惱的拉夫卡人，新到城市，想在倉庫區找工作。妳得拖住他們，讓其餘人有時間進去，並讓伊奈許攀上第一座筒倉。然後——」

「有一個條件。」妮娜交叉雙臂。

「沒得討價還價。」

「布瑞克，你什麼東西都能討價還價，搞不好連從媽媽肚子裡出來都是你討價還價的結果。如果要我做這件事，那我要把其餘格里沙都送出城市。」

「不要想了。我不替難民做善事。」

「那我退出。」

「好，妳退出。妳還是能拿到冰之廷那筆的分成，但我的團隊不需要妳。」

「的確，」伊奈許平靜地說：「但你需要我。」

凱茲將枴杖橫在腿上。「大家好像都在相互結盟呢。」

伊奈許仍記得不過幾小時前太陽映著他眼中的棕色。此時，那雙眼猶如煮得苦了的咖啡。可是她不打算妥協。

「這叫友誼，凱茲。」

他將目光移向妮娜。「我不喜歡受人要脅。」

「我也不喜歡會擠腳趾頭的鞋子，但我們都得扛下這些折磨。就把這當成對你那顆可怕大腦的挑戰吧。」

長長一段暫停之後，凱茲說：「這裡講的是多少人？」

「撇開浪汐工會，城裡我知道的格里沙不超過三十個。」

「那妳打算怎麼聚集他們？發傳單告訴他們全上去某艘大木筏嗎？」

「拉夫卡大使館附近有間小酒館，我們利用那地方留訊息和交換情報。我可以從那裡把話傳出去，這樣我們就只要一艘船。范艾克沒辦法守住每座港口。」

伊奈許不想提出異議，但這話非說不可。「我覺得他有辦法。范艾克背後有市政府的全力支持，你沒看到他發現凱茲竟敢抓走阿麗斯時的反應。」

「拜託告訴我，他真的有口吐白沫。」賈斯柏說。

「很接近了。」

凱茲跛著走向墳墓的門，望出外頭那片黑暗。「范艾克不會輕易決定將整個城市扯進來。這是一大風險，如果他沒打算從中獲得最大程度的利益不會去冒險。他會全面監視港口及岸邊瞭望台，並下令質問每一個想離開克特丹的人。他只要說他知道抓韋蘭的人可能打算將他帶離克爾斥就行了。」

「想把所有格里沙弄出去會非常危險，」馬泰亞斯說：「在范艾克可能還有煉粉存貨的情況下，最不必要的就是讓一整團格里沙落入他手中。」

賈斯柏用手指點了點左輪的槍柄。「我們要奇蹟——可能還要加上一瓶威士忌，幫忙潤滑一下腦子。」

「不對，」凱茲慢慢地說：「我們要一艘船，一艘不太可能被懷疑的船，范艾克和市警隊絕對沒有理由攔下的船——我們要一艘他的船。」

妮娜扭動到椅子邊緣。「范艾克的貿易公司一定有超多開去拉夫卡的船。」

馬泰亞斯交扠起粗壯的雙臂，認眞思考著。「用范艾克的船把格里沙難民弄出去？」

「我們要有僞造的乘客名單和運輸文件。」伊奈許說。

「妳覺得他們爲什麼把史貝特踢出海軍？」凱茲問：「他幹的就是僞造離境文件和採購訂單。」

韋蘭扯著自己的嘴唇。「但是問題不在於幾張文件，就說一共有三十個格里沙難民好了，船長一定會想知道爲什麼三十個人——」

「三十一個。」古維說。

「你眞心有在聽剛剛的討論？」賈斯柏不敢置信。

「一艘去拉夫卡的船，」古維說：「這我聽得一清二楚。」

凱茲聳聳肩。「如果我們要偷一艘船，把你一起放上去也是可以。」

「那就三十一。」妮娜微笑著說。假使馬泰亞斯下巴抽搐的肌肉眞表示了什麼，只能說他可能並不驚訝。

「好，」韋蘭撫平地圖上的一道皺褶。「但船長一定會想他的名單上爲什麼突然加了三十一個人。」

「如果船長以爲自己參與了祕密行動就不會，」凱茲說：「范艾克會寫下一封用詞激昂的信，號召船長以最最嚴謹的方式運送這些重要的政治難民，並請他即使不擇手段，也要避免讓任何可能收受蜀邯賄賂的人發現——包含市警隊。范艾克會承諾船長回來時能得到一大筆酬金，以確保他不會打歪主意，把格里沙賣出去。我們已經有了范艾克筆跡的樣本，現在只差他的封蠟章。」

「他收在哪裡？」賈斯柏問韋蘭。

「在他辦公室，至少以前是。」

「我們得在不被他發現的情況下進出，」伊奈許說：「而且，那之後我們得盡快行動。范艾克一發現封蠟章不見，就可能猜到我們想做什麼。」

「我們都闖進了冰之廷，」凱茲說：「區區商人的辦公室應該沒問題的。」

「不過，我們闖進冰之廷時命差一點沒了。」伊奈許說。

「是好幾條命，如果我沒記錯。」賈斯柏特別強調。

「伊奈許和我從范艾克那裡偷了幅狄卡浦，已經知道屋內配置。我們沒問題的。」

韋蘭又一次用手指沿著錢之街摸索。「因為你不用進我父親的保險櫃。」

「范艾克把封蠟章藏在保險櫃？」賈斯柏笑了一聲。「簡直像是發邀請函請我們去拿。比起人，凱茲更知道怎麼和密碼鎖交朋友。」

「那種保險櫃你絕對沒見過，」韋蘭說：「狄卡浦被偷之後他就裝了。七個數字的密碼，而且每天重設，鎖上還建有假的制動栓，用來混淆保險櫃竊賊。」

凱茲聳肩。「那我們就繞過它。撬得巧不如撬得開。」

韋蘭搖頭。「保險櫃壁是用格里沙特製鐵強化過的特殊合金。」

「用炸的呢？」賈斯柏提議。

凱茲揚起一眉。「范艾克最好不會發現。」

「很小很小的爆炸？」

妮娜嗤了一聲。「反正你只是想炸東西。」

「事實上……」韋蘭說，頭歪往一側，好像在聆聽遠方的某一首歌。「清晨一到，我們去過的事就藏不住了。但是，如果能在我父親發現遭竊之前把難民弄出港……我不是很確定我能從哪裡弄到材料，不過這樣也許有機會成功……」

「伊奈許。」賈斯柏小小聲地說。

她往前靠，盯著韋蘭看。「那是陰謀臉嗎？」

「可能是。」

韋蘭簡直一瞬間回到現實。「才不是。但是……我好像眞的想到了方法。」

「小商人，還等什麼？」凱茲說。

「象鼻蟲基本上只是穩定版的金酸。」

「是是是，」賈斯柏說：「當然當然。所以那玩意兒是？」

「一種腐蝕性物質。一旦開始化學反應，會放出少量熱能，但威力和揮發性都很驚人。它可以弄穿格里沙特製鐵，還有幾乎巴爾薩玻璃之外的所有東西。」

「玻璃？」

「玻璃和巴爾薩樹的樹液能中和腐蝕。」

「我們要上哪兒找這種東西？」

「可以在鐵工廠找到我要的一個材料。他們使用這種腐蝕物質剝除金屬氧化的地方，其他東西可能比較難入手。我們要找一座有含金礦脈或者類似鹵化物的採石場。」

「最近的採石場在歐蘭黛爾。」凱茲說。

「可以。我們一拿到兩種化合物，運輸過程就得非常小心，」韋蘭繼續說：「事實上，可能得比小心更小心。化學反應完成後，金酸基本上是無害的，可是一旦活性化……這麼說吧，如果你不喜歡你的雙手，它可以幫你擺脫。」

「所以，」賈斯柏說：「如果我們弄到這些材料，接著想辦法分別運送，然後把這個金酸活性化，然後過程中還要小心不要缺手斷腳？」

韋蘭扯了扯自己的一綹頭髮。「我們可以在幾分鐘內就燒穿保險櫃。」

「不會損害到裡頭的內容物？」妮娜問。

「希望不會。」

「希望不會，」凱茲重複：「再嚴峻的情況我也碰過。我們得找出哪艘船明晚啓程前往拉夫卡，並讓史貝特開始準備名單和運輸文件。妮娜，我們一選定船隻，妳那一小幫難民能有辦法自己到碼頭，還是連這個也得手把手教他們？」

「我不太確定他們有多熟悉這個城市。」妮娜承認。

凱茲的手指打鼓似地在手杖頭敲啊敲。「韋蘭和我可以處理保險櫃。讓賈斯柏去護送格里沙，我們可以在地圖上標出路線，這樣一來，馬泰亞斯就能把古維帶到碼頭。可是這樣就只剩妮娜一個人能引開守衛，並幫伊奈許裝設筒倉的網子；網子要至少三個人才可能裝得好。」

伊奈許伸展一下，稍稍轉動肩膀。能再回到這群人身邊眞好。她不過離開幾天，他們正坐在潮濕的墓中，然而氛圍仍有如歸鄉返家。

「我說了，」她開口：「我做這件事不用網子。」

12 凱茲

他們熬夜計畫到午夜之後。凱茲對變更計畫謹慎得與處理妮娜的格里沙同胞未來不相上下。即便沒對其他人透露任何跡象，這個新變動依舊有吸引他的因素。范艾克可能會拼湊出蜀邯想做什麼，然後自己去追捕城裡剩下的格里沙。他們正是凱茲不願在商人火藥庫中見到的武器。

但是，不能因這個小小的拯救行動慢下腳步。他們負荷不了把這麼多敵人和市警隊都牽扯進來。只要時間足夠，蜀邯就不會再去想那些擱淺的戰船和什麼浪汐工會，而會直接找到黑幕島上。凱茲要古維盡快離開城市，從這場棋局中脫身。

終於，他們把清單草圖都放到一邊，清掉桌上隨便湊的餐食殘骸，以免引來黑幕島上的老鼠，燈也熄了。

其他人會入睡，凱茲則否。他說到做到。范艾克有更多錢，更多盟軍，背後還有整個城市的龐大力量。他們不能只是比范艾克更聰明，還得持續不懈。而凱茲能看見其他人所不能見的。他們贏下了今日的戰場，出發並順利將伊奈許救回來。但商人依舊握有這場戰爭中的贏面。

范艾克願意冒險將市警隊拉進來，甚至延伸到商會，表示他真心相信自己無懈可擊。凱茲仍留著范艾克安排在飛格陸會面的那張紙條。然而，這是商人陰謀詭計的低劣證據。他記得當自己說商會永遠不會爲范艾克的非法行動撐腰時，佩卡．羅林斯在翡翠皇宮說的話。**可是要由誰來告訴他們？從巴瑞爾最破爛的貧民窟出來的運河老鼠？別作白日夢了，布瑞克。**

那時在羅林斯面前，凱茲在一片紅熱怒意籠罩下幾乎無法思考。那份情感剝奪了引領他的理智，以及他所倚賴的耐性。在佩卡旁邊，他失去了自己——不對，他失去了拚命想成爲的自己。他不是髒手或凱茲．布瑞克，或渣滓幫最棘手的副手，而只是個被白熱怒火燒得氣憤不已的男孩，那股怒火快將他辛辛苦苦維持的虛假禮儀全燒成灰燼。

然而如今，他在黑幕島眾多墳墓之間撐著枴杖，承認了佩卡話中的眞相。如果你是個名聲比馬夫鞋底還臭的地痞流氓，就不能和范艾克這種正直商人開戰。爲了要贏，凱茲得讓遊戲能公平競爭。他會讓全世界知道他得知的事：儘管范艾克頗有手腕、衣裝精美，卻是個十足的罪犯，就和巴瑞爾任何地痞流氓一樣壞——甚至更糟，因爲他說出口的話沒有任何價値。

凱茲沒聽見伊奈許靠近，但曉得她來了，站在白色大理石墓室那些斷裂的柱子旁邊。她不知從哪兒找到肥皂梳洗了一下，寇米第島陰冷的室內氣味——也就是乾草和化妝油彩的微弱氣息——就此消失。她的黑髮在月光下閃耀，已整齊地塞成一個髮髻，紮在頸後。她靜止的姿態如此完美，簡直可被誤認爲墓園裡的一座石像守護神。

「網子是怎麼回事，凱茲？」

是啊，網子是怎麼回事？爲什麼要搞個會讓襲擊筒倉的計畫變複雜的玩意兒，還讓形跡暴露的機率變成兩倍？我忍受不了看妳掉下來。「我剛花了大把工夫把蜘蛛弄回來，可不是爲了讓妳在第二天就跌得腦袋開花。」

「你要保護你的投資。」她的語調聽起來有種認命感。

「沒錯。」

「你要離島。」

她竟能猜到他的下一步？這才更該擔心。「羅提說那個老頭焦躁了起來，我得去順順他的毛。」

沛·哈斯可仍是渣滓幫的老大，而凱茲知道，他雖喜歡那個位置帶來的額外收穫，卻不包括隨之而來的雜事。現在，凱茲消失了那麼久，一切都會開始崩解。此外，哈斯可一坐立不安，就會幹些蠢事來提醒大家他才是掌大局的人。

「我們也該盯著范艾克家。」伊奈許說。

「我會處理。」

「他一定會增強守備。」剩下的話她沒有說出口。除了幻影，沒有人更知道怎麼悄悄溜過范艾克的防禦。

他應該叫她休息，告訴她說他會自己處理監視的事。然而，他點了個頭，出發前往藏在柳樹間的小舟，無視她跟上來時心中是如何鬆了一口氣。

下午的喧鬧嘈雜後，運河似乎比往常更加靜謐，河水凝滯得頗不自然。

「你認為西埠今晚會回到原樣嗎？」伊奈許問，壓低音量。她早已學會身為運河老鼠在克特丹水路上航行時要求的謹慎態度。

「我很懷疑。市警隊會調查，觀光客來克特丹可不是為了體驗擔心自己被轟成碎片的。」會有很多生意損失慘重。等明天清晨來臨，凱茲覺得市政廳的門前階梯必會擠滿那些娛樂場所和旅館的老闆，紛紛要求一個說法，鐵定很有看頭。**很好**。就讓商會成員去煩惱這些問題，別把心思放在范艾克和他不見的兒子身上。「畢竟我們偷走了狄卡浦，范艾克一定會調整。」

「現在他知道韋蘭和我們在一起。」伊奈許同意道：「我們要去哪裡見那老傢伙？」

「指間巷。」

他們不能在巢屋攔截哈斯可。范艾克一定會滴水不漏地盯著渣滓幫總部，此時那裡很可能擠滿市警隊。光是想到市警隊邊嘀咕邊搜索他的房間，翻遍他寥寥無幾的物品，就令凱茲爬了一身刺痛的怒意。巢屋是沒什麼了不起，但是凱茲讓那個地方從漏水廢屋脫胎換骨，變成酒醉後能睡一覺，或躲避執法人員又無須在冬季凍到去半條命、在夏天被跳蚤吸乾血的地方。無論沛・哈斯卡怎麼想，巢屋是他的。

凱茲將小舟划進巴瑞爾東側邊緣的遠迢運河。沛・哈斯可喜歡每週同一晚在好天氣客棧接待來訪者，和他那些密友見面玩牌聊八卦，今晚也絕對不會缺席。尤其是在他偏愛的副手——偏愛但目前行蹤不明的副手——和商會成員鬧翻、給渣滓幫帶來一堆麻煩的時候……他成為眾人注目焦點的現在。

沒有任何窗子朝指間巷打開。那是條歪斜的通道，蜿蜒於一套公寓和一間製造粗劣紀念品的工廠之間。該處靜謐，照明昏暗，窄得幾乎不能稱為小巷——正是能完美進行伏擊的地方。雖然這兒不是從巢屋到好天氣最安全的途徑，卻是最直接的路線。沛・哈斯可絕對不會抗拒捷徑。

凱茲將船停在一條小小的人行橋，和伊奈許在陰影中躲好，靜靜等候，很清楚得保持安靜。不到二十分鐘，便有個人影出現在巷口的路燈光線中，帽子頂端突兀地凸了根羽毛出來。

凱茲幾乎等到那道身影和自己平齊才舉步上前。「哈斯可。」

沛・哈斯可轉身，從外套抽出手槍。儘管一把年紀，他動作依舊飛快，但凱茲知道他會帶槍，早有準備。他以枴杖尖端對著哈斯可肩膀迅速一刺，力道抓在能讓他手稍微麻痺的程度。

哈斯可悶哼一聲，槍從手中滑掉。伊奈許在槍落地之前就接了起來，扔給凱茲。

「布瑞克，」哈斯可憤怒地說，試圖扭動麻掉的手臂。「你他媽的跑哪兒去了？話說又是哪種小滑頭竟敢在小巷裡偷襲自己的老闆？」

「我沒要搶你，只是不希望你在我們還沒機會聊聊前就開槍。」凱茲將槍柄轉向哈斯可，把槍還他，老人惡狠狠地從他手中奪回，斑白的下巴執拗地凸出。

「老是越線。」他氣呼呼地說，因爲手還動不了，摸不到槍套，便將武器塞回那件綴巴巴的格紋外套口袋。「小鬼，知道你今天給我招惹出什麼麻煩嗎？」

「我知道，所以才在這裡。」

「巢屋和烏鴉會上上下下爬滿市警隊的人，我們得關閉整個地方，天知道什麼時候才能再開門。你到底在想什麼？竟敢綁架商人的兒子？你離開這裡就是爲了幹這筆大生意？就是本來可以讓我有錢到像作夢的那筆生意？」

「我沒有綁架任何人。」嚴格來說，這不完全是實話，但凱茲判斷，對沛·哈斯可來說兩者沒有什麼分別。

「那麼去他的格森神，現在是怎麼回事？」哈斯可低聲又火大地說，口沫橫飛。「你有我最厲害的蜘蛛，」他比了比伊奈許。「我最強的狙擊手、我的破心者、我塊頭最大的打手——」

「穆森死了。」

「去你媽的。」哈斯可咒罵。「先是大巴力格，現在換穆森。你是想掏空我整個幫派嗎？」

「老大，不是的。」

「還老大咧。小鬼，你到底在搞什麼？」

「范艾克在打持久戰，但我還是快他一步。」

「在我看來好像沒有。」

「很好，」凱茲說：「最好別讓任何人發現。穆森是意料外的損失，不過再給我幾天，執法人員不只不會再騷擾你，你的金庫還會塞得滿滿，讓你在浴缸裝滿黃金跳進裡面游泳。」

哈斯可瞇起眼。「我們現在講的是多少錢？」

就是這樣。凱茲想，看著貪婪點亮了哈斯可的眼神。槓桿動起來了。

「四百萬克魯格。」

哈斯可睜圓了眼。原先在巴瑞爾只有酒和艱苦的人生，將要被黃澄澄的金子取代了。「你是不是只想安撫我？」

「我告訴過你這筆生意會賺很大。」

「要是我坐牢，這筆錢再多也沒有意義。我不喜歡警察來干涉我的生意。」

「老大，我也不喜歡。」也許哈斯可總愛嘲弄凱茲的禮貌，但他知道，那老頭會欣然接受所有表示尊重的心意，凱茲的自尊對此沒什麼問題。一旦拿到那份范艾克該給的錢，凱茲就再也不用服從沛·哈斯可的命令，或安撫他的虛榮心。「如果無法確定能乾淨溜溜脫身、有錢得像諸聖，我絕對不會拖大家蹚這渾水。我只是要多一點時間。」

凱茲無法不聯想到賈斯柏和他父親的討價還價，而這讓他無法接受。除了自己和一杯又一杯的淡啤酒，沛·哈斯可什麼也不在乎，然而他卻老愛把自己當成這個熱愛犯罪的大家庭中某種家長角色。凱茲承認自己算喜歡這個老頭。他給了凱茲一個起點和頭上的一片屋頂——即便凱茲才是確保屋頂不漏水的人。

老人用拇指勾著背心口袋，煞有其事地表演出一副考慮凱茲提議的模樣，但是，比起老老實實上緊發條的時鐘，哈斯可的貪婪可靠多了。凱茲知道，他已開始思考怎麼花那些克魯格了。

「好吧小鬼，」哈斯可說：「我可以多給你一點時間讓你把自己搞死。但要是讓我發現你對我耍花招，我絕對會讓你後悔。」

凱茲熟練地演出一臉眞摯的表情。哈斯可的威脅簡直和他的自吹自擂一樣空洞。

「老大，這是當然的。」

哈斯可嗤了一聲。「一言爲定。」他說：「還有，幻影留在我這兒。」

凱茲感到伊奈許在他身旁一僵。「我這項工作用得上她。」

「找洛德，他手腳夠快了。」

「就這工作來說還不夠。」

哈斯可毛髮倒豎，鼓出了胸膛，領帶夾上的假藍寶石在幽暗燈光中閃爍。「你有看到佩卡．羅林斯在打什麼主意嗎？他剛在烏鴉會正對面開了一間新賭場。」凱茲看到了，賭場叫開利王子，羅林斯帝國的另一顆珠寶，一座裝飾成鮮艷綠色和金色的巨大賭博殿堂，荒謬可笑地向佩卡．羅林斯的家鄉致敬。「他故意想從我們這裡分一杯羹，」哈斯可說：「我要一隻蜘蛛，她是最好的。」

「這件事可以等。」

「我說不可以。你去甘曼銀行就會看到她契約最上面寫的是我的名字，那表示我要她去哪裡，她就去哪裡。」

「老大，我瞭解了，」凱茲說：「我一找到她就會告訴她這件事。」

「她不就在——」哈斯可突然停住，不敢置信地掉了下巴。「她剛剛還在的！」

凱茲努力不要笑出來。當沛．哈斯可正在大吼大叫，伊奈許就這麼融入陰影，安靜無聲地攀上了牆。哈斯可狂找整條小巷，抬頭盯著屋頂猛看，但伊奈許早就不知所蹤。

「你給我把她叫回來，」哈斯可火大地說：「現在就叫。」

凱茲聳聳肩。「你覺得我能爬上牆壁嗎？」

「布瑞克，這幫派是我的。她不屬於你。」

「她不屬於任何人，」凱茲說，感受到那股白熱怒火的燒灼。「但我們所有人很快就會回到巢屋。」事實上，賈斯柏會直接和父親離開城市，妮娜會前往拉夫卡，伊奈許會在由她掌管的船上，而凱茲會做好準備永遠脫離哈斯可。不過，老頭可以從那些克魯格得到點安慰。

「狂妄自大的小混帳。」哈斯可怒吼著。

「是會讓你變成巴瑞爾最有錢老大的狂妄自大小混帳。」

「小鬼，給我滾開，我玩牌要遲到了。」

「希望你手感絕佳。」凱茲移到一邊。「但我想你會用得上這個的。」他伸出手，戴了手套的掌中有六顆子彈。「以防發生什麼爭執。」

哈斯可迅速從口袋撈出手槍，打開槍管：裡頭空蕩蕩。「你這小——」然後爆出一陣笑聲，一把從凱茲手中拽回子彈，搖著頭。「你身體裡流著惡魔的血啊，小鬼。去給我賺錢吧。」

「是賺很多很多錢。」凱茲將帽子一斜，在巷中跛著腳朝小舟走回去。

□

凱茲繃緊神經，直到船行過巴瑞爾邊界，進入毗鄰金融區、更安靜的水域才稍微放鬆。此處的街道幾乎空無一人，也比較少見到市警隊。小舟經過雷德橋下方時，他瞥到一道影子脫離扶手。一會兒後，伊奈許又回到細窄的船上加入他。

凱茲有些想將船駛回黑幕島。他將近好幾天沒睡，在冰之廷讓腿受的罪也還沒完全恢復。這樣下去，最後他的身體會再也不聽使喚。

伊奈許彷彿能讀出他的想法，說：「我自己就能監視，回頭和你在島上碰面。」

最好是。她想輕易甩掉他，想都別想。「妳打算從哪裡接近范艾克的屋子？」

「我們從巴特教堂著手，可以從屋頂監視到范艾克的房子。」

凱茲並不驚訝聽到這話，但他繼續帶著兩人在伯克奈運河上前進，經過交易所與拜金者旅館宏偉的正面。賈斯柏的父親可能正在房間裡酣然打呼。

小舟駛入靠近教堂的碼頭。主教堂門口溢出燭火光芒，門無時無刻大大敞開，且不上鎖，歡迎那些想向格森神祈禱的人。

伊奈許能輕而易舉爬上外牆，凱茲搞不好也做得到。然而，在每走一步腿就在哀號一聲的夜晚，他不打算考驗自己。凱茲得想辦法進其中一間小禮拜堂。

「你不用上來的。」他們悄悄沿著周邊移動，找到一間小禮拜堂的門時，伊奈許說。

凱茲不理她，快手快腳將鎖撬開。兩人溜進暗下的室內，再上樓梯經過兩個平台。小禮拜堂有如多層蛋糕般一間疊一間，每間各自委由克爾斥一個商人家族負責。再撬一個鎖，他們就能爬上另一道該死的階梯。這道階梯形成細窄的螺旋，一路轉上屋頂的一個暗門。

巴特教堂按照格森之手的平面圖建造。這座宏偉的大教堂位於掌中，五座粗短的中殿順著四指外加一根拇指放射出去，每根指尖的終點便是數座小禮拜堂。他們踮著腳尖爬上小禮拜堂，走主教堂屋頂上的捷徑，一路前進到格森的無名指，小心翼翼穿越滑溜溜的山牆和狹窄石頭屋脊組成的高低山脈。

「這些神為什麼老愛在高處受人敬拜？」凱茲低聲咕噥。

「喜歡這種崇高感的是人類，」伊奈許說，敏捷地一路蹦蹦跳跳，雙腳彷彿熟知地勢的一切奧祕。「無論何處有祈禱，諸聖都會聆聽。」

「然後照心情決定要不要回應？」

「你想要的和世界要的，並非永遠相符。凱茲，祈禱和許願並不一樣。」

但是同樣沒用。凱茲硬是吞下回應。他非常專心避免一頭栽下去跌死，沒辦法好好進行這場論戰。

他們在無名指的指尖停下來觀看全景。西南方能看到主教堂高聳的尖塔、交易所、拜金者旅館閃亮閃亮的鐘塔。伯克奈運河有如一條長緞帶，流過贊特橋下方。但如果往東看，這座特別的屋頂能讓他們直接看見錢之街，以及再過去的黃金運河，還有范艾克高貴的家。

這是很好的制高點，可以觀察范艾克配置在他家和運河上的保全措施，但不足以提供所有資訊。

「我們得靠近一點。」凱茲說。

「我知道，」伊奈許說，從短上衣抽出一段繩索，繞在屋頂一個尖頂飾上。「我一個人場勘范艾克的房子更快也更安全，給我半小時。」

「妳——」

「等你回到小舟那裡，我就會查到我們所需的所有資訊。」

他真的要殺了她。「妳白白把我拖上來這裡。」

「是你的驕傲把你拖上來這裡。如果范艾克今晚發覺任何不對勁，就全完了。這根本不是兩人任務，你自己也知道。」

「伊奈許——」

「我的未來也取決於此，凱茲。我不教你怎麼撬鎖或怎麼策畫，而這是我擅長的事，所以就讓我好好去做。」她一把將繩索扯緊。「然後想想你在下去的路會有多少時間能祈禱和安靜冥想。」

她消失在禮拜堂一側。

凱茲站在那裡，注視著幾秒前她還在的位置。伊奈許耍了他。那個正派、誠實又虔誠的幻影竟勝他一籌。凱茲轉身回望等會兒得長途跋涉走過屋頂、回到船上的漫長距離。

「詛咒妳和妳的諸聖。」他沒對著任何人說，然後發現自己正在微笑。

□

等凱茲總算倒進小舟，心情絕對沒那麼愉悅了。他不介意她愚弄他，只是痛恨她說得沒錯。他很清楚自己的狀態根本不適合在今晚盲目潛進范艾克家。這不是兩人任務，也不是他們行事的方式。她是幻影，巴瑞爾偷竊祕密最強的賊。無聲無息收集情報是她的專長，不是他的。他也承認，他很感激能這麼稍微坐一會兒，在水輕輕拍打運河側時伸展一下腿。那麼，他為什麼堅持一定要陪她？這是個危險的念頭——是最一開始害得伊奈許被抓的念頭。

我可以克服。凱茲對自己說。等到明天午夜，古維就會踏上離開克特丹的路。只要幾天時間，他們就會拿到獎賞，伊奈許能自由自在去追尋她獵捕奴隸販子的夢，而他能擺脫這不斷令他分心的事物。他會創立新幫派——由渣滓幫最年輕、最致命的成員組成的新幫派。他會再次將自己奉獻給以約迪之名做下的承諾，亦即將佩卡・羅林斯人生拆成碎片的艱苦任務。

然而，他的眼神不斷飄向運河旁的走道，不耐持續增長。他能做到。等待是犯罪生活中被最多人誤解的部分。他們老想要行動，不想堅守陣地或蒐集情報。他們不想去摸索，想馬上知道一切。有時，想將情況摸得透徹的訣竅就只有等。如果你覺得天氣不好，並不會貿然衝進暴風雨——你會等到天氣改變，找到不讓自己淋濕的方法。

非常好，凱茲想，所以她該死地在哪裡？

漫長幾分鐘後，她無聲無息落在小舟上。

「如何？」他說，在運河上帶著兩人往前進。

「阿麗斯仍在二樓同一個房間，門外站了一名守衛。」

「辦公室呢？」

「同樣位置，就在走廊盡頭。他在房子每一扇對外窗安裝了斯凱勒鎖。」凱茲不愉快地吐出一口氣。「這會成爲問題嗎？」她問。

「不會。就算斯凱勒鎖也擋不了小偷，但很花時間。」

「我弄不懂那玩意兒，所以得等其中一名廚房員工打開後門。」他教過她撬鎖，但教得不怎麼樣。但要是她多放點心思，就能搞定斯凱勒鎖。「他們在收包裹，」伊奈許繼續說：「根據我聽到的一點內容，他們在準備明晚和商會的會議。」

「合理，」凱茲說：「他會扮演快崩潰的父親，讓他們增派市警隊去搜尋。」

「他們會答應這個要求嗎？」

「他們沒有拒絕的理由。而且他們全都事先接到警告，把情婦或任何不想被突襲檢查發現的舊帳小心藏好。」

「巴瑞爾不會手下留情。」

「的確。」小舟滑過毗連黑幕島的淺淺沙洲，進入島的霧中，凱茲說：「沒有人喜歡商人到處探聽我們的生意。議會的這場小聚在什麼時候舉行，妳有概念嗎？」

「廚子弄一整桌晚餐時會發出一堆噪音，應該可以引開注意力。」

「一點也沒錯。」這是他們的最佳狀態，兩人間除了任務再無其他，合作無間，沒有任何複雜情況。凱茲應該見好就收，但他一定得知道。「妳說范艾克沒傷害妳；告訴我實話。」

他們抵達柳樹的遮蔽處，伊奈許的眼神一直放在低垂的白色枝幹上。「他的確沒有。」

兩人爬下小舟，確保船徹底藏好，然後小心揀路上了岸。凱茲跟著伊奈許，靜心等待，等她改變心情。月亮開始下沉，描繪出黑幕島上的墳墓，蝕刻在一片銀色中，有如微縮版本的天際線。她的髮辮解下，垂在背後。他想像著能將它繞在手上，用拇指揉過辮子的紋樣。然後呢？他將那個想法拋開。

當距離石頭船殼只有幾碼，伊奈許突然停步，看著圈住了樹枝的大霧。「他想打斷我的腿，」她說，「用鎚子，這樣就永遠不會痊癒。」

月光與如絲的頭髮等等念頭在一閃而現的黑暗憤怒中蒸散了。凱茲看著伊奈許扯著左上臂的衣袖，那裡曾有艷之園刺青。對於她在那裡承受了什麼，他已經沒什麼印象，但他很清楚什麼是無助，而不知怎麼地，范艾克再次讓她有了那種感覺。凱茲一定會找出前所未有的折磨手法，教訓教訓那個自以爲是、狗娘養的商人。

賈斯柏和妮娜說得沒錯，經歷過去幾天後，伊奈許的確要有機會休息和復元。他知道她有多強壯，但也知道被囚禁對她代表什麼。

「如果妳不想加入——」

「我要加入。」她依舊背對著他。

他們之間的安靜有如黑水，無法跨越。他沒辦法在她應得的正直與走這條路所需的暴行間抓好分寸。如果他去試，很可能害得兩人都被殺。他只能做眞正的自己——一個不給任何安慰的男孩。因此，他會盡量把能給的給她。

「我會把范艾克開膛破肚，」他靜靜地說：「我會給他一個縫不起來、永遠痊癒不了的傷，無法治好的那一種。」

「你身上的那一種？」

「對。」這是承諾，也是坦白。

她顫抖著吸一口氣，吐出的字句有如一串連續發射的槍聲，彷彿單是說出那些話就令她憤怒。「我不知道你會不會來。」

就這點而言，凱茲不能怪范艾克。是凱茲用每個冰冷字句和微小殘酷在她心中築起懷疑。

「我們是妳的伙伴，伊奈許，絕不會讓自己人任憑商人敗類處置。」這不是他想講的答案，也不是她要的答案。

當她轉身面對他，眼中有著鮮明的憤怒。

「他打算打斷我的腿，」她將下巴昂得高高的，聲音中有著一絲微乎其微的顫抖。「你會來救我嗎，凱茲？當我再也不能爬牆或走鋼索，當我再也不是幻影時？」

髒手不會。那個能讓他們度過這次劫難、拿到錢、保他們命的男孩，會用順手之勞將她從悲慘命運中解放，認賠並及早收手，繼續前進。

「我會去救妳，」他說。而當他看見她朝他射來警惕的眼神，又說了一次：「我會去救妳，如果我不能走，就爬著去。不管我們有多殘破，都會一起殺出重圍——刀子在手、手槍熾熱。因爲我們就是這樣，絕不束手就擒。」

風吹了起來，柳樹的枝條低語，發出窸窣而鬼祟的聲音。凱茲與她四目相對，見到那裡映出月亮，像兩道鐮刀般的精光。她這樣謹慎是對的。即便是對他——特別是對他。只有謹慎才能存活。

最後，她點了頭，微乎其微一點下巴。他們在無聲中回到墓窖，柳樹的呢喃未曾停歇。

13 妮娜

妮娜在日出前就早早醒來。一如往常，她第一個清醒的意識就是煉粉，也一如往常毫無食欲。前一晚，對藥劑的渴望幾乎把她逼瘋。在鐵翼兵攻擊時試圖使用力量，令她更渴望煉粉。她花了長時間翻來覆去，在掌心摳出血淋淋的半月痕跡。

今天早晨，她感到痛苦不堪。然而，某種使命感使她能較輕鬆地從床上起來。對於煉粉的渴求模糊了心中某些事物，而有時，妮娜恐懼著那簇熄滅的不知名火花將永遠不會回歸。但在今天，儘管骨頭疼痛、皮膚乾澀、口中的氣味彷彿急需清理的烤爐，依舊滿懷希望。伊奈許回來了，他們有個任務，而她要為同胞做點好事——即便她得逼凱茲·布瑞克裝成正派好人才能做到。

馬泰亞斯已經起來了，正在打理他們的武器。妮娜伸懶腰、打呵欠，稍微多弓了一點背，然後感到心滿意足——因為他快速地看了她的身體一下，才充滿罪惡感地轉回正在上膛的步槍。滿意極了。之前她幾乎算是整個人撲到他身上。如果馬泰亞斯不肯對她的投懷送抱占便宜，她該死地絕對能讓他後悔莫及。

其他人都醒了，也在墓窖走動——所有人，除了賈斯柏。他仍滿足地打著呼，長腿從毯子底下伸出來。伊奈許在泡茶，凱茲正坐在桌邊，和韋蘭來回交換草圖，古維則在一旁看著，不時給些建議。妮娜細細研究那兩張並著肩的蜀邯面孔。韋蘭的舉手投足完全不同，但當兩個男孩不動，就幾乎分辨不出來。**是我做的**，妮娜想。她還記得在那小小船艙中提燈如何搖晃，韋蘭的紅鬈髮在她指尖下消失，換成一束束濃密黑髮。那雙大大的藍眼——雖然恐懼，但執拗而勇敢——轉爲金色，也改換了形狀。那感覺猶如魔法——眞的魔法。是那種在小行宮時老師講來讓他們入睡的童話故事。而那一切，都是她的。

伊奈許拿著兩杯熱茶坐到她身旁。

「今天早上感覺如何？」她問：「能吃東西嗎？」

「我不覺得。」妮娜逼自己啜一口茶，說：「謝謝妳昨晚做的……就是站在我這邊。」

「那是正確的事。我不想見到任何人被逼著當奴隸。」

「這樣就更謝謝妳了。」

「不客氣，妮娜·贊尼克。妳可以按照慣例回報我。」

「鬆餅？」

「很多很多鬆餅。」

「妳很需要。范艾克沒給妳吃東西對不對？」

「我沒有很合作，但他有嘗試一下。」

「然後？」

「然後他決定要折磨我。」

妮娜捏緊了拳頭。「我要把他內臟挖出來做成派對花環。」

伊奈許大笑著把頭靠在妮娜肩上。「謝謝妳的好意，眞心。但這筆債該由我去討。」她停了一下。「最糟的其實是恐懼。冰之廷後，我以爲我算是戰勝了恐懼。」

妮娜用下巴頂著伊奈許柔軟如絲的頭髮。「柔雅曾說恐懼就像鳳凰，妳可以看牠燃燒上千次，依舊浴火重生。」而對煉粉的渴望也是如此。

馬泰亞斯出現在她們面前。「我們很快就要動身，日出前有一小時多一點的時間。」

「你身上穿的到底是什麼？」妮娜問，盯著馬泰亞斯的絨毛帽和穿在衣服外的紅羊毛背心。

「凱茲給我們弄到了文件，以免在拉夫卡區被擋下來。我們叫斯凡和卡翠娜‧艾夫森，是去拉夫卡大使館尋求庇護的斐優達叛逃者。」

合理。如果他們被擋下，馬泰亞斯絕不可能裝成拉夫卡人，但妮娜可以輕易駕馭斐優達人的角色。

「馬泰亞斯，我們是結婚了嗎？」她說，搧動睫毛。

他確認了一下文件，皺起眉。「我想我們是兄妹。」

賈斯柏緩緩走過來抹去眼中的睡意。「沒有鬼鬼祟祟喔。」

妮娜臉一沉。「你爲什麼要把我們弄成兄妹啊，布瑞克？」

凱茲完全沒從正在檢視的不知名文件抬起頭。「因爲這樣史貝特比較方便僞造文件，贊尼克。父母名字相同，出生地點一樣，而且還很努力在有限的時間裡努力滿足妳的崇高理念。」

「我們一點也不像。」

「你們兩個都很高。」伊奈許表示。

「我們兩個也都沒長鰓啊，」妮娜說：「這也不代表我們就是親戚。」

「那就幫他塑形。」凱茲冷冷地說。

凱茲眼中的挑釁十分明顯。所以他知道她在苦苦掙扎——他當然知道。沒有任何花招逃得過髒手的眼睛。

「我不想接受塑形。」馬泰亞斯說。她一點也不懷疑他說的是眞是假，不過她也猜想他是在努力安慰她的自尊。

「你會沒事的。」賈斯柏打破僵局。「只要把深情款款的眼神減到最少，努力不要在大庭廣眾下摸來摸去就行了。」她最好是有這麼好運。

「這裡，」馬泰亞斯將她勾引斯密特的任務中用的金色假髮和一疊衣服遞給她。

「這最好是我的尺寸。」妮娜語氣暴躁。她有些想乾脆在墳墓正中央剝光衣服，不過馬泰亞斯可能會因爲這極度不得體的行爲直接暈過去。她抓了盞提燈，大步走進側面一間墓室換衣服。雖然沒有鏡子，但她看得出這衣服過時得嚇人，而對於那一小件針織背心，她實在無言以對。等她從通道冒出來，賈斯柏笑到彎腰，凱茲的眉毛高高挑起，就連伊奈許的嘴唇都在抽動。

「諸聖啊，」妮娜苦澀地說，「到底是有多慘？」

伊奈許清清喉嚨。「妳看起來有點兒……」

「迷人。」馬泰亞斯說。

妮娜正要回嘴說她一點也不感謝他的挖苦，卻見到他臉上的表情。馬泰亞斯的表情活像是某人剛給他一只裝滿小狗狗的籃子。

「妳可以當朗尼斯節初日的少女。」

「什麼是朗尼斯節？」古維問。

「某種祭典，」妮娜回答。「我不記得了，但很確定那好像和吃很多麋鹿有關。走了啦，你這大笨瓜——我現在是你妹妹，別再那樣看我。」

「哪樣看妳？」

「像看冰淇淋一樣看我。」

「我不喜歡冰淇淋。」

「馬泰亞斯，」妮娜說：「我覺得我們不能繼續相處下去了。」但她壓不太下語氣中的滿意。很顯然，她得準備很多件醜針織衣了。

□

他們一離開黑幕島就順著運河往西北去，混進前往市政廳附近早市的船流中。拉夫卡大使館在政府機構區邊疆，嵌在背靠大道的寬闊運河轉彎處。那條大道曾是沼澤，被打算將那裡用來建造大旅館和閱兵場的建商填平、蓋上磚瓦。只是開始建造前他就用光了資金。現在，那裡是座擁擠熱鬧的市集，木輪攤車每天早上出現，並在每晚市警隊巡邏時消失。那裡是難民和訪客、新移民和老流亡者來尋找熟悉面孔和風俗的地方。附近少數咖啡館會供應拉夫卡餃和醃鯡魚，老人坐在戶外桌邊啜著科瓦斯酒，讀著過期好幾週的拉夫卡小報。

妮娜被困在克特丹之初，曾想過到大使館尋求庇護，但她害怕自己會被送回家鄉，也就是她本該服役的第二軍團。她要怎麼解釋呢？說自己在救出被她用假罪名送入監獄的斐優達獵巫人前都不能回拉夫卡？在那之後她就很少來訪小拉夫卡了。走在和家鄉這麼像又這麼不像的街道上，眞的很痛苦。

然而，當她瞥見飛翔在淺藍原野上的金色藍索夫雙鷹，心跳快得像飛躍而起的馬。市場令她想起歐斯科佛，那是在統一前作爲西拉夫卡首都的繁忙小鎭。刺繡披巾、閃閃發亮的茶壺、劈啪火爐上烹煮的新鮮羊肉香、羊毛編織的帽子，以及在清晨陽光中歷經風霜的錫塑像。如果她能忽略屋頂上有山牆的細窄克爾斤建築，就可以假裝自己回到了家。這是個危險的幻象。在這些街道上是不可能安全的。

妮娜和馬泰亞斯行經小販與商人，然而，即使如此思鄉，她心中一小塊引以爲恥的部分卻一陣畏縮，因爲這一切看起來是如此過時。就連堅守著傳統拉夫卡服飾的人們都像另一個時代的遺物，有如從民間故事書頁撈出來的事物。是在克特丹待的這一年讓她變成這樣的嗎？不知怎麼，她看待自己人民和習俗的方式竟被改變了？她不願相信。

等妮娜脫離自己的思緒，發現自己和馬泰亞斯吸引了一些不怎麼友善的視線。身處拉夫卡人中的斐優達人無疑會招來不少偏見。但這感覺不太一樣。接著，她抬起頭看了馬泰亞斯一下，不禁嘆氣。他一臉困惑——而當他困惑，就會看起來很嚇人。此外，他那活像他們先前開離冰之廷的坦克的體格，真是一點忙也幫不上。

「馬泰亞斯，」她小聲地用斐優達語說，推了他手臂一下——她希望這個動作不但友善，還很像手足。「你一定要這樣惡狠狠瞪著每樣東西嗎？」

「我沒有瞪。」

「我們是身在拉夫卡區的斐優達人，已經夠顯眼了，不要再讓任何人覺得你要派兵包圍市場好嗎？我們得在不吸引不必要注意的情況下完成任務。就把自己想像成間諜。」

他的眉頭皺得更深了。「榮譽的士兵不幹這種事。」

「那就假裝你是演員，」結果他發出厭惡的聲音。「你就沒去過劇院嗎？」

「第爾霍姆每季都有戲劇表演。」

「讓我猜猜：連續好幾小時的嚴肅氛圍，述說一些往昔英雄的史詩傳說。」

「那娛樂性其實很高。不過我從沒看過哪個演員知道怎麼把劍握對。」

妮娜從鼻子噴出一聲笑。

「怎樣？」馬泰亞斯茫然地說。

「沒怎樣，真的沒怎樣。」她會再找時間教育馬泰亞斯什麼叫諷刺……又或者還是不要好了。他傻乎乎搞不清楚狀況的樣子好笑太多了。

「那些是什麼?」馬泰亞斯問道,比著小販的一條毯子,裡頭裝滿整整齊齊一排排像是棍子和碎石片的東西。

「是骨頭,」她說:「手指、關節、脊椎、手腕的碎骨。是諸聖的骨頭,用來護身。」

馬泰亞斯往後彈。「拉夫卡人隨身攜帶人骨?」

「你還對樹講話呢。這是迷信。」

「這些眞的是來自諸聖身上的嗎?」

她聳聳肩。「那是從墓園和戰場上篩出的骨頭,這在拉夫卡很多。如果人們想相信自己帶的是聖艾德蒙的手肘或聖阿利娜的小腳趾——」

「話說又是誰決定阿利娜・史塔科夫是聖人的?」馬泰亞斯乖戾地說。「她是個強大的格里沙,可這不是同一件事。」

「你就這麼確定?」妮娜感到火氣上升。她自己覺得拉夫卡的習俗太落後是一回事,馬泰亞斯出言質疑是另一回事。「我親眼看過冰之廷,馬泰亞斯。把那裡當成是神親手打造,而非懷有你同胞不了解的天賦的格里沙打造,是不是比較容易?」

「那完全不一樣。」

「阿利娜・史塔科夫殉難的時候和我們同年紀。她只是個女孩,卻爲了拯救拉夫卡自我犧牲、毀滅了影淵。在你的國家也有人把她當成聖人敬拜。」

馬泰亞斯皺眉。「那違背——」

「如果你要說自然，我就要讓你長出巨大的齙牙。」

「妳眞的能這麼做嗎？」

「要試試當然可以。」她這樣並不公平。拉夫卡對她而言是家鄉，對馬泰亞斯仍是敵國。他也許已找到接納她的方式，但要他接納一整個國家與其文化，得花費更多更多工夫。「也許我應該自己來的。你可以去船那裡等著。」

他僵住。「絕對不行。妳根本不知道會有什麼在等著，蜀邯人可能已抓住妳的朋友了。」

妮娜不願去想這件事。「那你就得冷靜下來，努力友善一點。」

馬泰亞斯甩開手臂、放鬆五官。

「友善，不是想睡覺。你只要……假裝碰到的每個人都是不可以嚇跑的小貓咪就好。」

馬泰亞斯肯定覺得被侮辱了。「動物都愛我。」

「很棒。那就假裝他們是小娃娃。如果你不親切一點就會尿濕褲子的害羞小娃娃。」

「非常好，我會努力。」

他們靠近下一個小攤時，顧攤的一個老女人用懷疑的眼神抬頭看著馬泰亞斯，妮娜鼓勵地對他點點頭。

馬泰亞斯綻開一個大大的微笑，用唱歌似的語調轟然開口：「嗨！這位朋友！」

那個女人從警戒變成困惑。妮娜決定認爲這仍算有點進展。

「妳今天過得好嗎？」馬泰亞斯問。

「你說什麼？」女人說。

「沒有沒有，」妮娜用拉夫卡語說：「他是在說拉夫卡女人上了年紀依舊美麗。」

女人露出一個有著大牙縫的笑容，用彷彿在評價什麼似的眼神上上下下將馬泰亞斯打量一遍。「我一向喜歡斐優達人。妳問他想不想玩公主和野蠻人。」她咯咯笑著說。

「她說什麼？」馬泰亞斯問。

妮娜一陣咳嗽，抓住了他的手臂，帶他走開。「她說你是個很好的年輕人，也說了些斐優達的好話。噢！你看！是薄餅！我超級久沒吃到正統薄餅了。」

「她用的那個字，*babink*，」他說，「妳以前也那樣叫過我。那是什麼意思？」

妮娜將注意力轉向一疊和紙一樣薄、塗上奶油的煎餅。「是小甜心。」

「妮娜。」

「野蠻人。」

「我只是問一下，沒必要罵人。」

「不是，*babink*的意思是野蠻人。」馬泰亞斯瞬間回瞪那個老女人，惡狠狠的眼神重回眼中。妮娜抓住他手臂，簡直像緊抓住一大塊圓石。「我發誓她不是在侮辱你！」

「野蠻人還不是侮辱？」他拉高了分貝。

「不是——嗯，算是——但在這個對話裡不是。她想知道你想不想玩公主和野蠻人。」

「那是遊戲嗎？」

「不太算是。」

「那到底是什麼？」

妮娜不敢相信自己竟然在解釋這個。他們一面繼續在街上走，她一面說：「在拉夫卡有一系列很受大家歡迎的故事，是在說，呃，一個英勇的斐優達戰士——」

「真的嗎？」馬泰亞斯問：「他是主角？」

「某種程度啦。他綁架了一個拉夫卡公主——」

「這種事永遠不會發生。」

「在故事裡就會。然後——」她清清喉嚨。「在他的洞穴裡……他們花了很久時間互相了解。」

「他住在洞穴裡？」

「一個非常棒的洞穴。有毛皮啊，和鑲珠寶的杯子、蜂蜜酒。」

「啊，」他讚許地說：「像是偉大的安斯嘉一樣的藏寶處，然後他們變成盟友是不是？」

妮娜從另一個小攤拿起一雙刺繡手套。「你喜歡這個嗎？也許我們可以逼凱茲戴些有小花的，改善一下他的裝扮。」

「故事結局怎麼樣？他們有去戰鬥嗎？」

妮娜挫敗得把手套丟回那堆東西裡。「他們是在身體上互相了解。」

馬泰亞斯下巴掉了下來。「在洞穴裡？」

「你看嘛，他既凶惡又強壯，」妮娜快速說下去：「但他和拉夫卡公主陷入愛河，公主教化他——」

「她教化他？」

「對，但那要到第三本書。」

「竟然有三本？」

「馬泰亞斯，你要稍微坐一下嗎？」

「這整個文化都太噁心了，竟然認爲拉夫卡人能教化斐優達人——」

「馬泰亞斯，冷靜。」

「搞不好我可以寫個故事，講貪得無厭的拉夫卡人愛喝醉酒，然後脫掉衣服，對不幸的斐優達人做出不合禮節、超出友誼關係的事。」

「這聽起來就超歡樂，」馬泰亞斯搖搖頭，但她見到笑意扯動他的嘴唇，決定趁勢追加。「我們可以來玩啊。」她小聲地說，音量剛剛好，除了兩人沒人能聽到。

「我們絕對、一定、死也不能玩。」

「有一段野蠻人幫她洗澡。」

馬泰亞斯腳步踉蹌一下。「他爲什麼要——」

「她被綁起來了，所以他非這麼做不可。」

「安靜。」

「現在就在發號施令了啊，你還眞的很野蠻呢。又或者我們可以混搭一下：我當野蠻人，你當公主。但你就得多發出點歎息、顫抖，外加咬嘴唇。」

「我咬妳嘴唇怎麼樣？」

「看來你抓到訣竅了喔，赫佛。」

「妳是想讓我分心。」

「我是啊，而且很有用。你差不多有兩個街區沒狂瞪人了。喔，看，我們到了。」

「然後呢？」馬泰亞斯問，掃視著人群。

他們抵達了一個看起來有些搖搖欲墜的酒館。有個人和帶輪的手推車一起站在正前方，賣些常見的塑像和以全新形象描繪的聖阿利娜雕像——阿利娜一拳舉起，一手拿步槍，靴下是粉身碎骨的有翼鷹人屍體，雕像底部的刻字寫著*Rebe dva Volkshiya*。意爲人民之女。

「要幫忙嗎？」那人用拉夫卡語說。

「祝年輕的尼可萊國王萬壽無疆。」妮娜以拉夫卡語回答。

「祝他高枕無憂。」男人回答。

「祝他鐵拳無敵。」妮娜說，完成暗語。

小販回頭瞥了一眼。「進去後坐在左邊第二張桌子，如果想要，就點個東西。很快會有人去找妳。」

經過廣場上的明亮之後，酒館更顯陰冷黑暗，妮娜得狂眨眼才能看清內部。地板上散落著鋸木屑，人們就著幾張小桌上一杯杯科瓦斯酒和一盤盤鯡魚說著話。

妮娜和馬泰亞斯在空桌坐下。

酒館門砰一聲在身後關上，其他顧客立刻從桌邊退開，椅子在地上敲得喀啦響，槍指著妮娜和馬泰亞斯。是陷阱。

妮娜和馬泰亞斯完全沒停下思考，直接一躍而起，轉成背貼著背，準備作戰——馬泰亞斯舉起手槍，妮娜則舉起雙手。

從酒館後方，一名戴著帽兜的女孩出現，領子立起，遮住了大部分的臉。「安靜投降，」她說，金色雙眼在昏暗光芒中閃爍。「沒有必要動手。」

「那還拔什麼槍？」妮娜問，意圖拖延時間。

女孩舉起一手，妮娜感到自己的心跳開始變慢。

「她是破心者！」妮娜高喊。

馬泰亞斯從口袋抽出某個東西，妮娜聽見啵的一聲，接著是聲嘎，一會兒後，空氣中瀰漫開暗紅色薄霧。韋蘭幫馬泰亞斯做了煙幕彈嗎？模糊格里沙破心者的視線是獵巫人手法。在薄霧的掩護下，妮娜伸展手指，期望那股力量能予以回應。然而她從兩人身旁的軀體上什麼也感受不到。沒有生命，沒有動靜。

但她從意識邊緣感覺到了一些別的，一種截然不同的領悟，像是深沉湖中一塊冷流，似乎喚醒了細胞中令人振奮而驚愕的感受。好熟悉——和他們綁架阿麗斯那晚擊倒守衛的感覺很像，但這更加強大。這股力量有著形貌、質地。她任憑自己栽入那片冷冽，盲目且貪婪地去撈找那股覺醒，接著一個弓臂向前，與其說是技巧，其實更像本能。

酒館窗戶向內垮碎，潑撒出一陣玻璃雨，骨頭碎片射穿空氣，霰彈似地飛散在全副武裝的眾人身上。**小販推車上的遺骨**。妮娜瞬間領悟。她不知怎麼控制了那些骨頭。

「他們有增援！」其中一人喊道。

「開火！」

妮娜做好接受子彈衝擊的準備，下一秒卻感到自己被拔起離地。上一刻還站在酒館地上，下一刻背就狠狠撞上屋頂橫梁，遠遠注視底下的鋸木屑。周身那些攻擊她的人和馬泰亞斯都掛在上方，同樣被釘在天花板上。

一名年輕女子站在通往廚房的門口，黑髮在昏暗光線中幾乎閃耀著藍色。

「柔雅？」當妮娜低頭望，不禁發出驚呼，努力想喘過氣。

柔雅穿著寶藍色絲衣的身影走入光中，她的領口和邊緣密密繡上銀色渦紋，睫毛濃密的雙眼睜大。「妮娜？」柔雅的注意力一動搖，他們便全在半空中往下落了近一呎，直到她高舉雙手，他們又撞在橫梁上。

柔雅不可思議地注視著妮娜。「妳還活著，」她說，眼神飄向馬泰亞斯。他正像隻被釘在紙上的憤怒巨型蝴蝶那樣不斷掙動。「而且還交了個新朋友。」

14 韋蘭

打從六個月前試圖離開這城市，韋蘭就沒上過這種尺寸的船。此時此刻，要不想到那場災難眞的很難，尤其與他父親有關的念頭在腦中仍如此鮮明。但是，這艘船和那晚他想搭的船非常不一樣。這艘船一天跑兩次市場線，回程會滿載蔬菜、牲畜，以及任何農夫想帶到散落於城市各處市集廣場的物品。小時候，他曾以爲所有東西都來自克特丹。但他很快就學到，雖然這座城市幾乎應有盡有，卻沒有多少是在當地製造。這座城市是有那些異國事物——芒果、火龍果、小又芬芳的鳳梨——但都來自南方殖民地。而更日常的飲食則依靠環繞城市的農場。

賈斯柏和韋蘭上了一艘出境船，船上擠滿剛從克爾斥港口離開的移民，以及想找農場工作而非這裡提供的製造業勞工。很不幸，他們上船的地方太南，所有座位都已坐滿。因此賈斯柏臉臭到不行。

「我們爲什麼不能搭貝蘭德線？」賈斯柏不過一小時前才抱怨過。「那條線會經過歐蘭黛爾，市場線的船很髒，而且永遠沒位子坐。」

「因爲你們兩個在貝蘭德線會太過顯眼。在克特丹你們是沒什麼好看的——假設賈斯柏別穿他那些鮮艷格紋的話。但你倒是幫我解釋一下，蜀邯人和贊米人在鄉間四處晃，除了做農活兒還會做什麼。」

韋蘭沒考慮過帶著這張新臉孔在城市外會有多引人注意。但他因凱茲沒要他們走貝蘭德線而悄悄鬆一口氣。的確，那可能會舒服點，但在他終於能到母親墓前的這天，再加上這些回憶會太沉重。

「賈斯柏，」凱茲說：「把你的武器藏好、眼睛放亮。范艾克一定派了人監視所有主要交通樞紐，而我們沒有時間幫韋蘭偽造身分。我會從王家造船廠的船塢弄到腐蝕物，你的第一優先就是找到採石場，弄到製作金酸要用的其他礦物。有時間才去聖赫德——真有時間的話。」

韋蘭感到自己抬起了下巴，壓不下那股即將爆發的執拗。「我一定要去。我從沒去過母親的墳墓，沒先道別我絕不離開克爾斥。」

「相信我，她沒你那麼在意。」

「你怎麼能說這種話？你對你的父親母親一點印象都沒有了嗎？」

「我的母親是克特丹，她在港口將我生下；我的父親是利益，我日日榮耀他。夜色降臨之前回來，否則就別回來了，你們兩個都是。對我有用的是人手，不是多愁善感的可憐蟲。」凱茲遞給韋蘭旅費。「一定要由你買票，我可不想讓賈斯柏偷偷晃去轉一把瑪卡賭輪。」

「老調重彈了啦。」賈斯柏小聲地說。

「那就學新調。」

賈斯柏只是搖搖頭，但韋蘭看得出凱茲的酸言酸語依舊刺人。而今，韋蘭注視著賈斯柏往後靠著扶手，閉著眼，側影轉向微弱的春日太陽。

「你不覺得我們應該更小心嗎？」韋蘭問，臉埋在外套領子裡。上船時他們才千驚萬險躲過兩名市警隊隊員。

「我們已經離開城市了，放輕鬆。」

韋蘭回頭瞥了一眼。「我以爲他們會搜船。」

賈斯柏睜開一眼。「然後延誤到交通？范艾克已經給港口造成麻煩了，如果他還妨礙到船，會引起暴動的。」

「爲什麼？」

「你看看周圍。農場要勞工、工廠要工人。爲了一名富人的兒子，克爾斥對於不便的容忍只有這麼一丁點兒，尤其在面前還有錢要賺的時候。」

韋蘭努力讓自己放輕鬆，將凱茲幫他弄來的粗紡外套的釦子解開。「是說他究竟從哪裡弄來這些衣服啊制服的？凱茲是不是在哪裡有個超大的衣櫃？」

「過來。」

韋蘭懷著警惕稍微靠近，賈斯柏伸手去抓他的領子，翻過來扯開，讓韋蘭一轉過頭正好見到別在那裡的一條藍色緞帶。

「演員都是這樣給自己的服裝做記號的，」賈斯柏說：「這件衣服的主人是……喬瑟・奇克。噢，他還不差，我在《狂人搶新娘》那部戲看過他。」

「戲服？」

賈斯柏把領子翻回去，做這動作時手指擦過韋蘭的頸背。「沒錯。凱茲一年前在史達萊歌劇院的更衣間開了個祕密入口，可以從那裡拿到一堆必需品，還能儲藏其他東西。這也代表他永遠不會在臨檢時被抓到握有假的市警隊制服或家僕制服。」

韋蘭想，這也很合理。他看著陽光在水面閃爍，看了一陣子，然後專注地看著欄杆，說：「謝謝你今天陪我一起來。」

「凱茲不會讓你自己去的。此外，我欠你；你陪我一起去大學見我爸，他太好奇的時候你也出手介入。」

「我不喜歡說謊。」

賈斯柏轉過身，手肘撐著欄杆，眼神望向從運河傾斜而下、野草茂密的河岸。「那你爲什麼要這麼做？」

韋蘭其實不太曉得自己為何編出引誘賈斯柏參與問題投資的瘋狂故事。他張開嘴時甚至不確定自己到底要說什麼，他只是無法看著賈斯柏——那個總是微笑又自信的賈斯柏——臉上出現失落的神情。又或者他無法承受寇姆．菲伊等待自己兒子說出答案時，眼中混雜希望與恐懼的可怕情緒。那會讓韋蘭清晰想起父親還相信他能被治好或矯正時，看著他的眼神。他不希望賈斯柏父親眼中的神情從擔憂變成痛苦，再轉成憤怒。

韋蘭聳肩。「我把拯救你變成習慣，當作一種運動。」

賈斯柏發出粗聲大笑，韋蘭擔心會引來注意，又驚慌得回頭打量。

但賈斯柏的開心並不持久。他在欄杆上移動了下，手抹著頸子後方，玩弄著帽子邊緣。他總是靜不下來，有如一座倚靠無形能量運行的細長時鐘。只不過時鐘更單純些。對於賈斯柏腦中在想什麼，韋蘭只能用猜的。

最後，賈斯柏說：「我今天應該要去看他。」

韋蘭知道他講的是寇姆。「那你為什麼沒去？」

「我完全不知道該對他講什麼。」

「就不能說眞相嗎？」

「不如說我寧可避免這件事。」

韋蘭又回去注視水面。最初他認爲賈斯柏無畏無懼，但也許，所謂勇敢不代表什麼都不怕。

「你不能永遠逃避。」

「要來賭嗎？」

面前又經過另一座農舍，在清晨霧中不過是一塊小小的白色，百合和鬱金香彷彿四散的星座，點綴在面前的原野。也許賈斯柏能繼續逃下去——假使凱茲能不斷變出奇蹟，也許賈斯柏能一直超前心中的惡魔一步。

「眞希望我有帶花給她，」韋蘭說：「或別的什麼都好。」

「我們可以在路上摘一些，」賈斯柏說。韋蘭知道他想換話題，就像是伸出雙手抓住浮木。

「你對她印象很清楚嗎？」

韋蘭搖搖頭。「我記得她的鬈髮是最最美麗的紅金色。」

「和你的一樣，」賈斯柏說：「之前啦。」

韋蘭不知爲何感到一陣臉紅。賈斯柏不過是在陳述事實罷了。

他清清喉嚨。「她喜歡藝術和音樂。我想，我記得和她一起坐在鋼琴長椅上……不過那也可能是保母。」韋蘭提起肩膀。「某天她突然病了，然後去了鄉下，好讓肺能好起來，接下來她就走了。」

「葬禮呢？」

「我父親告訴我她埋在醫院，就這樣。我們就只是不再談她了。他說沉溺過去不會有好處……我不曉得。我想他是真的愛她吧。他們成天吵架，有時和我有關。但我也有印象他們在一起笑得很開心的樣子。」

「我實在有點難想像你父親大笑，就連微笑都很難。除非他兩隻手搓呀搓地對著一堆金子呵呵笑。」

「他並不邪惡。」

「他想殺了你。」

「不對，他毀了我們的船，殺我只是附帶的。」當然，這不完全是真相。想贏過心中惡魔的人不只是賈斯柏。

「噢，我想你說得非常對，」賈斯柏說：「一點也不邪惡。我知道，他不讓你去向母親致上哀悼一定有很好的理由。」

韋蘭扯了扯從外套袖子散開的線頭。「這不全是他的錯。我父親大多時間好像都很悲傷、疏離。那差不多也是他發現我……與他期望不同的時候。」

「那時你幾歲？」

「應該八歲？我那時真的隱藏得很好。」

「怎麼藏？」

又一次，韋蘭唇邊出現輕描淡寫的一抹微笑。「他會讀書給我聽，或者我會找個奶媽讀給我聽，然後我就把他們說的一切記下來。我甚至知道什麼時候該暫停並翻下一頁。」

「你能記多少？」

「很多。有點像歌曲，我把字句譜成音樂記在腦裡。我有時候還是會這麼做。我只要說看不懂某人的字跡，讓他們大聲把字唸出來，再把它譜成旋律，就可以一直記在腦中到要使用時。」

「你該不會能把這技巧用在算牌上吧？」

「搞不好。但我不想。」

「浪費天賦。」

「你沒資格說我。」

賈斯柏臉一臭。「我們來看風景。」

其實現在沒有什麼可看的。韋蘭突然間察覺到自己有多累。他不習慣這種充滿恐懼的生活，從一個瞬間的心驚膽戰，再前往下一個。

他想過要告訴賈斯柏這一切是怎麼開始的。假使將這個羞恥的故事全數攤在陽光下，他會鬆一口氣嗎？也許吧。但有部分的他想要賈斯柏和其他人繼續相信，他離開父親的家是打算在巴瑞爾定下來，是他自己主動選了這種生活。

韋蘭越長大，楊．范艾克就說得越清楚：他家中沒有他兒子的位置。尤其在他和阿麗斯結婚後。但他似乎並不知道該怎麼處理韋蘭，於是開始宣揚他對兒子的評語，一個比一個更惡毒。

因爲你不能閱讀，所以無法送你去學校。

我不能讓你到別的地方當學徒，因爲你可能會被人發現有障礙。

你就像太快腐壞的食物，甚至連把你存放在某處的架子、避免散發臭味，都沒辦法。

然後，六個月前，韋蘭的父親把他召到辦公室。「我在貝蘭德的音樂學校給你弄了個職位，也雇了一個私人祕書，他會在學校和你碰面，負責所有郵件，或者任何超出你能力範圍的工作。這種安排不管在金錢或時間上都是可笑的浪費，但只要有地方適合你，我就不得不接受。」

「要多久？」韋蘭問。

他的父親聳聳肩。「直到大家忘記我有個兒子吧——噢，少用那種受傷的表情看我，韋蘭，我是誠實，不是殘忍，這對我們都好，省得你得努力擔下成爲商人之子這種不可能的任務，我則不必親眼看你拚命嘗試，心中覺得丟臉。」

我對待你的方式，並不比這世界更嚴苛。這是他父親一再重複的老調。還會有誰對他這麼坦白？還會有誰這麼愛他、願意告訴他眞相？韋蘭曾有過父親讀故事給他聽的快樂記憶，他還記得——充滿巫婆的森林和會說話的河流的黑暗寓言。楊．范艾克已盡力照顧兒子，如果他失敗了，那麼這個缺陷就由韋蘭一人承擔。他父親聽起來可能有些殘酷，但他保護的不只是自己或范艾克帝國，也是在保護韋蘭。

而他說的一切都很合情合理。韋蘭會非常容易遭到詐騙，所以不能把財產交在他手上；韋蘭不能上大學，因為他會成為嘲弄的對象。**這對我們都好**。他父親的怒意的確令人不快，但韋蘭揮之不去的卻是他的邏輯——無論何時，當他想嘗試什麼新東西，或者再試著閱讀，那令人無法反駁的務實聲音總會在韋蘭腦中響起。

被送走是很受傷，但韋蘭依舊抱持希望。在貝蘭德生活聽來彷彿有著魔力。他對那裡知道得不多，只曉得那是克爾斥第二古老的城市，位於夢鈴河沿岸。不過，這麼一來他就會離父親的朋友和生意伙伴很遠很遠。范艾克是個再普通不過的姓氏，而在距克特丹那麼遠的地方，姓范艾克就不會代表你是「那個」范艾克。

父親交給他一只彌封起來的信封，以及一小疊克魯格當旅費。「這是你的就職文件，還有足夠的錢讓你能到貝蘭德。你一到那裡，就讓祕書去找大學財務主管。我用你的名字開了一個帳戶，也安排了監護人和你一起坐船過去。」

韋蘭感到羞辱，臉頰血氣上衝。「我自己到得了貝蘭德。」

「你從來沒有一個人去過克特丹以外的地方，這也不是嘗試的好時機。米格森和派爾要去幫我照顧在貝蘭德的生意，他們會陪你到哪裡，確保你安頓下來。瞭解了嗎？」

韋蘭瞭解了。他甚至無法自己登上離開城市的船。

但在貝蘭德，一切會不一樣。他打包了一小行李箱的換洗衣物，以及在行李抵達學校前可能要用的一些東西，另外還有他最喜歡的幾張樂譜。如果他能像讀譜一樣讀信，就不會出問題了。父親不再讀書給他聽時，音樂給予他新的故事，一種能從他手指底下展開的故事。他能用彈出的每個音符寫出自己的心情。韋蘭將長笛塞進背包中，以防想在旅程中練習一下。

他與阿麗斯的道別短暫且尷尬。她是個好女孩，但最大的問題就在這兒——她只比韋蘭大了幾歲。他眞不曉得父親怎麼有辦法和她一起上街，卻不感到可恥。不過阿麗斯似乎不在意。也許是因爲在她身旁，他的父親變成了韋蘭孩提記憶時的模樣——善良、慷慨、有耐性。

即使現在，韋蘭都說不出他父親確切在什麼時刻放棄了自己。這改變是緩慢的。楊・范艾克的耐性安靜無聲地耗損殆盡，有如粗鐵上的鍍金。而當它全部耗光，他的父親就彷彿變成另一個人，一個光采減少許多的人。

「我想來道別，祝妳順心。」韋蘭對阿麗斯說。她正坐在起居室裡，養的獵犬在腳邊打盹。

「你要離開嗎？」她從手上的針線活兒抬起頭，注意到他的包包。阿麗斯正在縫窗簾邊。克爾斤的女人——就算是有錢的——也不會覺得刺繡或針織瑣碎無聊，格森神更喜愛能對家庭帶來益處的事務。

「我會去貝蘭德的一所音樂學校。」

「噢，太棒了！」阿麗斯喊著。「我眞想念鄉下，可以聞到新鮮空氣，你一定會很開心的，而且一定能交到很棒的朋友。」

她放下針線，親了他兩邊臉頰。「放假的時候會回來嗎？」

「也許會吧。」韋蘭說，雖然他知道自己不會。他的父親要他消失，所以他會消失。

「那我們會做薑餅，」阿麗斯說：「你要把所有冒險都告訴我們，然後我們很快就會有可以一起玩的新朋友了。」她露出快樂的笑容，拍拍自己肚皮。

韋蘭花了一會兒才理解她是什麼意思，然後他就這麼站在那裡，緊抓著行李箱點頭，在阿麗斯談論他們的假日計畫時僵硬地微笑。阿麗斯懷孕了。就是因爲這樣，父親才把他送走。楊・范艾克要有另一個繼承人了，一個更合適的繼承人。韋蘭變得多餘。他會從這座城市消失，去占其他地方的空間。時間會逐漸流逝，當阿麗斯的孩子被養育成范艾克帝國的領導者，再也不會有人動一下眉毛。直到大家忘記我有個兒子。那不是什麼無憑無據的侮辱。

米格森和派爾在八點鐘響時抵達，陪韋蘭上船，沒人來做最後道別。當他經過父親辦公室，門是關起來的。韋蘭不願去敲門，像阿麗斯的獵犬乞求零食那樣懇求著一絲疼愛。

父親的人穿了商人喜歡的黑色裝束，在走去碼頭的路上，沒和韋蘭說什麼話。他們買了貝蘭德線的票。一上船，米格森就把頭埋進報紙，同時派爾在位子上往後靠，帽子前斜，眼皮沒有完全閉緊。韋蘭無法確定那人是在睡覺，還是像某種昏昏欲睡的蜥蜴一樣盯著他。

這時間船上沒什麼人。乘客在悶熱的船艙中打盹兒，或吃著打包的晚餐，火腿卷和裝在隔熱瓶中的咖啡分別放在大腿兩側。

因為睡不著，韋蘭離開溫暖船艙，走到船頭。冬天空氣很冷，聞起來像城市外緣地區的屠宰場，使得韋蘭胃裡翻湧。但不要多久，燈光就會消逝，他們會來到開闊的鄉間。沒在白天旅行讓他覺得可惜，如果能望著風車持續照看原野、羊隻在牧草地上吃草，一定很棒。韋蘭嘆了口氣，在外套中顫抖著，調整了一下背包帶子。他應該試著休息一下，說不定能早點起床、見到日出。

韋蘭回來時，派爾和米格森站到了他身後。

「抱歉，」韋蘭說：「我——」然而，派爾卻用雙手緊緊勒住他脖子。

韋蘭倒抽一口氣——或說他嘗試這麼做，只勉勉強強發出了嘎的一聲。韋蘭撓抓派爾的手腕，但是那人的手勁剛硬如鐵，毫無放鬆壓迫。派爾的塊頭之大，將韋蘭推到欄杆上時，韋蘭感到自己稍微被提了起來。

派爾臉上毫無表情，幾乎可說一臉無趣。而韋蘭立刻領悟：他永遠不會抵達貝蘭德的學校；他從來沒有要去。也沒有祕書，沒有用他名字開的戶頭，沒人會迎接他的到來。口袋中所謂的就職文件上頭可能什麼都沒寫。韋蘭甚至懶得去讀。自己就要消失了，就如父親所期望，而他雇用這些人來完成任務。那個在夜晚讀書讓他入睡的父親，在他患肺炎時給他帶蜂巢蜜木槿茶的父親。**直到大家忘記我有個兒子**。他的父親要將他從帳本上抹去，像算錯的結果，像筆可刪去的花費。這筆紀錄將獲得改正。

黑點填滿韋蘭的視線，他覺得自己聽到了音樂。

「那邊的！在做什麼？」

那個聲音似乎從很遠的地方傳來。派爾的手稍微鬆開了些，韋蘭的腳趾碰到船的甲板。

「沒做什麼，」米格森說，轉向那名陌生人。「只是抓到這傢伙在翻其他乘客的行李。」

韋蘭發出被勒住的聲音。

「我該……那我該去叫市警隊嗎？船艙裡有兩個警員。」

「我們已經通知船長了，」米格森說，「我們會在下一站把他送去市警隊派駐處。」

「還好有你們這些人隨時提高警戒。」那人轉身要走。

船突然稍微傾斜一下。韋蘭才不要傻等著接下來的發展。他使盡全身力量，狠狠往派爾一推——然後，趁著還沒失去勇氣，他翻過船側，躍入深暗無光的運河。

他擠出體內的每一分速度拚命游泳。他仍然頭暈，喉嚨極度疼痛。但訝異的是，他聽見了另一個嘩啦聲，領悟到其中一人隨他跳下水。如果韋蘭活蹦亂跳地出現在別的地方，米格森和派爾大概就拿不到錢了。

他改變划水方式，盡可能不發出聲音，逼著自己拚命思考。他沒有順從凍僵的身軀所渴望前往的運河一側，而是鑽到旁邊的市集駁船底下，再從另一邊冒出來，隨著那艘船游，利用船當掩護。背包沉甸甸的重量直拖著他的雙肩，但他實在無法放下。**我的東西**，他荒謬地想著，**我的長笛**。他沒有停，甚至當呼吸變得斷續、四肢開始失去知覺，也沒有停。他強迫自己持續往前，盡全力拉開自己和父親雇來的惡棍之間的距離。

然而，最後韋蘭開始沒力了。他知道，與其說是在游泳，其實根本是亂打水。如果他沒辦法抵達岸邊，就會溺死。他朝著橋的影子划水前進，拖著自己離開運河，然後縮成一團，全身濕透，在冰一般的寒冷中顫抖。每吞嚥一下，瘀青的喉嚨就刮痛一次；凡是聽見嘩啦聲，他就恐懼那是派爾要來完成未完的任務。

他得想出某種計畫，但要形成完整的想法實在困難。他檢查褲子口袋，父親給的克魯格依舊好好地收在那兒，雖然鈔票都濕透，拿來花仍沒什麼問題。但韋蘭該何去何從？他的錢甚至不夠離開城市，而如果父親派人來找，輕而易舉就能追蹤到他。他得去某個安全的地方，一個父親絕對沒想過要找的地方。他的四肢彷彿灌了鉛一樣沉重，寒冷被疲倦取代。他很怕，如果閉起眼睛就再也沒有張開的意志力。

到最後，他就只是邁開步伐。韋蘭茫然地在城市中往北方去，遠離屠宰場，經過一個較少生意人居住的安靜住宅區，再繼續走。街道變得更歪曲、更狹窄，直到房屋似乎從四面八方壓下。儘管時間已晚，每扇窗戶和店面卻亮著燈，樂聲從破破爛爛的咖啡店溢出，然後，他瞥見小巷中那些貼在一起的身軀。

「誰把你泡到河裡了啊小鬼？」門廊上缺了一牙的老人說。

「我也把他拿去好好泡一泡！」女人靠在樓梯上用刺耳的聲音說。

他在巴瑞爾。韋蘭這輩子都住在克特丹，不過從沒來過這裡。他不被允許來這兒，也從不想來。他父親說這裡是「邪惡且瀆神的骯髒巢穴」和「城市之恥」。韋蘭知道這裡是塞滿黑暗街道和隱藏通路的區域，讓當地人能穿上戲服、做些不得體的事，並像潮水一樣來來去去。這是個完美的消失地點。

本來是這樣的——直到他父親第一封信到來的那日。

□

韋蘭嚇了一跳——後來才發現是賈斯柏在扯他袖子。「小商人，我們要在這站下船，打起精神。」

韋蘭急忙跟在他身後。他們上岸，到了歐蘭黛爾空盪的碼頭，走上堤岸，前往仍昏昏欲睡的小村道路。

賈斯柏四處打量。「這地方讓我想到家鄉。原野一路延伸到視線最遠的地方，除了幾聲蜜蜂嗡嗡打破寂靜，沒別的聲音，還有新鮮空氣——」他抖了抖。「好噁。」

他們一邊走，賈斯柏一邊幫他從路旁採些野花。等終於來到主要大街，他已摘了一小束頗爲可觀的花。

「我想我們得找一下去採石場的路？」賈斯柏說。

韋蘭咳了咳。「不用，雜貨店就行了。」

「但你對凱茲說那些礦物——」

「每種顏料和瓷釉那裡都有。我只是想確保有去歐蘭黛爾的理由。」

「韋蘭・范艾克，你對凱茲・布瑞克撒謊！」賈斯柏一手抓住他胸口。「而且沒被戳破！你有沒有在開課？」

韋蘭很開心，開心得莫名其妙——直到想到凱茲可能會發現——接著就覺得有點像是初嚐白蘭地、最後卻把晚餐吐得自己鞋子都是的感覺。

他們在主要大街半途就找到一家雜貨店，只一眨眼就買到要的東西。出去時，有個正在給馬車上貨的人向他們揮手。「你們兩個在找工作嗎？」他疑心地問。「你們看上去不像在田裡幹了一整天活兒。」

「別嚇到喔，」賈斯柏說：「我們簽了約，要去聖赫德那兒做點事。」

韋蘭緊張地等著，但那人只是點了點頭。「你們要去醫院修東西？」

「對啊。」賈斯柏自在地說。

「你這位朋友不太說話。」

「蜀邯人嘛。」賈斯柏聳個肩。

老人發出某種哼聲，表示同意，並說：「上來，我要去採石場，可以帶你們到門口。那花是做什麼的？」

「他在聖赫德有個小情人。」

「還小情人呢。」

「問我的話，他對女人的品味實在很糟。」

韋蘭認眞思考要把賈斯柏推下馬車。

泥土路兩旁看起來像是大麥和小麥田。這一大塊廣闊土地零星點綴了穀倉和風車。馬車持續快速前進……**似乎太快了**。當他們在某個深深的凹坑顚了一下，韋蘭不禁想，一面嘶了口氣。

「下雨，」農夫說，「還沒有人來鋪沙。」

「沒有關係，」馬車被地上一塊草皮絆到，又一下簡直搖散骨頭的震盪，賈斯柏縮了縮。「其實脾臟被震碎我也沒關係啦。」

農夫笑出來。「那還眞不錯！動一動對肝好！」

韋蘭抱著身側，仍希望他有把賈斯柏推下馬車——並且隨之跳下去。所幸一哩後，馬車便在兩根標出墓園長路的石柱前慢下。

「我最遠只能到這裡，」農夫說：「那不是我這車能進去的地方，太多苦難了。有時如果風向對，你還能聽到他們大笑和尖叫。」

賈斯柏和韋蘭交換個眼神。

「你是說這裡鬧鬼？」賈斯柏說。

「我覺得是。」

他們道了謝，感激涕零能下到地上。「等你們這裡結束，往前再走幾哩，」車夫說，「我還有兩畝地要耕作，一天五克魯格，你們還可以睡在穀倉，不用在外面睡草地。」

「感覺很棒，」賈斯柏揮揮手，但他們一轉過身朝教堂走去，他就嘀咕著：「回去我們用走的。我覺得我肋骨挫傷了。」

當車子走得看不見影子，兩人便抖去身上的外套和帽子，露出凱茲建議他們穿在底下的黑衣，把換下的衣服塞在一棵樹的殘株後面。「對他們說你是康尼利斯・斯密特派來的，」凱茲說：「就說你想確認范艾克先生的墳墓有受到完善的維護。」

「為什麼？」韋蘭問。

「因為如果你說自己是楊・范艾克的兒子，沒人會相信你。」

路旁列種了白楊，他們登上山丘頂時，一座建築物映入眼簾：白石造的三層樓建築，正面一道優雅的低矮階梯通向拱型前門，車道整整齊齊鋪著鵝卵石，兩側圍繞矮矮的紫杉樹籬。

「看起來不像教堂。」賈斯柏說。

「也許以前是修道院或學校？」韋蘭表示。他聽著鵝卵石在鞋子下發出喀啦聲。「賈斯柏，你對你母親還記得多少？」

韋蘭看過賈斯柏各種不同的微笑，但是，此時此刻他臉上展開的笑容前所未見。慢慢緩緩，彷彿確定自己勝券在握。他只說：「是她教我怎麼射擊的。」

韋蘭有一百個問題想問，但越是接近教堂，他似乎就越無法捕捉、抓牢那個想法。他在建築物左側看見一座被剛盛開的紫藤花覆蓋的涼亭，紫色花朵的甜香在春日空氣中顯得濃厚。教堂草坪稍微過去一點的右邊，他看見一座墓園，被鍛鐵柵門和籬笆圍起，正中央有著座高聳的石像——一名女子。韋蘭猜想那大概是聖赫德。

「那一定就是墓園了。」韋蘭說，把花抓得更緊。**我在這裡做什麼？**那個問題又來了，而突然之間，他不知道了。凱茲說得沒錯。這麼做很蠢，是感情用事。看到上面有他媽媽名字的墓碑有什麼用？他甚至讀不懂。可是他們都遠道而來了。

「賈斯柏——」他開口，但在這時，一個身穿灰色工作服、推著載滿土的手推車的女人繞過轉角。

「*Goed morgen*，」她對他們喊道。「有什麼事情嗎？」

「真是個美好的早晨，」賈斯柏從善如流。「我們是康尼利斯．斯密特辦公室來的。」

她皺了皺眉，韋蘭補充：「奉高貴的議員楊．范艾克之意。」

女子顯然沒注意到他語中的顫抖，因爲她眉頭舒展開，露出了微笑。她的臉頰渾圓紅潤。

「啊，當然。但我得坦承很驚訝。范艾克先生對我們非常慷慨，但我們很少有他的消息。沒什麼問題吧？」

「完全沒有！」韋蘭說。

「只是有個新政策，」賈斯柏說：「大家有更多工作要做。」

「不總是這樣的嗎？」那女人再次微笑。「你還帶了花來？」

韋蘭低頭看著花束。這東西好像比他原先以爲的更小、更散亂了。「我們……嗯對。」

她往那件剪裁不佳的工作服上抹了抹手。「我帶你去她那邊。」

但她沒有朝墓園方向轉身，而是直接回頭往入口去。賈斯柏聳聳肩，他們跟上。一路走下低矮的石頭階梯時，某種冷意爬上韋蘭的後背。

「賈斯柏，」他低聲說：「窗戶上有欄杆。」

「躁鬱的僧侶？」賈斯柏表示，臉上卻沒有笑容。

前方起居室挑高兩層樓，地面鋪著乾淨白磁磚，繪製了精緻的藍色鬱金香，看起來與韋蘭見過的任何教堂都不一樣。房中的靜謐如此深沉，幾乎令人窒息。一張巨大桌子放在角落，上面擺了一只花瓶，以及韋蘭在外頭看到的紫藤。他深吸一口氣。那股氣味令人安心。

女人打開一個大櫃子的鎖，篩選了一會兒，拿出一本厚厚的檔案。

「找到了，瑪萊雅．漢卓克斯。如你所見，這裡的一切都井然有序。在我們把她打理乾淨時你可以到處看看，下次如果事先通知要來，就可以不用久等。」

韋蘭突然覺得一滴冰冷汗水爆出，勉強點了個頭。

女人從櫃中拿出一串沉重的鑰匙，打開離開起居室的其中一扇淡藍色門。韋蘭聽見她在另一側的鎖中轉動鑰匙，在桌上放下野花；花莖似乎斷了。他把花抓太緊了。

「這是什麼地方？」韋蘭說：「他們說把她打理乾淨是什麼意思？」他的心跳著瘋狂節奏，有如節奏設定錯了的節拍器。

賈斯柏翻閱著檔案，雙眼快速掃過內頁。

韋蘭越過他的肩膀，卻感到自己被一股絕望而窒息的驚慌攫住。紙上的字句都只是無意義的塗鴉，如昆蟲腳般一團亂七八糟的黑色。他拚命想呼吸。「賈斯柏，拜託你，」他懇求道，聲音薄尖而纖細。「讀給我聽。」

「啊，對不起，」賈斯柏急忙說：「我忘記了。我……」韋蘭無法解讀賈斯柏臉上的表情——悲傷？困惑？「韋蘭，我想你的母親還活著。」

「那是不可能的。」

「你父親把她送進精神病院。」

韋蘭搖頭。那不可能。「她生病了，肺部感染——」

「他說她患了歇斯底里、偏執和被害妄想症。」

「她不可能還活著。他——他再婚了。阿麗斯怎麼辦？」

「我想他應該是讓你母親被診斷爲精神失常，用那個當理由離婚。這裡不是教堂，韋蘭，這裡是精神病院。」

聖赫德。他的父親每年捐錢給他們——但不是慈善捐獻，而是爲了把她藏在這裡，爲了封他們的嘴。整個房間好像突然開始旋轉。

賈斯柏把韋蘭拉到桌後方的椅子，壓著他的肩胛骨讓他往前傾。「把頭低到膝蓋中間，專心看地板。呼吸。」

韋蘭逼自己吸氣、吐氣，盯著方方白磁磚上的美麗藍色鬱金香。「把剩下的內容告訴我。」

「你得冷靜下來，不然他們就會發現不對勁。」

「把剩下的內容告訴我。」

賈斯柏吐出一大口氣，繼續翻過檔案。「這個王八蛋，」一會兒後，他說：「檔案裡有權利移轉書，是副本。」

韋蘭眼睛繼續盯著磁磚地面。「什麼？那是什麼？」

賈斯柏讀道：「此文件受到格森神全權監督，遵守人與人之間正直之交易，受克爾斥法庭與其商會約束，聲明將瑪萊雅．漢卓克斯所有財產、地產、合法股分轉移給楊．范艾克。在瑪萊雅．漢卓克斯能再次行使自身能力之前，由其代管。」

「轉移所有財產。」韋蘭重複。**我在這裡做什麼？我在這裡做什麼？她在這裡做什麼？**

鑰匙在淺藍門的鎖中轉動。那個女人……是護士——韋蘭頓悟——又從容地回到這裡，順了順工作服的圍裙。

「我們準備好了，」她說：「她今天相當溫順。你還好嗎？」

「我朋友有點兒頭暈，在斯密特先生辦公室待那麼久，曬不了那麼多太陽。是不是可以麻煩妳拿杯水呢？」

「當然可以！」護士說：「噢，你看起來的確有些累壞了。」

她按照同樣一套流程打開又鎖上，再次消失在門後。**她是要確保病患不會跑出去。**

賈斯柏蹲在韋蘭前方，雙手放在他肩膀。

「小韋，聽我說，你得振作起來。可以嗎？我們可以先走，我可以告訴她你不想會面了，或者我就自己進去。我們可以想辦法之後再回——」

韋蘭顫抖著用鼻子深深吸了一口氣。他推測不出究竟發生了什麼事，理解不了這件事牽涉多廣。那麼一次做一件事就好。這是某個家教努力想讓他別被書本弄得慌了手腳時教的技巧。沒有用，特別是在父親居高臨下注視他的時候。但在別的領域，這招能派上用場。**一次一件事。站起來。**他站起來了。**你沒事的。**「我沒事。」他說：「我們不走。」這點他非常確定。

當護士回來，他接下那杯水，謝過她後喝下。接著他和賈斯柏就隨她穿過淺藍色門。他還沒有辦法去拿散在桌上那些已枯萎的野花。**一次一件事。**

他們走過上鎖的門，那裡像某種運動空間。他聽到某處傳來呻吟。在寬廣的起居室中，兩個女人在玩很像騎士紙牌的遊戲。

我母親死了。她已經死了。但他心中一點也不信，再也不信了。

終於，護士帶著他們到了一道有整面玻璃的門廊，這裡位於建築西側，能夠捕捉落日散發的所有暖意。一整面牆全由窗戶組成，透過窗戶，醫院草坪的大片綠意與遠處的墓園清晰可見。這房間很漂亮，磁磚地一塵不染。有張畫布靠在窗旁一個畫架上，上頭有剛開始打草稿的風景。韋蘭腦中想起一個記憶：他的母親在錢之街房屋後面的花園，站在畫架旁邊；亞麻仁油的氣味；空玻璃杯中乾淨的筆刷；她以思索的眼神評估著船屋和再過去的運河的線稿。

「她會畫圖。」韋蘭語氣呆板。

「隨時隨地，」護士愉快回答：「我們瑪萊雅是了不起的畫家。」

有個女人坐在輪椅上點著頭，彷彿正努力抵抗睡意，她瘦削的雙肩上堆疊一張張毯子，她的臉上生了皺紋，頭髮是褪了的琥珀色，處處夾雜灰髮。**我頭髮的顏色，**韋蘭突然領悟，**如果被陽光曬到褪色的話。**他大大鬆了一口氣。這個女人太老了，不可能是他母親。但接著她抬起下巴、睜開雙眼——清澈而純淨的榛果色澤，並未改變、力道不減。

「漢卓克斯小姐，妳有訪客。」

他母親的嘴唇動了動，可是韋蘭聽不見她說什麼。

她用銳利的雙眼看著他們，接著表情出現猶豫。當她臉上的神情不再確定，就變成了不解和質疑。「我……認識你們嗎？」

韋蘭喉嚨一陣痛。**妳會認識我嗎？**他不禁想，**如果我看起來仍像妳的兒子？**他努力搖個頭。

「我們……我們很久以前見過，」他說：「我還只是小孩的時候。」

她發出哼哼聲，朝外看向草坪。

韋蘭無助地轉向賈斯柏。他還沒準備好。他母親是早就埋在地下的屍體；塵歸塵，土歸土。

賈斯柏溫柔地帶他上前，來到瑪萊雅的椅子前。「動身走回去前，我們有一個小時，」他平靜地說：「和她說說話。」

「說什麼?」

「記得你對凱茲說的嗎?我們不知道接下來會發生什麼事。現在就只剩這個了。」然後他起身,走到正在把顏料收拾乾淨的護士身旁。「小姐,我……真的很不好意思,我好像漏了問妳的名字。」

護士微笑,圓臉紅潤,像糖煮的蘋果。「貝佳。」

「迷人的名字,配上迷人的女孩。斯密特先生要我來這裡時看一下所有設施,能否請妳快速帶我看一遍呢?」

她猶豫了,視線飄向韋蘭。

「我們沒問題的。」韋蘭勉強擠出聲音,聽在自己耳中太大聲又太熱情了。「我就把一些例行問題問一遍,這都是新政策的內容。」

護士對著賈斯柏眨了一下眼。「那好,我想我們可以快速看一圈。」

韋蘭細細注視他的母親,思緒有如一堆彈錯的刺耳和弦。他們把她的頭髮剪短了。他試圖想像她年輕一點的模樣,穿著商人妻子那種精緻羊毛黑袍,白色蕾絲在領口處收攏,鬈髮濃密,色澤鮮明,由女僕梳理成辮,盤成鸚鵡螺的形狀。

「嗨。」他勉強說道。

「你是爲了我的錢來的嗎？我沒有錢。」

「我也沒有。」韋蘭虛弱地說。

她很陌生，一點也不熟悉，但那副傾著頭的姿勢中有些什麼——她坐著的模樣、背脊打直的方式。就像坐在鋼琴前面。

「妳喜歡音樂嗎？」他問。

她點頭。「喜歡，但這裡不多。」

他從衣服裡拿出長笛。旅途的大半天中，這東西都像某種祕密那樣塞在胸前，如今還因他的體溫熱呼呼。韋蘭本打算像個白痴一樣在她墓旁演奏的。不曉得凱茲會怎麼笑他。

最初前幾個音符有些不穩，但接下來他就控制好了呼吸。他找到了旋律，一首簡單的曲子，最初學的幾首歌。有一會兒，她似乎努力想記起是在哪裡聽過，但最後她只是閉上眼睛聽。

等他吹完，她說：「吹一些開心的。」

於是他吹開利小舞曲，接著是克爾斥海上水手歌，但那比較適合錫口笛。他吹出腦中想到的每一首曲子，可是都不悲切，也不憂傷。她沒說話，雖然時不時他會見她隨著音樂點點腳趾，嘴唇像知道歌詞那樣動著。

最後，他把笛子放在大腿上。「妳在這裡多久了？」

她不說話。

他往前靠，在那雙沒有情緒的榛果眼中尋找某種答案。「他們對妳做了什麼？」她溫柔地一手捧住他臉頰，手掌感覺冷冷、乾乾的。「他們對你做了什麼？」他猜不出她這是有所感，或只是重複他的話。

流進喉嚨的淚水讓韋蘭感到一陣痛苦的壓迫，拚命想吞下。

門砰地打開，「嘿，來這趟還開心嗎？」護士進來時說。

韋蘭匆匆忙忙把長笛塞回衣服。「非常開心，」他說：「每件事物似乎都井然有序。」

「你們兩個做這種工作好像有點太年輕了。」她對賈斯柏露出了酒窩。

「我也可以這麼對妳說，」他回答，「但妳也知道，新來的就是擺脫不了最底層的工作。」

「你們很快會再回來嗎？」

賈斯柏眨眨眼。「天知道，」他對韋蘭眨眨眼。「我們還得趕船呢。」

「漢卓克斯小姐，說再見呀！」護士鼓勵道。

瑪萊雅動了動嘴唇，這一回，韋蘭離得很近，聽見了她低喃的話。**范艾克**。

□

走出醫院的路上，護士不斷和賈斯柏閒聊。韋蘭走在他們後面。他很心痛。父親對她做了什麼？她真的瘋了嗎？又或者，他只是賄賂對的人這樣說？他給她下藥了嗎？護士含糊又飛速地說話時，賈斯柏回頭瞥著韋蘭，灰色雙眼滿是擔憂。

他們快到淺藍色門那裡時，護士說：「你們想看她的畫嗎？」

韋蘭煞住腳步。點頭。

「我想那一定很有意思。」賈斯柏說。

女人帶著他們回到剛來的路，打開一扇門——那很顯然是更衣室。

韋蘭感到膝蓋一軟，得抓著牆才能站穩。護士沒發現——她一直講、一直講。「顏料當然很貴，但那好像讓她非常快樂。這只是最近的一批。大概每六個月我們就得把它們丟到垃圾堆。實在沒地方放。」

韋蘭想尖叫。更衣室裡塞滿了畫——風景、醫院不同角度的景色，陽光與陰影之中的一座湖，以及一再重複出現的——是名有著微紅鬈髮和燦亮藍眼的小男孩臉龐。

他一定是發出了某種聲音，因爲護士朝他轉頭。「噢，親愛的，」她對賈斯柏說，「你的朋友又變得好蒼白，要不要給他點酒？」

「不、不，」賈斯柏伸出一臂攬著韋蘭。「但我們眞的得走了，這次探訪眞是太有意義了。」

韋蘭不記得自己走下紫杉樹籬車道，或拿回藏在主要道路旁樹木殘株後的外套和帽子。

他能說出話前，回碼頭的路已經走了一半。「她知道他對她做了什麼，她知道他沒有權利拿走她的錢、她的人生。」他說了，**范艾克**。她不是瑪萊雅·漢卓克斯，她是瑪萊雅·范艾克，被剝奪名字與財產的妻子、母親。「還記得我說他並不邪惡嗎？」

韋蘭的雙腿一軟，直接在路正中央重重坐了下去。他根本無力在意這種事，因爲眼淚掉下來了，而且停不了。在斷續又難堪的啜泣中，淚水一陣陣落在胸前。他痛恨讓賈斯柏看到自己哭，可是他實在沒辦法；對於眼淚，對於這一切。他把臉埋進臂彎，蓋住頭，彷彿只要這分意志夠強，就能讓自己消失。

他感到賈斯柏捏捏他手臂。

「沒關係的。」賈斯柏說。

「不，這有關係。」

「你說得沒錯，的確有。這爛透了，我眞的很想把你父親吊在光禿禿的草原上讓禿鷹啃。」

韋蘭搖頭。「你不懂，這是因爲我，是我造成的。他想要一個新的妻子，一個繼承人——眞正的繼承人，不是連自己的名字都拼不太出來的白痴。」母親被送走時他八歲。他根本不必猜，因爲父親就是在那時放棄他的。

「嘿，」賈斯柏搖了他一下。「嘿，你父親發現你不能讀字時分明有那麼多選擇。他該死地可以說你瞎了，或者說你有視力問題，或者更好：他本來可以因爲有個天才兒子而超級開心。」

「我不是天才。」

「在很多事情上你的確很蠢，韋蘭，但你本人不蠢。如果再讓我聽到你說自己是白痴，我就要告訴馬泰亞斯你想親妮娜——還伸舌頭！」

韋蘭用袖子擦擦鼻子。「他才不會相信。」

「那我就告訴妮娜你想親馬泰亞斯——而且伸舌頭。」他嘆口氣。「我說韋蘭，一般人才不會把自己的老婆關在瘋人院的高牆後面，也不會因爲孩子不如期望就剝奪他的繼承權。你覺得我爸會想要我這種亂七八糟的小孩嗎？不是你造成的，會發生這種事，是因爲你父親是個穿著高檔衣服的瘋子。」

韋蘭用掌根壓著腫起的雙眼。「那些都是眞話，可是也都沒讓我覺得好一點。」

賈斯柏稍微搖一下他一邊肩膀。「那這個怎麼樣？——凱茲會毀掉你父親該死的人生。」

韋蘭正要說這也一樣沒幫助，卻遲疑了。凱茲．布瑞克是韋蘭有生以來碰過最殘忍、最復仇心切的怪物——而他誓言毀滅楊．范艾克。那個想法有如一盆冷水，淋上了他長久以來那股羞恥紅燙的無助感。沒有什麼能還這件事一個清白，永遠不會。但凱茲可以將他父親的人生抹黑。韋蘭將會變得富有。他可以把母親從這地方帶走，他們可以去某個溫暖的地方。他可以讓她坐在鋼琴前面，讓她彈奏；他能帶她去充滿明亮色彩和優美聲音的地方。可以去諾維贊，可以去任何地方。韋蘭抬起頭，抹掉眼淚。「事實上，這有讓我覺得好很多。」

賈斯柏咧嘴一笑。「我就知道。但如果我們沒趕上回克特丹的船，什麼天理昭彰的報應都得不到。」

韋蘭起身，突然深深渴望回到城市，讓凱茲的計畫活起來。他去冰之廷是心不甘情不願，幫凱茲幫得非常勉強。因爲經歷這一切後，他曾相信自己的確該受父親藐視。現在他可以承認，在某個地方，某個埋藏起來的地方，他曾期望能找出方法，再次獲得父親寵愛。好吧，他的父親可以把這分愛留著，在凱茲．布瑞克收拾完他後，看看他因此獲得了什麼。

「走吧，」他說：「我們去偷我爸的錢。」

「那不是你的錢嗎？」

「好吧，那就去把我的錢偷回來。」

他們邁開步跑起來。「天理昭彰的報應！我喜歡！」賈斯柏說：「動一動對肝好！」

15 馬泰亞斯

人群聚集在酒館外頭，被玻璃破掉和騷動聲吸引過來。柔雅不怎麼溫柔地將妮娜和馬泰亞斯放到地面，兩人迅速被趕到酒館後方，遭一小部分武裝人員包圍，其餘還在酒館裡的人則負責編出理由，解釋爲什麼會有一堆骨頭飛過市場砸碎建築物的窗戶。馬泰亞斯甚至不確定自己理解發生了什麼事。是妮娜控制這些假的聖人遺骨嗎？或者完全是另一回事？他們又爲什麼被攻擊？

馬泰亞斯以爲他們會從某條小巷冒出來，卻往下走了好幾段極度古老的階梯，來到一條潮濕的隧道。是老運河。當他們爬上一艘在黑暗中無聲前進的船，馬泰亞斯恍然大悟。這地方雖然都鋪設好了，水卻沒有完全引入。他們走的是大使館前方寬廣大道底下的路。

一會兒後，柔雅帶他們上了一道狹窄的鐵梯，進入天花板低到馬泰亞斯得彎腰的空曠房室。妮娜用拉夫卡語對柔雅說了些什麼，再翻譯柔雅的回覆給馬泰亞斯聽。「這是半室，大使館建造的時候，他們在原來樓層上方四呎處建造了一個假樓層，這樣就能融入地基，幾乎不可能知道下方還有個房間。」

「這和管線層差不到哪裡去。」

「的確，但克特丹的建築物沒有地下室，所以不會有人想到要搜下面。」

在本該中立的城市，這種預防措施似乎有點極端。但也許拉夫卡人被迫不得不採取極端手段保護他們的人民。因爲我這種人，馬泰亞斯曾是獵人、殺手，並因自己善盡職責而驕傲。

過了一下子，他們碰到一群在牆邊聚成一團的人。如果馬泰亞斯沒有迷失方向的話，那應該是東牆吧。

「我們在大使館花園下面。」妮娜說。

他點點頭。如果不想冒著從大使館地板傳出聲音的風險，要藏一群人最安全的地方就是這裡。他們大約十五人，各種年齡膚色都有。除了一臉警戒，似乎沒有什麼共通點。但馬泰亞斯知道，他們一定都是格里沙。這些人不必妮娜警告就知道要尋求庇護。

「這麼少？」馬泰亞斯說。妮娜本來預測城市中有將近三十個格里沙。

「也許其他人自己想辦法逃出去了，或只是低調行事。」

又或者已經被抓了。如果妮娜不願說出那個可能性，那他也不會說。

柔雅帶他們穿過一條拱道，前往其他區域——馬泰亞斯終於能站直，因此鬆了一口氣。以這個空間呈圓形判斷，他猜他們是在某種假水池或花園某個無用怪裝飾下方。當柔雅其中一名武裝手下拿出一副鐐銬，他剛剛的放鬆馬上煙消雲散。柔雅甚至直接指著馬泰亞斯。

妮娜立刻擋在他前方，開始和柔雅低聲卻憤怒地爭執。

馬泰亞斯很清楚自己在和什麼人物交手。柔雅．納夏蘭斯基是拉夫卡最強大的女巫之一。她是傳奇風術士，先以士兵身分侍奉闇之手，接著是太陽召喚者，也成爲尼可萊國王的格里沙三巨頭之一，登上至高無上的地位。現在他親自感受了她的力量，完全不訝異她爲何能迅速崛起。

她們爭執全是用拉夫卡語，馬泰亞斯連一個字都聽不懂。但柔雅語氣中的不屑非常明顯，對著馬泰亞斯和腳鐐猛戳狂指的手勢亦同。如果暴風女巫想把他關起來，他絕對做好了萬全準備放聲咆哮，就讓她放手一試，看看結果如何。此時，妮娜舉起雙手。

「夠了，」她用克爾斥語說：「馬泰亞斯得自由，我們要用大家都懂的語言繼續這場對話。他有權知道發生什麼事。」

柔雅瞇起眼睛，從馬泰亞斯看到妮娜，然後用口音很重的克爾斥語說：「妮娜．贊尼克，妳仍是第二軍團的士兵，我也還是妳的指揮官。妳這是直接違抗命令。」

「那麼妳也得把我鍊起來。」

「別以爲我沒想過。」

「妮娜！」這聲喊叫來自一個紅髮女孩，她出現在這回音繚繞的空間中。

「娟雅！」妮娜激動吶喊。但馬泰亞斯不必誰來介紹就知道這個女人是誰。她臉上蓋滿疤痕，戴了一副繡了放射光芒的金色太陽的紅色絲眼罩。娟雅．沙芬——赫赫有名的塑形者，妮娜之前的導師，三巨頭另一個成員。馬泰亞斯看著她們擁抱時一陣反胃。他本以爲會見到一群默默無名的格里沙，克特丹的難民，發現自己孤立無援、身陷危險，也就是像妮娜這樣的人，不是拉夫卡最高階的格里沙。他全身上下的直覺都在呼喊著戰鬥，或盡快離開此處，而不是像個去見愛人父母的求婚者那樣站在這裡。然而，這些人是妮娜的朋友和老師。腦中有個聲音說，**她們是敵人**，而他不太確定那到底是布魯姆指揮官的聲音，或是自己的。

娟雅退後一步，將妮娜的幾綹金色假髮從臉上撥開，好將她看得更清楚。「妮娜，這怎麼可能呢？柔雅上次看到妳的時候——」

「正在亂發脾氣，」柔雅說：「像頭任性的駝鹿，什麼防備都沒有、氣沖沖地走出營地。」

令馬泰亞斯驚訝的是，妮娜竟然像個挨罵的小孩一樣縮了一下。他應該從沒見過她這麼窘迫的模樣。

「我們以爲妳死了。」娟雅說。

「她看起來半死。」

「她看起來很好。」

「妳消失了，」柔雅啐了一口。「當我們聽說附近有斐優達人，想到了最糟的狀況。」

「最糟的狀況眞的發生了，」妮娜說：「接著還發生了更多狀況。」她握住馬泰亞斯一手。「但現在我們人在這裡。」

柔雅火大地瞪著他們交握的手，交扠雙臂。「我懂了。」

娟雅揚起一邊赭色的眉毛。「噢，如果最糟的狀況指的是他——」

「妳在這裡做什麼？」柔雅強硬地問：「妳和妳這……斐優達小跟班想要離開克特丹嗎？」

「如果就是呢？妳爲什麼埋伏我們？」

「整座城市都有格里沙遭到攻擊。我們不知道你們是誰，或者是不是和蜀邯串通，只知道妳和小販用了暗號。我們現在都會在酒館安排士兵。只要有人想找格里沙，都等同潛在威脅。」

基於馬泰亞斯看到那些新增的蜀邯士兵，他們這麼警戒是正確的。

「我們是來提供幫助。」妮娜說。

「哪種幫助？妳根本不曉得在這裡作亂的是什麼力量，妮娜，蜀邯發明了一種藥——」

「約韃煉粉。」

「妳知道煉粉的什麼事？」

妮娜捏捏馬泰亞斯的手，深呼吸一口氣。「我看過那東西怎麼使用。我……親自體驗過。」

娟雅琥珀色的獨眼睜大。「噢，妮娜，不會吧。」

「她當然會，」柔雅說：「妳老是這樣！把麻煩當作泡熱水澡一樣整個人泡進去。妳是因爲這樣才把自己搞得像放到第二天的稀粥嗎？妮娜，妳怎麼能去冒這種風險？」

「我看起來才不像稀粥。」妮娜抗議，但臉上同樣又出現那心虛表情。馬泰亞斯無法忍受。

「她是爲了救我們才這麼做的，」他說：「她明明知道可能會害自己陷入悲慘境地——甚至會死，卻還是做了。」

「不懂瞻前顧後。」柔雅表示。

「柔雅，」娟雅說：「我們不知道是什麼情況——」

「我們知道她幾乎失蹤一年，」她像控訴什麼似地對妮娜舉起一根手指。「現在她突然冒出來，身邊跟著斐優達人——一個身材像士兵、使用獵巫人戰鬥技巧的人。」柔雅將手伸進口袋，拿出一把骨頭。「她用這些攻擊我們的士兵——用骨頭碎片。娟雅，妳聽過誰能做出這種事？」

娟雅盯著那些骨頭，再盯著妮娜。「這是眞的嗎？」

妮娜癟著嘴巴。「可能吧？」

「可能吧，」柔雅說，「然而妳告訴我，我們應該就這麼相信她？」

娟雅看起來稍微不那麼確定，可是仍說：「我是要告訴妳，我們應該先聽她說。」

「那好，」柔雅說：「我豎起耳朵、做好準備等著。妮娜．贊尼克，妳說來聽聽。」

馬泰亞斯非常瞭解這種感覺：面對你崇拜的導師，感到自己再一次變成緊張的學生，拚了命想取悅對方。他轉向妮娜，用斐優達語說了些話。「別受她們威嚇，妳不是以前那個女孩了；妳不是受人指揮的士兵。」

「那爲什麼我好想找個角落躲起來哭？」

「這地方是圓的，沒有角落。」

「馬泰亞斯——」

「不要忘記我們經歷的一切；不要忘記我們來這裡的原因。」

「剛剛不是說了都要講克爾斥語嗎？」柔雅說。

妮娜又捏了馬泰亞斯的手一下，轉回頭。「我被獵巫人抓住，馬泰亞斯幫我逃走；馬泰亞斯被克爾斥人抓住，換我幫他逃走；我被亞爾．布魯姆抓住，馬泰亞斯幫我逃走。」他們竟然這麼容易被人抓住，馬泰亞斯對此不太自在。

「亞爾．布魯姆？」柔雅驚恐地說。

妮娜嘆氣。「這一年來有很多波折，我發誓會把一切解釋給妳聽，而如果妳認爲我就該被裝袋丟進索科河，那我會盡量不要哭得太大聲。但是，今晚我們來這裡是因爲我看見鐵翼兵在西埠進行攻擊，我想在蜀邯人找到這些格里沙之前把他們弄出城。」

柔雅只比妮娜矮幾吋，不過她一開口，仍有辦法用鼻孔睥睨他人。「妳能怎麼幫？」

「我們有船。」嚴格說來，這還不算實話。但馬泰亞斯不打算糾正。

柔雅心不在焉地揮動一手。「我們也有船，卡在距離海岸幾哩的地方。港口被克爾斥和浪汐工會封鎖。沒有出示商會成員許可的外國船隻都不能進出。」

所以凱茲說的沒錯。范艾克正在使用他對政府的每一分影響力，確保凱茲無法將古維帶出克特丹。

「當然，」妮娜說：「但我們的船是克爾斥的商會成員的。」

柔雅和娟雅交換一個眼神。

「好，贊尼克，」柔雅說：「我有興趣聽了。」

□

妮娜把一些細節告訴柔雅和娟雅，雖然馬泰亞斯也發現她沒提到古維，極爲巧妙地避開任何關於冰之廷的內容。

當她們上樓去討論計策，妮娜和馬泰亞斯被留下，兩名武裝守衛站在水池房間的入口。

馬泰亞斯小聲地用斐優達語說：「如果拉夫卡的間諜夠格，妳朋友很快就會發現劫走古維的就是我們。」

「不要說悄悄話。」妮娜也用斐優達語回答，不過語氣自然。「這只會讓守衛心生懷疑，而且我最後還是會告訴柔雅和娟雅一切。可是，你不要忘了我們之前有多麼想殺死古維，至少在他安全踏上拉夫卡的土地前，我不確定柔雅是否也會饒他一條命。在船停靠在歐斯科佛之前她都不必知道船上有誰。」

安全踏上拉夫卡的土地。那些字句沉沉躺在馬泰亞斯腹底。他恨不得快點將妮娜弄出城市，然而，前往拉夫卡一事對他來說一點也不安全。

妮娜一定感覺到了他的不自在，因為她說：「拉夫卡對古維來說是最安全的地方。他需要我們保護。」

「柔雅・納夏蘭斯基的保護到底是什麼樣子？」

「她眞的沒有那麼壞，」馬泰亞斯對她投去質疑的眼神。「事實上她糟透了。但她和娟雅在內戰看過很多死亡。我不認爲她們會想要流更多的血。」

馬泰亞斯希望此話不假，但就算不假，他也不確定有什麼差別。「妳還記得對我說過什麼嗎，妮娜？妳說希望尼可萊國王派兵北進，夷平路上的所有東西。」

「我那時候很氣——」

「妳生氣很合理，我們都是。問題就在這裡。布魯姆——獵巫人不會停手。他們把毀滅你們的族類當成神聖任務。」從前這也是他的任務，而今，他依舊能感到那股不信任與將他拉往恨意的力量。他爲此詛咒著自己。

「那我們就想辦法改變他們的想法——他們所有人。」她打量了他一陣子。「你今天用了煙霧彈。是你讓韋蘭做的嗎？」

「對。」他承認。

「爲什麼？」

他早知道她不會喜歡。「我不確定煉粉會怎麼影響妳的能力。如果我得讓妳不用那個藥，就得在不會傷害妳的狀況下和妳對戰。」

「而你帶在身上，因爲怕今天會出狀況？」

「對。」

「和格里沙發生狀況？」

他點點頭，等她出言責備，但她只是看著他，一臉若有所思。妮娜拉近了距離，馬泰亞斯不太自在地瞥了守衛後背一眼。從門口能看見他們。「別理他們，」她說：「你爲什麼還不親我，馬泰亞斯？」

「現在不是——」

「是因爲我的身分嗎？是因爲你還怕我嗎？」

「不是。」

她暫停下來，而他看著她困難地說出想說的話。「是因爲我在船上的舉止嗎？就是那天晚上我……我想叫你幫我弄到剩下的煉粉做的事？」

「妳怎能那樣想？」

「你每次都說我不知羞恥，我想……我想，我是眞的覺得有點羞恥吧。」她顫抖一下。「感覺好像穿了件不合身的外套。」

「妮娜，我對妳許下誓言。」

「但是——」

「妳的敵人就是我的敵人，而無論面對何種仇敵，我都會和妳站在一起——包括這該死的藥。」

她搖著頭，好像覺得他在胡說八道。「我不要你爲了誓言和我在一起，或者覺得非保護我不可，或者認爲自己欠我什麼愚蠢的血債。」

「妮娜——」他開口，然後又停下。「妮娜，我和妳站在一起是因爲妳容許我這樣，再也沒有比和妳站在一起更高的榮譽。」

「榮譽，責任。我懂的。」

他能忍受她的脾氣，但是接受不了她的失望。馬泰亞斯唯一懂的語言就是戰爭，對於這個，他啞然無語。「遇見妳眞是一場災難。」

她揚起一邊眉毛。「謝謝你喔。」

喬爾神，他眞不會處理這種場面。他結結巴巴繼續說，努力讓她理解。「但我每天都感謝著這場災難。我需要一場巨變，將我趕出原來的人生。妳像地震，像土石流。」

「我——」她的手往臀部一扠。「是一朵嬌弱的花好嗎。」

「妳不是花，妳像森林中所有的花在同時間綻放；妳像潮汐，像在我心中奔騰的萬馬，妳永遠令我驚艷。」

「那你喜歡哪一個？」她的眼神熾烈，聲音中有著微乎其微的一絲顫抖。「穿著高領、循規蹈矩的斐優達女孩，或者只要衝動想做些有趣的事就趕緊跳進冰水裡的女孩？」

「我不是這個意思！」

她悄悄更靠近他一些，他的眼神又一次飄到守衛那兒。守衛雖然轉過身，但馬泰亞斯知道不管他和妮娜用什麼語言說話，他們一定在聽。「你到底在怕什麼？」她出言挑釁。「馬泰亞斯，別看他們，看我。」

他看了。不看才是最難。他好愛看她身穿斐優達服飾。小小件的羊毛背心，長長裙襬的裙子。她的綠眼明亮，臉頰粉嫩，雙唇微張。想像以下畫面再容易不過——他像個懺悔者一樣跪在她面前，雙手順著她小腿白色的弧線往上滑，將裙子推得更高，經過膝蓋，來到大腿溫暖的肌膚。而最糟的部分是他深深明白她感覺起來會有多美好。他體內的每個細胞都記得，在捕鯨人營地第一晚她光裸的身體壓上來的感覺。「我……我不想要任何人，除了爲妳驚艷，其他什麼我都不想要。」

「但你就是不想親我？」

他慢慢吸一口氣，努力將思緒恢復秩序。這全都錯了。

「在斐優達——」他開口。

「我們不在斐優達。」

他一定要讓她理解。「在斐優達，」馬泰亞斯不屈不撓。「我會先詢問妳父母的同意才能和妳一起出去。」

「我從還小的時候就沒見過父母了。」

「我們會有監護人陪著。我們獨處之前，我至少會先和妳的家人吃三次飯。」

「我們現在就在獨處，馬泰亞斯。」

「我會帶禮物給妳。」

妮娜頭歪一側。「繼續說。」

「如果買得起，我會送冬天的玫瑰，爲妳的髮絲送上一把銀梳。」

「我不要這些東西。」

「有甜奶油的蘋果蛋糕。」

「我還以爲獵巫人不吃甜點。」

「甜點只給妳一個人。」他說。

「我有點興趣了。」

「我們的第一個吻會在陽光照射的林中，或村中舞會後的星空下，不會在墳墓，或有守衛守在門口的潮濕地下室。」

「讓我整理一下，」妮娜說：「你不親我的原因是場景不夠浪漫？」

「這和浪漫沒有關係。要有正式的吻、正式的求愛。這些事情有一個標準流程。」

「那正式偷偷來呢？」她漂亮的嘴角彎起。有一瞬間，他怕她會嘲笑自己，但妮娜只是搖搖頭，靠得更近。她的身體距離他僅有一個呼吸，他恨不得能縮短那一絲絲距離，這分渴望簡直逼人發瘋。

「你來我家做什麼正式求愛的第一天，我就會把你逼進食物儲藏室，」她說：「但拜託多告訴我一些斐優達女孩的事。」

「她們說話細聲細語，不會和遇見的任何單身男性調情。」

「我和女人也調情。」

「如果椰棗樹能注意妳，妳也會和它調情。」

「隨時隨地。」

「如果我和植物調情，我和你打賭，它一定會認眞理我。你嫉妒嗎？」

「好高興喔。馬泰亞斯，你在看什麼？」她的嗓音彷彿某種低頻輕擊，震顫過他的全身。

他將眼神釘在天花板，輕聲、柔和地說：「沒什麼。」

「馬泰亞斯，你在祈禱嗎？」

「可能吧。」

「祈禱有自制力？」她的語氣很甜。

「妳眞的是女巫。」

「我不來正式那套，馬泰亞斯。」

「我有發現。」他痛苦、迫切、飢渴地發現了。

「我要很遺憾地告訴你，你也一樣。」

現在他的眼神落到她身上。「我——」

「打從你遇到我，一共打破了多少規矩、多少法律？那不會是最後一次。我們之間的一切都不會多正式。」妮娜側著臉抬起來看他。兩人此時是如此近，彷彿已碰觸到對方。「我們相遇的方式、將過的人生，還有親吻的方式。」

她踮起腳尖，嘴唇輕輕鬆鬆貼上他的。這實在稱不上接吻——只是以嘴唇快速且令人驚訝地一壓。

她還來不及想到要移開，他就抱住了她。馬泰亞斯知道自己可能都做錯了，可是他實在沒空想這種事。因爲她正在他懷中，嘴唇微張，雙手纏繞在他脖子上，而且——親愛的喬爾神啊，她的舌頭伸進了他嘴裡。難怪斐優達人對於求愛如此小心翼翼。如果馬泰亞斯能親吻妮娜，感覺她熟練地用牙齒咬著他的嘴唇，身軀與他完美貼合，聽著她喉嚨深處逸出的小小嘆息，他爲什麼還要費工夫做那些有的沒的？爲什麼要？

「馬泰亞斯。」妮娜喘不過氣地說，然後他們又吻了起來。

她甜美得有如初雨，鮮嫩得就像新生草地。他的手指沿著她後背曲線滑過，摸索著她的身形、她的背脊，與特別豐盈的臀部。

「馬泰亞斯。」她又更堅持了些，並抽身退開。

他睜開眼睛，非常確定自己犯下了嚴重錯誤。妮娜正咬著自己的下唇——現在變得紅腫，且呈粉色。可是她在笑，而且眼睛晶亮。「我做錯什麼了嗎？」

「完全沒有，你這美好的野蠻人，不過——」

柔雅清清喉嚨。「看來你們兩個在等待時找到能打發時間的事情了呢，非常好。」

她一臉純然的厭惡，不過旁邊的娟雅看起來開心得就要爆掉了。

「你應該可以放我下來了？」妮娜表示。

馬泰亞斯突然遭到現實衝擊——守衛那「我什麼都知道」的眼神；柔雅和娟雅正在門口；他帶著壓抑了一年的欲望親吻妮娜．贊尼克，並且把她整個人抱起離地。

他渾身衝上一股窘迫。斐優達人怎麼會做出這種事？馬泰亞斯輕輕地鬆開抓住她那雙絕美大腿的手，讓她落到地上。

「不害臊。」妮娜小聲說，他感到自己臉頰通紅。

柔雅翻了個白眼。「我們竟然在和兩個愛昏頭的青少年做交易。」

馬泰亞斯覺得臉面衝上另一波熱氣，但妮娜只是調整了下假髮，說：「所以你們要接受我們的幫助嗎？」

她們沒花多久就解決了晚上後勤的進行方式。既然妮娜再回酒館可能已不太安全，那麼，等她得到情報，知道應該在哪裡、又該在何時登上范艾克的船，就會送消息到大使館——可能是透過伊奈許。畢竟幻影能夠來去無蹤。難民會盡可能先躲藏起來，娟雅和柔雅再把他們帶到港口。

「做好戰鬥準備，」馬泰亞斯說：「蜀邯人會監視城市的這個區域，他們還不至於魯莽到去攻擊大使館或市集，不過遲早會。」

「我們會準備好的，斐優達人。」柔雅說，而他從她眼神中看見天生指揮官的鋼鐵意志。

他們離開大使館的路上，妮娜發現了參與酒館伏擊的金瞳破心者。她是蜀邯人，有著剃得極短的黑髮，臀部兩邊各配戴一把細瘦的銀色斧頭。妮娜曾對他說這女孩是格里沙難民和外交官中唯一的軀使系格里沙。

「塔瑪？」妮娜試探地說。「如果鐵翼兵來，妳一定不能讓自己被抓。被蜀邯人抓住而且被煉粉控制的破心者絕對會讓天平上的優勢倒向他們。妳想像不到這藥有什麼力量。」

「沒有人能生擒我。」女孩說。她從口袋順出一個淺黃色小藥片，用指頭夾著秀出來。

「毒藥？」

「娟雅獨門製造，立即殞命，我們身上都有，」她遞給妮娜。「收著，以防萬一。我還有。」

「妮娜——」馬泰亞斯說。

但妮娜沒有遲疑。馬泰亞斯還來不及多說一句抗議，她已把藥片收入裙子口袋。

他們走出去，到了政府機構區，一路行進，直到不見市場小攤，並且遠離已經聚集了市警隊的酒館。

馬泰亞斯要自己提高警覺，專心讓兩人安全回到黑幕島。可是他忍不住一直去想那個淺黃色藥片。藥片的畫面使那場夢變得前所未有地清晰。北方的冰，以及失去妮娜，而馬泰亞斯無力救她。她的親吻帶給他的狂放喜悅因此燃燒殆盡。

那場夢始於船上，當妮娜與煉粉的纏鬥來到最痛苦的階段。那晚她陷入狂怒，身體狂顫，衣服被汗整個濕透。

你不是好人！她吼道。你不是好士兵，而且最悲哀的是你根本搞不清楚差別。之後她陷入痛苦，放聲哭泣；因爲飢渴、因懊悔而自我厭惡。對不起。她說，我不是有意的。你知道我不是有意的。一陣子後……如果你願意幫我，她美麗的雙眼盈滿淚水，在燈盞微弱的光線中，那蒼白肌膚彷彿鍍上一層霜。拜託，馬泰亞斯，我好痛苦，幫我。他什麼都願意做，可以拿任何東西交換

她受的折磨，但他發過誓，絕對不會再給她煉粉，他起了誓，不讓她變成那藥的奴隸，而他得履行誓言，無論付出任何代價。

我的愛，我不能，他低聲說，用冷毛巾壓著她的額頭。我不能給妳煉粉，我讓他們把門從外面鎖起來了。

電光火石間，她的臉色一變，眼睛瞇成一條縫。那就他媽的把門拆了，你這沒用的混蛋。不行。

她對他的臉啐了一口。

幾小時後，她安靜下來，氣力放盡，滿懷悲傷但思路清晰。她側臥著，眼皮上有一抹彷彿瘀青的紫色，淺淺地邊喘氣邊呼吸，說：「說說話。」

「說什麼？」

「什麼都好。告訴我雪狼的事。」

她會知道雪狼其實沒什麼好驚訝。那是專門培育和獵巫人一同上戰場的白狼，牠們比普通的狼塊頭更大，雖受訓服從主人，卻從未失去區隔牠們與被馴化遠親的那股狂野且堅定不屈氣質。

回想斐優達和他永遠抛下的人生十分艱難，但他逼自己開口。只要有任何能讓她分心的方法都好。「有時狼的數量會比獵巫人還多，有時是獵巫人超過狼。狼會自己決定什麼時候交配，飼養的人不太干涉。他們對這件事相當固執己見。」

妮娜微笑，又因疼痛縮了一下。「繼續。」她柔聲說。

「有個家族代代飼育雪狼，他們住在遙遠的北方，靠近史坦雷克——石環陣。每當新生一窩幼崽，我們步行和乘雪橇前往那裡，每個獵巫人會選一隻小狼。從那一刻起，你們就是彼此的責任。要並肩作戰，睡在同一塊毛皮上，你得到的配給就是狼的配給。他不是你的寵物，他和你一樣也是戰士，他是你的兄弟。」

妮娜顫抖，馬泰亞斯感到因羞愧而生的自我厭惡。在與格里沙對抗的戰場上，雪狼能平衡獵巫人原有的劣勢，受訓幫助他、撕裂攻擊他的人的喉嚨。破心者的力量似乎對動物不起作用。像妮娜這樣的格里沙面對雪狼的攻擊，實際上可說束手無策。

「萬一狼出了什麼事呢？」妮娜問。

「獵巫人可以新訓練一匹狼，但那會是慘重的損失。」

「那如果狼的獵巫人被殺了怎麼辦？」

馬泰亞斯安靜了一會兒。他不願意去想這件事。契斯一直是他的心頭肉。

「他們會回歸野外，但永遠不會被任何狼群接受。」而失去狼群的狼會怎麼樣呢？雪狼天生無法獨活。

其他獵巫人會在什麼時候判定馬泰亞斯死亡？會由布魯姆帶著契斯前往北方寒冰嗎？想到他的狼被孤孤單單留下，嗥叫著呼喚馬泰亞斯來帶他回家，那股痛簡直像被挖空胸口，好像那兒有些什麼壞掉，徒留一陣餘音，如一根承受不了雪的重量、孤伶伶折斷的樹枝。

妮娜彷彿感到他的悲傷，睜開了眼睛；一抹有如將展開的花苞的淺綠，那個顏色將他從冰上帶了回來。「他叫什麼名字？」

「契索珥。」

她的嘴角一揚。「搗蛋鬼的意思。」

「都沒有人要他。」

「他最弱嗎？」

「不是，」馬泰亞斯說：「正好相反。」

他們經歷超過一個禮拜的艱辛旅行才抵達石環陣，馬泰亞斯實在不怎麼享受。他十二歲，剛剛加入獵巫人，天天想著逃跑。他不在乎訓練。長時間跑步練拳能壓抑他對家人的想念。他想成爲軍官，想和格里沙作戰，他想有機會以父母和妹妹之名爭取榮耀。獵巫人給了他目的。但其餘的事呢？在食堂開玩笑？無止境的吹噓和無腦廢話？那些對他沒有用。他曾有家人，而他們埋在黑土底下，靈魂去了喬爾神身邊。獵巫人只是達到目的的一種方法。

布魯姆警告過他，說如果他不學著將其他男孩當成弟兄看待，永遠無法成爲眞正的獵巫人。但馬泰亞斯才不信。他塊頭最大、最強壯、速度最快。他不用受歡迎也能存活。

一整趟旅程他都坐在雪橇後方，縮在毛皮裡，對著空氣說話。當他們總算抵達石環陣，他畏縮不前，在其他獵巫人飛奔到大欄舍裡時有些缺乏信心。他們又叫又推，一個個撲向那堆扭來扭去、有著冰塊般雙眼的白色小狼崽。

然而事實是他好想、好想要一頭小狼，可是知道數量也許不夠分給所有人。哪個男孩和哪隻小狼配成一對，哪個人又會空手回家，全由飼養的人決定。好幾個男孩早就去找那個老女人講話，努力博取她的喜愛。

「妳看，這隻喜歡我。」

「看呀！看！我讓她坐下來了。」

馬泰亞斯知道自己應該更努力討人喜歡，去做些什麼，然而他發現自己被穀倉後方的狼舍吸引。角落一個鐵絲網籠裡，他瞥見一閃而過的黃色──從一雙警戒的眼睛映射出來的光。他更靠近，看到了一頭狼──已經不是小狼了，但也還沒完全長大。馬泰亞斯靠近籠子時他吼叫著，後頸的毛豎立，腦袋壓下、齜出牙齒。這頭年輕的狼口鼻處橫著一道長疤，越過右眼，使得部分虹膜從藍色變成斑駁參雜的棕。

「你不會想和那隻扯上關係的。」飼主說。

馬泰亞斯不知道他是什麼時候溜到身後。「他看得到嗎？」

「看得到，但是他不喜歡人。」

「爲什麼？」

「他還是小狼的時候跑了出去，在冰上跑了兩哩遠，被小孩發現，拿破掉的瓶子割傷了他。從那時起，他就不讓任何人靠近。而且他年紀也太大，沒辦法訓練了，很可能很快就得處理掉。」

「讓我帶他走。」

「孩子，只要你一去餵他，他就會把你撕成碎片。下回我們還會有小狼給你的。」

那女人一走開，馬泰亞斯就打開籠子。不過一轉眼，狼就撲上前，一口將他咬住。

當狼的牙齒深深陷入馬泰亞斯前臂，他很想尖叫。馬泰亞斯倒在地上，狼壓上他，那股疼痛前所未有。但他沒發出絲毫聲音。當狼的牙齒更嵌入他手臂的肌肉，馬泰亞斯緊緊盯著狼的眼睛，那頭動物胸中轟隆鼓動著一聲怒吼。

馬泰亞斯不禁覺得狼的下巴可能強壯得能咬斷骨頭。但他不掙扎，也不喊出聲，目光也毫不動搖。**即使你傷害我，他發誓道，我也不會傷害你。**

好長一段時間過去，接著又過了一會兒。馬泰亞斯能感到鮮血浸透袖子，他以爲自己可能會失去意識。

然後慢慢地，狼的下頷鬆開。那頭動物坐了回去，口鼻的白毛上蓋滿馬泰亞斯的鮮血。狼將頭歪往一側，呼地噴出一口氣。

「我也很高興認識你。」馬泰亞斯說。

他小心翼翼坐起來，用衣服下方的布把手臂包紮好，接著他和他的狼——兩個都渾身是血——回到正在和小狼崽玩耍的那群穿著灰色制服的人身旁。

「這隻是我的了。」當他們全轉過頭來看時，他說。老女人搖搖頭，馬泰亞斯便昏了過去。

那天晚上，馬泰亞斯在船上告訴妮娜契索珥的事，關於他好鬥的天性，參差不齊的疤痕。最終，她睡了過去，馬泰亞斯也容許自己閉上眼睛。寒冰在等待，肅殺的風帶著森森白牙而來，遠方有狼嗥，妮娜正在喊叫，馬泰亞斯卻到不了她身邊。從那時起，那個夢便每晚降臨。他實在很難不把這看成某種預兆，而當妮娜如此自然地將那個黃色藥片丟進口袋，對他而言好比親眼看著風暴降臨：風的怒吼填滿耳中，寒意鑽入骨頭，他終將失去她的必然性。

「也許煉粉不會再對妳起作用，」而今，他說出了口。他們終於到了停泊小舟的廢棄運河。

「什麼？」

「妳的力量改變了，對不對？」

妮娜腳步一個踉蹌。「對。」

「因爲煉粉？」

現在妮娜停下腳步。「你爲什麼問我這件事？」

他不想問她，而是想再次親吻她。但他卻說：「如果妳被抓住，蜀邯人說不定無法拿那個藥奴役妳。」

「或許也可能就像之前一樣糟。」

「那個藥，塔瑪給妳的毒藥——」

妮娜將一手放在他手臂上。「我不會被抓的，馬泰亞斯。」

「但要是妳被抓——」

「我不知道煉粉對我做了什麼，但是我得相信那些效果會隨著時間消散。」

「要是沒有呢？」

「非有不可，」她皺起眉頭。「我不能用那種方式活著。感覺就像……只剩下一半的自己。雖然……」

「雖然？」他催促著。

「雖然現在我沒那麼渴望藥了，」她說，彷彿自己也是到這個瞬間才領悟。「事實上，自從經過酒館的打鬥，我幾乎沒再想起煉粉了。」

「把新力量拿來用會有幫助嗎？」

「也許吧，」妮娜謹慎地說：「而且——」她皺眉。馬泰亞斯聽見一聲低沉的咕嚕嚕。

「是妳的肚子嗎？」

「是。」妮娜臉上大大綻開燦爛的笑容。「馬泰亞斯，我要餓死了。」

她可能終於好了嗎？還是說，她在酒館做的事讓她再次有了食欲？他不在乎，他只是很高興她能那樣笑著。馬泰亞斯把她抱了起來，離地轉啊轉。

「如果你繼續這麼做，可能會拉到一些肌肉什麼的。」她又綻放一道光芒耀眼的笑容。

「妳輕得和羽毛一樣。」

「那我不想看到那隻鳥。現在快給本小姐弄來一堆比你高一倍的鬆餅。我——」

她講到一半句子斷掉，臉上血色盡失。「噢，諸聖啊。」

馬泰亞斯轉過頭，順著她的視線，並發現他對上自己的眼睛：牆上黏著一張海報，醒目地以嚇人的精準度描繪出他的長相。這張圖的上方和側邊用幾種不同語言寫著同一個詞：通緝。

妮娜從牆上扯下海報。「你應該已經死了。」

「一定有人在穆森的屍體拿去燒之前找人檢查。」也許是斐優達人，也許只是監獄的誰。底下印刷了更多用馬泰亞斯不認得的克爾斥語寫的文字，但他毫無疑問認識自己的名字，以及那些數字。「五萬克魯格。他們懸賞獎金活捉我。」

「不對，」妮娜說。她指著那一大筆數字下方的字，翻譯出來：「通緝：馬泰亞斯．赫佛，不論死活。他們懸賞的是你的項上人頭。」

16 賈斯柏

當妮娜和馬泰亞斯衝進墳墓，賈斯柏眞想從桌上躍起來，和他們兩個一起跳華爾滋。他剛剛一整個小時都在拚命對古維解釋他們要怎麼抵達大使館，而且他開始確定，覺得那孩子在裝傻——可能是因爲十分享受賈斯柏做出的那些滑稽手勢。

「你能重複一下最後那部分嗎？」古維說，稍微靠得有點近。

「妮娜，」賈斯柏說：「妳可以幫忙加快一下我們的溝通嗎？」

「感謝諸聖。」伊奈許離開她和韋蘭與凱茲一起在桌邊進行的工作。他們正在拼裝凱茲從澤科亞馬戲團偷來的大量鐵絲和器具。韋蘭花了兩小時進行修改，裝配出能夠抓住筒倉鐵製側面的磁力鉗，確保伊奈許在筒倉上的安全。

「你爲什麼一直盯著他看？」古維說：「我長得就和他一樣，你可以看我就好。」

「我沒有盯著他看，」賈斯柏反駁。「我……我是在監督他們。」古維越快上那艘船越好。這墳墓開始變得有點擠了。

「妳和難民聯繫上了嗎？」伊奈許問，揮手叫妮娜過來桌邊，清出一個位子給她坐。

「一切進行得很順利。」妮娜說：「除了打破了一些窗戶，還有差點被槍打到。」

凱茲從桌子抬起頭。好，成功獲得他注意了。

「你們在小拉夫卡遇到了大麻煩？」賈斯柏說。

「我們都能處理，」妮娜說：「拜託告訴我這裡有東西可以吃。」

「妳餓了？」伊奈許說。

他們全瞠目結舌地望著妮娜，她行了個屈膝禮。「沒——有——錯。妮娜‧贊尼克餓了。在我不得不煮了你們其中之一前，現在麻煩來人給我吃的東西。」

「少開玩笑了，」賈斯柏說：「妳根本不會煮飯。」

而伊奈許已翻遍剩下的儲備食物，將鹽漬鱈魚、肉乾與不怎麼新鮮的餅乾等看來寒酸的供品放在妮娜面前。

「酒館出了什麼事？」凱茲說。

「難民躲在大使館裡，」馬泰亞斯說：「我們碰到——」

「他們的首領，」妮娜說：「而他們會等我們通知。」她往嘴裡塞了兩塊餅乾。「難吃死了。」

「慢點，」馬泰亞斯說：「妳會噎到。」

「也值得。」妮娜說，拚命想吞下去。

「就爲了餅乾？」

「我正在假裝這是派。船什麼時候離開？」

「我們找到一批要去歐斯科佛的糖蜜，十一點鐘響離港，」伊奈許說：「史貝特正在做文件。」

「很好，」妮娜說，從口袋拿出一張縐縐的紙展開，在桌上撫平。回望他們的是一張馬泰亞斯的素描像。「我們得盡快離開這裡。」

「該死，」賈斯柏說：「凱茲和韋蘭依舊領先。」他比了比他們貼上其餘通緝海報的地方：賈斯柏、凱茲和伊奈許都在那兒。范艾克還沒膽把古維・育・孛的臉貼滿克特丹每一吋，但是他得維持尋找兒子的假象，所以有一張海報表明，如果能讓韋蘭・范艾克平安歸來，也能得到獎賞。上面畫的是他之前的樣子，不過賈斯柏認爲那根本一點都不像。只有妮娜不在上頭。她從沒見過范艾克，雖然她和渣滓幫有關連，不過范艾克很可能不曉得她也有涉入。

馬泰亞斯檢視那些海報。「十萬克魯格！」他對凱茲投去一個不敢置信的怒視。「你根本不值這價錢！」

凱茲唇邊牽動一絲微笑。「看來市場覺得值得。」

「還用得著你說，」賈斯柏說：「他們只懸賞我三萬呢。」

「你們有生命危險，」韋蘭說：「怎麼可以一副在比賽的樣子？」

「我們現在被困在墳墓裡啊小商人，能開玩笑就要開玩笑。」

「也許我們全都該去拉夫卡，」妮娜點了點伊奈許的通緝海報。「你們繼續待在這裡並不安全。」

「這倒不是個壞主意。」凱茲說。

伊奈許快速看了他一眼。「你要去拉夫卡？」

「門都沒有。我會低調地待在這裡，當大鎚落下，我想親眼目睹范艾克的人生分崩離析。」

「但是妳可以來，」妮娜對伊奈許說：「還有賈斯柏？我們也可以帶寇姆一起。」

賈斯柏想到自己的父親，他正困在拜金者某間鋪張的套房中，可能往來踱步到幾乎踏穿地毯，地板都露了出來。打從看著父親在羅提護送下離開黑幕島，那副寬廣的背消失在墳墓之間，其實只過了兩天，卻好像過了很久。從那之後，賈斯柏差點被格里沙獵人殺死，還有人懸賞他的項上人頭。不過，如果他們能在今晚把事情完成，他父親就不會知道這一切。

「不可能，」賈斯柏說：「我希望老爸盡快拿到他的錢，回去諾維贊。在他安全回到農場前，我沒辦法好睡。在范艾克失去信譽，糖料作物市場失控以前，我們會先躲在他的旅館。」

「伊奈許？」妮娜說。

他們全看向幻影——除了賈斯柏，他看著凱茲，好奇他對於伊奈許將要離開會有什麼反應。但凱茲臉上毫無表情，好像在等待晚餐什麼時候上似的。

伊奈許搖搖頭。「我去拉夫卡的時候將會是乘自己的船，由我自己的船員掌舵。」

賈斯柏的眉毛揚得半天高。「妳哪時變成航海家了？又有哪個精神正常的人想在船上待更久時間？」

伊奈許微笑。「我聽說這城市會把人逼瘋。」

凱茲從背心裡抽出手錶。「我們八點鐘響動身。范艾克今晚把商會全找到他家開會。」

「你認爲他們會投入更多資源找韋蘭嗎？」妮娜問。

「有可能。但這已經不是我們要擔心的了。噪音和人來人往的聲響，會成爲韋蘭和我從保險箱偷封蠟章的最佳掩護，同時間妮娜和伊奈許會襲擊美沙洲。守衛會不斷在筒倉周邊巡邏，他們繞過籬笆大概得花十二分鐘。守衛向來總會留個人看門，所以處理手法聰明點。」他將一個小小的玻璃塞瓶放在桌上。「這是咖啡萃取物。古維、妮娜、賈斯柏，我要你們攜帶足夠分量，如果那些蜀邯士兵眞能聞到格里沙，這說不定能甩掉他們。」

「咖啡？」古維問道，啵地彈開塞子，試著嗅了一下。

「高招。」賈斯柏說：「我們曾把非法約韃貨運和香料及咖啡渣包在一起，甩開市警隊的狗，混淆牠們的鼻子。」

妮娜拿了瓶子，沾了一堆萃取物到耳後和兩手手腕上。「只希望鐵翼兵也是這樣。」

「妳的難民朋友最好準備好。」凱茲說：「他們有幾個人？」

「比我們想得要少。十五個，還有……呃，有一些是大使館的人。總共十七個。」

「再加妳、馬泰亞斯、韋蘭和古維，二十一個。史貝特會照這樣僞造信件。」

「我不去。」韋蘭說。

賈斯柏將手指緊扣在一起，好壓抑不動。「不去？」

「我不會再讓父親把我逐出這座城市。」

「爲什麼大家這麼堅持要待在這個可悲的地方？」妮娜氣沖沖地說。

賈斯柏把椅子往後傾，打量著凱茲。關於韋蘭想留在克特丹，他一點也不驚訝。「你早就知道了，」他將碎片拼湊了起來。「你知道韋蘭的母親還活著。」

「韋蘭的母親還活著？」妮娜說。

「不然你覺得我爲什麼讓你們兩個去歐蘭黛爾？」凱茲說。

韋蘭眨眨眼。「你也知道採石場的事情是我說謊？」

賈斯柏感到一陣針刺般的憤怒。凱茲惡搞他是一回事，但韋蘭和他們其他人不一樣。儘管韋蘭運氣背，抽到了一個爛父親，卻沒有因爲自己的狀況和這城市而失去了善良。他依然相信人能做出正確的事。賈斯柏用一根手指指著凱茲。「你不該讓他在什麼都不知道的情況下去聖赫德，這樣很殘忍。」

「這樣很必要。」

韋蘭捏緊了拳頭。「爲什麼？」

「因爲你仍然不瞭解你父親的眞面目。」

「你可以直接告訴我。」

「你很氣，但氣會消散。我要你憤恨。」

韋蘭交叉雙臂。「好啊，騙到我了。」

凱茲雙手交疊在枴杖上。「時間晚了，所以各位，把你們那條韋蘭好可憐的小手帕收起來，心思放在眼前的任務。馬泰亞斯、賈斯柏和古維會在九點鐘響過一半的時候出發，前往大使館，你們從運河靠近。賈斯柏，因爲你個子高、膚色深，又引人注目——」

「全都等於討人喜歡的意思呢。」

「這表示你得加倍小心。」

「太出色總免不了付出一些代價。」

「盡量認眞一點，」凱茲的嗓音有如生鏽的刀刃。那是眞的擔心嗎？賈斯柏努力不去想這到底是爲了他，還是爲了這份任務。「行動要快，一定要在十點鐘響之前把所有人弄到碼頭。我不希望你們所有人到處晃來晃去、吸引注意。我們在第三港口的第十五錨位碰面，船名叫維海德。一年中會從克爾斥航行到拉夫卡數次。」他站起來。「罩子放亮，嘴巴閉緊。要是被范艾克知道，這些都無法成事。」

「還要注意安全。」伊奈許補充道：「船離開港口時，我希望和你們所有人一起慶祝。」

賈斯柏也想。他希望今晚過後看到他們平平安安。他舉起一手。「會有香檳嗎？」

妮娜吃完最後一塊餅乾，舔舔手指。「會有我，而且我就和香檳一樣美得冒泡。」

之後除了打包工具就沒什麼事情可做了，也不會有什麼感人道別。

賈斯柏拖著腳來到韋蘭正在裝背包的桌邊，假裝在那堆地圖文件中找他要的東西。

他先遲疑一下，然後說：「你可以和我及老爸住一起——如果你想的話——住在旅館。如果你要找個地方等風頭過去。」

「眞的嗎？」

「當然。」賈斯柏邊說邊聳了個肩——雖然動起來的感覺不怎麼對。「還有伊奈許和凱茲。

在范艾克得到報應之前，我們不能分散。」

「但是之後呢？等你父親的貸款還完，你會回諾維贊嗎？」

「我應該要回去。」

韋蘭靜靜等待。賈斯柏沒有答案可回。如果他回農場，就能遠離克特丹和巴瑞爾的誘惑——但也可能只會找個新麻煩去招惹——而且他會有超級多的錢。即使還完貸款，也還是有超過三百萬克魯格。他又聳了聳肩。「凱茲才做計畫。」

「當然。」韋蘭說，可是賈斯柏能看見他臉上的失望。

「我想你應該早想清楚之後要做什麼了？」

「沒有。我只知道我要把母親從那地方弄出來，努力爲我和她創造某種人生。」韋蘭對著牆上的海報點了點頭。「這眞的是你想要的嗎？當個罪犯？從這一個冤仇到下一場打鬥，接著再差點掛掉？」

「說實話嗎？」賈斯柏知道韋蘭大概不會喜歡他接下來要說的話。

「時間到了。」凱茲在門口說。

「對，這就是我想要的，」賈斯柏說。韋蘭將背包套過肩揹上，賈斯柏想都沒想，直接伸手去解開反摺的帶子，不過沒有放開。「但我想要的不只這個。」

「走了。」凱茲說。

我真的要拿那根枴杖狠狠打他腦袋。賈斯柏放開帶子。「無人送葬。」

「無須喪禮。」韋蘭平靜地說。他和凱茲消失在門外。

妮娜和伊奈許是下一批。妮娜躲進其中一條通道，換掉可笑的斐優達服飾，換上實穿的褲子、外套與短上衣——全是拉夫卡剪裁縫製。她帶了馬泰亞斯一起進去，經過漫長的好幾分鐘後，又整個人衣服凌亂、臉色紅潤地冒出來。

「這算任務嗎？」賈斯柏忍不住要問。

「我在教馬泰亞斯要怎麼玩到瘋。他是個好學生，學習勤奮。」

「妮娜——」馬泰亞斯語帶警告。

「只是態度有點問題，顯示還有改進空間。」

伊奈許用手肘將一瓶咖啡萃取物推向賈斯柏。「今晚盡量小心點，賈斯。」

「我這人小心起來可是和馬泰亞斯玩起來有得比。」

「我很會玩好嗎？」馬泰亞斯火大地說。

「你真的很會。」賈斯柏同意道。

對他們所有人，他還有更多話想說——多半是對伊奈許，但他不想在眾人面前講……他得承認，*也許永遠都不會*。他欠伊奈許一個道歉。因爲他的輕率，害他們甚至在前往冰之廷以前就先在第五港口遭到埋伏，而且這個錯誤差點害幻影賠上一條命。可是這種事該怎麼道歉？*對不起，我差點害妳被人捅死。有人想來片鬆餅嗎？*

他還來不及繼續想，伊奈許已經往他臉頰親了一下，妮娜則伸出一根手指瞄準牆上的通緝海報，然後賈斯柏被卡在這兒，等待九點鐘響到一半的時刻，獨自和一臉悶悶不樂的古維與走來走去的馬泰亞斯待在一起。

古維開始重新整理行李中的筆記本。

賈斯柏在桌邊坐下。「這些你都要帶嗎？」

「要，」古維說：「你有去過拉夫卡嗎？」

這可憐的孩子嚇壞了，賈斯柏想，「沒有，但妮娜和馬泰亞斯會陪著你。」

古維瞥了馬泰亞斯一眼，小聲地說。「他好嚴肅。」

賈斯柏眞心忍不住笑。「如果問我，我會說他當然不是愛玩的人，不過還是有幾個不錯的特質。」

「菲伊，我聽得到。」馬泰亞斯不滿地說。

「很好，我最討厭用吼的了。」

「你有關心過其他人嗎？」馬泰亞斯說。

「當然有。但我們都不是小菜鳥了，不用擔心東擔心西。現在我們要進入比較有趣的部分，」他邊說邊拍了拍槍。「就是放手去做。」

「或者放手去死，」馬泰亞斯嘀咕著：「你和我一樣清楚妮娜現在狀態不好，對吧？」

「今晚她用不上。我說啊，整個重點是在於不要打起來，不是嗎？」

馬泰亞斯不再走來走去，而是到賈斯柏對面的桌邊坐下來。「湖邊小屋發生了什麼事？」

賈斯柏撫順其中一張地圖的角角。「我不確定，但我想她是用一團灰塵嗆死了一個人。」

「我不懂，」馬泰亞斯說：「一團灰塵？她今天還控制了骨頭碎片——在用煉粉之前她絕對做不到。她似乎認爲這只是暫時的改變，只是藥劑殘留的影響。但是……」他轉向古維，「煉粉能改變格里沙的力量嗎？讓力量轉變？或毀掉它？」

古維玩弄著行李包上的拴釦。「我想是有可能的。她撐過了停藥的過程，這很少見，而我們對於煉粉、對格里沙的力量知道得很少。」

「你們打開來看的格里沙還不足以解開謎底？」賈斯柏沒有三思，這些字句就這麼出了口。他知道這樣並不公平。古維和他父親本身也是格里沙，然而兩人都不是處於可以讓蜀邯人不拿他人做實驗的地位。

「你在對我發火嗎？」古維說。

賈斯柏微笑。「我不是會發火的那種人。」

「不對，你是，」馬泰亞斯說：「你很火大，又怕得要死。」

賈斯柏打量這個大塊頭斐優達人。「你說什麼？」

「賈斯柏非常勇敢。」古維出言反駁。

「感謝你注意到了。」賈斯柏伸開雙腿，一邊腳踝交叉跨在另一邊腳踝上。「有什麼話想說嗎，馬泰亞斯？」

「你為什麼不去拉夫卡？」

「我父親——」

「你父親今晚可以和我們一起去，而如果你這麼關心他，為什麼今天沒去他住的旅館？」

「我不曉得這一切到底關你屁事。」

「我很懂對自己及自己做出的事感到羞愧是什麼感覺。」

「獵巫人，你真的想起這個頭是不是？我不羞愧，我是謹慎。真是謝了你和你那些獵巫人兄弟，這個世界對我這種人來說就是到處都危險。一直都是這樣，看來以後也不會比較好。」

古維伸手去碰賈斯柏的手，臉上帶了點懇求。「請瞭解。拜託。我們做的，我父親做的……

我們是設法想讓情況好一點，讓格里沙有辦法……」他做了個手勢，彷彿在壓下什麼東西。

「抑制力量？」馬泰亞斯問道。

「對，沒有錯，更容易隱藏。如果格里沙不使用力量，會生病，容易老化、疲倦，失去食欲。這是蜀邯人用來找出想祕密生活的格里沙的方法。」

「我不使用力量，」賈斯柏說。「但是……」他伸出手，一邊列舉重點一邊數著指頭。「第一，有次打賭，我吃了一大槽泡在蘋果糖漿裡的鬆餅——不是比喻，是眞的——沒多久又恢復食欲。第二，我從來沒有『沒精神』的問題。第三，我這輩子一次都沒有生病過。」

「沒有嗎？」馬泰亞斯說：「病有很多種。」

賈斯柏雙手碰觸左輪。今晚這斐優達人心裡顯然有很多話要說。

古維打開行李，拿出一罐普通的約韃，克特丹每個轉角店家都有賣的那種。「約韃是一種興奮劑，對抗疲勞很有用。我父親認爲……就是他過世之前……這是能幫助我們這種人的解答。如果他能找到正確配方，就能讓格里沙在藏起力量的同時也保持健康。」

「結果似乎不如預期對不對？」賈斯柏說。好吧，也許他的確是有一點生氣。

「試驗不如預期。實驗室裡有人說溜嘴，結果被我們的領導人發現，對煉粉的作用有不同看法。」他搖搖頭，對著自己的行李比了比。「現在我正在努力回想我父親的實驗。」

「你在筆記本上亂寫的就是那個嗎？」

「我也會寫日誌。」

「那一定超級精采：第一天，在墳墓裡坐著；第二天，繼續在墳墓裡坐著。」

馬泰亞斯不理賈斯柏。「成功過嗎？」

古維皺眉。「一些吧，我想。如果能到有眞正科學家的實驗室裡，說不定能成功更多。我不是父親，他是造物法師，我是火術士。我擅長的不是這個。」

「那你擅長什麼？」賈斯柏問。

古維對他投去不確定的眼神，皺了皺眉。「我一直沒有機會尋找。在蜀邯，我們過著擔驚受怕的日子，那裡從來不是家。」

這種感覺賈斯柏完全能夠理解。他拿起那罐約韃，啵地打開蓋子。上等貨，氣味香甜，乾燥的花朵外表相當完整，有著鮮艷的橘色。

「你覺得，要是能進實驗室，身邊有幾個格里沙造物法師，也許就能重現你父親的實驗，然後想出成功製造解毒劑的方法？」

「我這麼希望。」古維說。

「那會怎麼作用？」

「能把煉粉從身體清除出來嗎？」馬泰亞斯問。

「能。直接把煉粉抽出來，」古維說：「但即便我們成功，該怎麼做呢？」

「得在夠近的地方進行注射，或者讓人呑下去。」馬泰亞斯說。

「而等到進入接觸範圍，你早完蛋了。」賈斯柏接著講完。

賈斯柏用手指擰著其中一朵約韃花。最終還是會有人研究出如何製造自己的約韃煉粉，而當他們成功，這樣一朵花可能價值連城。如果他專心注視那片花瓣，就算只是稍微專注些，也能感受到它們分解成更小的分子。這其實不算看，更像感覺著組成單一個體的每處差異、每個物質。

賈斯柏把花放回罐中。他還是小孩的時候，會躺在父親的田地，發現自己能一瓣接著一瓣將約韃花的顏色濾出來。在某個無聊下午，他在西邊的牧場地漂出一個用大寫字母寫成的髒話。他父親火冒三丈，但也怕得要命。他斥責賈斯柏，吼到聲音沙啞，接著，寇姆就只是坐在那裡盯著他看，大大的手緊捧著一杯茶，好讓雙手不要顫抖。一開始，賈斯柏以爲他父親是因爲髒話才發脾氣，可是完全不是那樣。

「賈斯，」最後他說。「你絕對不能再這麼做，答應我。你媽媽也有一樣的天賦，那只會帶給你不幸。」

「好。」賈斯柏迅速回答，亟欲修正錯誤，仍因看到原本很有耐心、個性溫和的父親如此怒不可抑而有些頭暈。但他腦中只想著，媽感覺沒有很不幸。

事實上，好像什麼都能讓母親感到喜悅。她生於贊米，皮膚是如李子的深棕色。個子之高，父親要與她平視甚至得稍微將頭往後仰。賈斯柏還沒大到能下田和父親一起工作時，獲准能和她一起待在家裡。家中總有要洗的衣服、要做的飯、要砍的木頭，而賈斯柏好喜歡當她的幫手。

「我的地怎麼樣啦？」每一天，父親從田地回來，她總會這麼問。後來賈斯柏會曉得，農場用的是她的名字，是父親給的結婚禮物。在阿蒂提．希利紆尊降貴搭理他之前，他追求了她幾乎一年。

「美不勝收，」他會這麼說，然後親吻她的臉頰。「就和妳一樣，我的愛。」

賈斯柏的父親每次都承諾會在晚上和他一起玩，教他吹口哨，然而寇姆也總是吃完晚餐就在火旁睡著，腳上還穿著靴子，鞋底沾了約韃的橘色。賈斯柏和母親會把靴子從爸爸腳上拔下，努力憋笑，拿件毯子給他蓋，繼續將晚上的家事做完。他們會清理桌子，把洗好的衣服從繩上拿下收進來，然後她會讓賈斯柏上床躺好。不管多忙，不管有多少動物等著剝皮，或有幾籃衣服得縫補，她似乎和賈斯柏一樣有著源源不絕的精力，而且永遠有空在睡前說個故事或唱首歌給他聽。

賈斯柏的母親教他騎馬、釣魚、清理魚、給鵪鶉拔毛、只用兩根樹枝生火，以及如何煮一杯好茶。她更教他用槍。一開始用小孩那種和玩具差不多的空氣槍，接著是手槍和步槍。「槍誰都會用，」她曾對他說：「但不是人人都懂得瞄準。」她教他遠距射擊，怎麼在樹叢中追蹤動物，告訴他光線會對人類的眼睛玩什麼把戲，如何計算風切因素，如何邊跑邊射擊，以及騎在馬上射擊。她沒有做不到的事情。

當然，也有些祕密訓練。有時，當他們回家晚了，得端上晚餐，她能不熱爐子就使水沸騰，只用注視就能讓麵包膨起。他見過她只是手指一掠，就從衣服上取走髒污。她的火藥都是從他們家附近早就乾涸的湖床提取硝石自己做的。「我自己就能弄到的東西爲什麼要花錢買？」她會這麼說。「但我們不要告訴爸爸這件事，好不好？」當賈斯柏問爲什麼，她只是說：「因爲他已經有太多事情要擔心，我不喜歡他還得擔心我。」但老爸確實擔心，尤其在母親的贊米人朋友上門求助或要醫治的時候。

「妳覺得奴隸販子在這裡就找不到妳？」一天晚上，他問。賈斯柏正縮在毯子裡裝睡，這樣就能偷聽。「如果這裡住了『格里沙』的消息傳出去——」

「那個名稱，」阿蒂提用她的手優雅輕揮一下，「不是我們用的名稱。我只能做我自己，如果我的天賦能幫到人，我就有責任去使用。」

「那我們兒子怎麼辦？妳就沒有虧欠他？妳的首要責任是要注意安全，別讓我們失去妳。」

然而，賈斯柏的母親會用雙手捧著寇姆的臉，如此輕柔，如此體貼，眼中閃動著所有的愛。

「如果我得隱藏天賦──如果，我在人生中總是被恐懼左右，對我兒子而言，我會是怎樣的母親？你在希望我選擇你的時候，早就知道我是怎樣的人，寇姆，所以請別要求我捨棄本性。」

他父親的挫折彷彿盡數消失。「我知道，我只是忍受不了可能會失去妳。」

她笑著親吻他。「那你一定不能讓我離開你身邊。」她眨了一下眼睛，爭執就這麼結束，直到下一次。

最後，事實證明賈斯柏的父親錯了，他們並不是因爲奴隸販子才失去阿蒂提。

一天晚上，賈斯柏聽見聲音醒來。當他扭動著從自己的毯子出來，見到母親在長睡袍外穿上外套，拿了帽子和靴子。那時他七歲，年紀雖小，卻老早知道最有趣的對話總是發生在上床後。有個贊米男人穿著滿是塵灰的騎士服站在門口，而他的父親說：「半夜三更的，這應該可以等到早上吧？」

「如果躺在那裡受苦的是賈斯，你會這麼說嗎？」他母親問。

「阿蒂提──」

她親吻寇姆的臉頰，一把將賈斯柏撈到懷裡。「我的小兔子醒了嗎？」

「沒有。」他說。

「那好，你一定在作夢。」她把他塞回去床上躺好，親吻他的臉頰和額頭。「去睡，小兔子，我明天就回來。」

但第二天她沒有回來。而當再隔日早上有人敲門，來的不是他母親，依舊是那個滿身灰的贊米男人。

寇姆瞬間抓了兒子出門。他把帽子壓到他頭上，把賈斯柏重重地放在馬鞍前面，朝馬一踢、讓牠狂奔。那名一身灰的男人騎著一匹身上的灰甚至更多的馬，兩人隨他跨越數哩農耕地，來到某塊約韃田地邊緣那比他們的小屋好上太多的白色農場房舍。農舍有兩層樓高，窗上裝了玻璃。

等在門口的女人比他母親矮胖，但是幾乎身高相同，她的辮子盤成粗粗一圈，正揮手要他們進來。「她在樓上。」

多年後，當賈斯柏拼湊起那駭人數日間發生的事，發現自己記得的很少：房屋打上蠟的木頭地板在他手指底下摸起來近乎絲綢；矮胖女人的眼睛因哭泣而紅腫。還有那個女孩——她只比賈斯柏大幾歲，有著和母親一樣的辮子。女孩從某個挖得太靠近礦脈的井中喝了水。那口井本應釘上木板封起來，卻只有水桶被拿走，絞盤還留在那兒，老舊的繩索也是。所以，女孩和朋友拿自己的午餐提桶撈水上來，水不但冷得像清晨露水，還更加乾淨。三個孩子當晚就不舒服，兩人已經死去，但賈斯柏的母親救了那個女孩，也就是矮胖女人的女兒。

阿蒂提來到女孩床邊，嗅了鐵製午餐提桶，雙手放在女孩發熱的皮膚。到了第二天中午，她的燒停了，眼中泛黃的色澤也消失。等到傍晚稍早，她就坐了起來，對母親說她餓了。阿蒂提朝她微笑一下，便昏了過去。

「她抽出毒素時不夠小心，」一身灰的男人說：「自己吸收了太多，我以前在柔瓦身上見過。」柔瓦，很單純就是受到祝福的意思，那是他母親用以取代格里沙的字。你和我。在手指輕一彈就使花朵綻放那瞬間，她會這麼對賈斯柏說。我們是柔瓦。

現在，他們沒辦法喊任何人來救她。賈斯柏不知道能怎麼辦。如果她意識清醒，如果她更強壯些，可能就有辦法自我治癒。然而，她就這麼墜入某種深眠之中，呼吸變得越來越吃力。

賈斯柏睡下，臉頰貼著母親的手掌，十分確定她一定隨時會醒來，撫摸他的臉頰，然後他會聽見她說，「小兔子，你在這裡做什麼呢？」然而沒有，他是因爲聽見父親的啜泣才醒來。

他們將她帶回農場，埋在已開始開花的一棵櫻桃樹下。對賈斯柏而言，這樣一個悲傷的日子裡似乎太過美麗了，至今亦然。如果在商店櫥窗或淑女的絲衣刺繡上看見那些淺粉紅色的花，總使他陷入憂鬱。那會帶著他重回那股新翻土壤的氣味，風呢喃著吹過原野，父親用顫抖的中音唱著某種孤寂的曲子，賈斯柏聽不懂那些字，但感覺很有開利風格。

當寇姆唱完，最後一個音符彷彿飄上了櫻桃樹的枝幹，賈斯柏說：「媽咪是女巫嗎？」

寇姆將生了雀斑的手放在兒子的肩膀，將他拉近。「她是女王，賈斯，」他說：「她是我們的女王。」

那晚，賈斯柏為兩人做了晚餐——燒焦的小麵包和太水的湯，但父親全部吃光，並讀他那些開利的諸聖書籍給他聽，讀到燭光低垂，賈斯柏心臟的痛減緩，終能入睡為止。自始至今，從未改變，他們兩人都一樣，如常照看彼此、耕種田地。夏季將約韃綑成一束束拿去晒乾，努力讓農場能賺到錢。這為什麼還不夠呢？

但即便賈斯柏這樣想，也曉得那永遠都不會夠。他再也沒辦法回到那樣的生活，他天生就不是那塊料。如果母親還活著，也許她會有辦法教他如何疏導這些焦躁不安。也許她會讓他看看如何使用他的力量，而不是藏匿起來。也許這麼一來他就會去拉夫卡，成為國王的士兵——又也許他無論如何還是會來到這裡。

他把指尖上沾到的約韃顏色抹去，蓋子蓋回罐上。

「贊米人不只會用花朵，」他說：「我記得母親會將約韃的莖泡在山羊奶裡，在我去田裡工作的時候給我喝。」

「為什麼？」馬泰亞斯問。

「中和整天吸入約韃花粉帶來的作用，那對小孩的身體負擔太大，而且我已經夠亢奮了，沒人想要我更亢奮。」

「花莖?」古維重複。「大多數人會直接丟掉。」

「花莖裡面有香油，贊米人會抽取出來做成香膏，在燒約韃的時候擦在小嬰兒的牙齦和鼻孔。」賈斯柏的手指在罐上打鼓似地敲，有個想法在腦中逐漸成形。約韃煉粉解毒劑的祕密會不會就是植物本身?他不是什麼化學專家，思路也和韋蘭不同，而且從沒受過造物法師的專業訓練，但是有其母必有其子。「要是有某種香油能中和約韃煉粉的效果呢?不過這還是沒有辦法掌握——」

就在這個瞬間，窗玻璃破碎，賈斯柏在不到一個呼吸的間隔就抽出槍，同時間，馬泰亞斯把古維壓下，步槍扛上肩。他們緩緩側身，移到牆邊，賈斯柏透過碎掉的彩繪玻璃窺看外頭。從墓園的影子中，他看見有提燈舉起、身影移動——那一定是人——而且是很多人。

「除非鬼魂突然活蹦亂跳，」賈斯柏說：「不然我想我們有伴了。」

《騙子王國》上・完

國家圖書館出版品預行編目資料

騙子王國 上／莉．巴度格（Leigh Bardugo）著；
林零譯.——初版.——台北市：蓋亞文化，2021.12
冊；公分.——（Light）
譯自：*Crooked Kingdom*
ISBN 978-986-319-611-2（上冊；平裝）.——

874.57　　10018936

Light 019

騙子王國 上

作　　者　莉．巴度格（Leigh Bardugo）
譯　　者　林零
裝幀設計　莊謹銘
編　　輯　章芳群
總 編 輯　沈育如
發 行 人　陳常智
出 版 社　蓋亞文化有限公司
地址：台北市 103 承德路二段 75 巷 35 號 1 樓
電話：02-2558-5438　傳真：02-2558-5439
電子信箱：gaea@gaeabooks.com.tw
投稿信箱：editor@gaeabooks.com.tw
郵撥帳號 19769541　戶名：蓋亞文化有限公司
法律顧問　宇達經貿法律事務所
總 經 銷　聯合發行股份有限公司
地址：新北市新店區寶橋路二三五巷六弄六號二樓
電話：02-2917-8022　傳真：02-2915-6275
港澳地區　一代匯集
地址：九龍旺角塘尾道 64 號龍駒企業大廈 10 樓 B&D 室
電話：+852-2783-8102　傳真：+852-2396-0050
初版一刷　2021年12月
定　　價　新台幣 380 元
Published and Printed in Taiwan

ISBN／978-986-319-611-2